NANCY HOLDER

A COLINA ESCARLATE

A TRANSPOSIÇÃO LITERÁRIA OFICIAL DO FILME

Do diretor
GUILLERMO DEL TORO

Roteiro de
GUILLERMO DEL TORO e MATTHEW ROBBINS

Texto de
NANCY HOLDER

Tradução de
PEDRO SETTE-CÂMARA

3ª edição

EDITORA RECORD
RIO DE JANEIRO • SÃO PAULO
2022

CIP-BRASIL. CATALOGAÇÃO NA PUBLICAÇÃO
SINDICATO NACIONAL DOS EDITORES DE LIVROS, RJ

H674c
3ª ed.
Holder, Nancy, 1953-
 A Colina Escarlate / Nancy Holder; tradução de Pedro Sette – Câmara. – 3ª ed. – Rio de Janeiro: Record, 2022.

Tradução de: Crimson Peak

ISBN 978-85-01-08556-6

1. Romance americano. I. Sette-Câmara, Pedro. II. Título.

15-26464

CDD: 813
CDU: 821.111(73)-3

Título original:
CRIMSON PEAK

Copyright © 2015 Legendary

Esta tradução de *A Colina Escarlate* foi publicada originalmente em 2015, mediante acordo com Titan Publishing Group Ltd.

Texto revisado segundo o novo Acordo Ortográfico da Língua Portuguesa.

Todos os direitos reservados. Proibida a reprodução, no todo ou em parte, através de quaisquer meios. Os direitos morais da autora foram assegurados.

Direitos exclusivos de publicação em língua portuguesa somente para o Brasil adquiridos pela
EDITORA RECORD LTDA.
Rua Argentina, 171 – Rio de Janeiro, RJ – 20921-380 – Tel.: (21) 2585-2000, que se reserva a propriedade literária desta tradução.

Impresso no Brasil

ISBN 978-85-01-08556-6

Seja um leitor preferencial Record.
Cadastre-se no site www.record.com.br e receba informações sobre nossos lançamentos e nossas promoções.

Atendimento e venda direta ao leitor:
sac@record.com.br

"O amor não enxerga com os olhos, mas com a mente."

— WILLIAM SHAKESPEARE,
SONHO DE UMA NOITE DE VERÃO

A COLINA ESCARLATE

Prólogo

Amor.

Morte.

Fantasmas.

O mundo estava encharcado de sangue.

Uma névoa carmesim cobria o campo da morte, então escorreu pelos poços famintos e gananciosos das minas, chegando aos tonéis de argila vermelha, que borbulhava e arquejava sobre os imundos azulejos brancos como ossos. A terra escarlate se infiltrava pelas paredes de barro. Allerdale Hall estava cercada de vermelho vivo — uma mancha que se arrastava lentamente em direção aos pés descalços de Edith.

Mas esse era o menor de seus problemas.

A própria filha do inferno vinha *atrás* dela. Implacável, incansável, uma criatura movida a insanidade e ódio, que já havia mutilado, assassinado, e que voltaria a matar — a menos que Edith atacasse primeiro. Porém, ela estava enfraquecida, cuspindo sangue, tropeçando, e aquele monstro já reclamara outras vidas — outras *almas* — mais fortes e mais saudáveis que a dela.

Flocos de neve ofuscavam os inchados olhos azuis como uma centáurea; gotinhas vermelhas salpicavam seus cabelos dourados. Sua bochecha direita tinha um corte profundo; a bainha de sua camisola translúcida estava impregnada de sangue, lama e sujeira.

E de argila carmesim.

Mancando por causa da perna ferida, ela se movia num círculo lento, a pá erguida enquanto seu peito se esforçava para respirar no ritmo da máquina construída para pilhar os tesouros da terra. Uma máquina barulhenta que poderia igualmente servir para destruí-la.

O som martelava em seus ouvidos enquanto ela se preparava para a última batalha. A náusea percorria seu corpo, seu coração palpitava. O suor formava gotas em sua testa, e seu estômago se contorcia. Seus ossos doíam e latejavam, e ela mal conseguia andar.

Para onde quer que olhasse, erguiam-se sombras, vermelho sobre vermelho, sobre vermelho. Se morresse, iria se juntar a elas? Assombraria aquele lugar maldito para sempre, com raiva e medo? Aquele não era um lugar para se morrer.

Fantasmas existem. Isso eu sei.

Ela sabia muito mais. Se ao menos tivesse compreendido toda a história macabra antes, prestado atenção nos avisos, seguido as pistas. Havia descoberto a verdade a um custo terrível, mas agora Edith e aquele que tanto arriscara por sua causa tinham de pagar o preço final.

Por trás da neve e do anoitecer carmesim, vislumbrou pés correndo. A pá escorregava de suas mãos úmidas. Seu tornozelo doía, e ela estava congelando, mas por dentro ardia com tanta intensidade que achava que ia expelir fumaça pela boca.

Recuou, virou-se, os olhos perscrutantes, a respiração vacilante. Então o tempo parou, e seu coração ficou petrificado quando ela viu um borrão de tecido ensopado e pés descalços chafurdando no lodo rubro e vindo em sua direção. A lâmina afiada, os dedos manchados de sangue, a fúria que a brandia. A morte não estava mais a caminho.

A morte havia chegado.

E sua mente recordou como ela, Edith Cushing, tinha vindo enfrentá-la.

Era uma vez...

LIVRO UM

ENTRE O DESEJO E AS TREVAS

*"Porque agora vemos por espelho em enigma,
mas então veremos face a face; agora conheço em parte,
mas então conhecerei como também sou conhecido."*

— 1 CORÍNTIOS 13, 12

CAPÍTULO 1

BUFFALO, NOVA YORK, 1886

Na primeira vez que vi um fantasma, eu tinha 10 anos.
 Era o da minha mãe.

NEVAVA NO DIA que a mãe de Edith Cushing foi enterrada. Grandes flocos úmidos choravam num céu plúmbeo. O mundo estava sem cor. Trajando para o luto fechado um casaco negro e um chapéu que emoldurava seu rosto branco e devastado, a pequena Edith se apoiava nas pernas do pai. Os demais presentes usavam cartolas negras, pesados véus negros, casacos e luvas de ébano, e joias adornadas com o cabelo de seus próprios entes amados mortos. As pessoas vivas de Buffalo possuíam enxovais inteiros de elegantes trajes criados para lamentar, para jogar terra e pétalas de rosas em tumbas recém-cavadas.

 O caixão — fechado — reluzia como obsidiana enquanto os carregadores levavam o cadáver da mãe de Edith para o seu descanso final, sob o mausoléu erguido na esperança do repouso eterno para os membros da família Cushing. Os volteios das asas de anjos às lágrimas envolviam gerações de mortos.

O corpo atrofiado da mãe estava tão negro que parecia que havia morrido num incêndio — ou ao menos era isso que Edith tinha ouvido a cozinheira explicar a DeWitt, o mordomo. Edith ficara sem palavras diante da revelação terrível, mas não tinha como confirmá-la. Na casa dos Cushings, ninguém falava com ela sobre sua terrível perda; todos os empregados se calavam sempre que entrava em algum cômodo. Sentia-se invisível como um fantasma; queria, precisava que alguém a visse, que a envolvesse nos braços e a embalasse, e lhe contasse uma história ou lhe cantasse uma canção de ninar. Ela precisava disso. Mas os empregados mantinham distância, como se a senhorinha desse azar.

Agora, no jardim da igreja, ela viu Alan McMichael e sua irmã Eunice. Um ano mais velho que Edith, o loiro Alan, com suas bochechas coradas, era o alegre companheiro de Edith em tudo. Seus olhos, de um azul-acinzentado, o único ponto colorido em todo o cemitério, encontraram o olhar dela e se fixaram nele, quase como se Alan estivesse segurando sua mão. Ao lado dele, Eunice estava inquieta e ligeiramente entediada. Ainda que tivesse apenas 9 anos, ela já fora a um grande número de enterros. Eram crianças da era vitoriana, e a morte não era incomum.

Edith, porém, tinha apenas uma mãe para perder, e isso era novo e desconcertante. De partir o coração. As lágrimas queriam vir, mas só ficavam nos cantos dos olhos. Ela não era de fazer escândalo; crianças bem-criadas existiam para ser vistas, e não ouvidas, mesmo quando seus mundos estavam desabando. Alan, observando-a, parecia ser o único que compreendia seu pesar insuportável. As lágrimas cintilavam em seus olhos.

Eunice se ajeitou e brincou com um de seus cachos ruivos. Alan puxou de leve o pulso da irmã para que parasse, e ela lhe deu um soquinho. A mãe sorriu melancolicamente para os dois, como se não tivesse visto os maus modos de Eunice. A Sra. McMichael ainda era bonita, ainda estava viva.

Alan continuou segurando o pulso de Eunice. Ela fez beicinho, e a mãe dos dois pôs a mão no bolso do casaco de zibelina, oferecendo à filha algo que parecia um doce. Eunice o pegou, sacudindo-se e se soltando do irmão. Agora era Alan quem fingia não reparar no que estava acontecendo — ou talvez ele não estivesse vendo mesmo. Toda a sua atenção estava fixada em Edith, enquanto um choro intenso ameaçava irromper do peito dolorido da menina. Não haveria mais doces da mamãe, nenhum sorriso, nenhuma história.

O cólera a levara. Uma morte horrível, lenta e muito aflitiva. O pai de Edith tinha encomendado um caixão fechado e pedira que ela não olhasse. Assim, não houve beijo de despedida, nem adeus, nem últimas palavras.

Isto é, até que ela voltou. Três semanas depois de morrer.

O tempo não curava todas as feridas.

A mãe estava morta havia quase um mês, e Edith sentia ainda mais saudades dela. A coroa de flores negra continuava na porta, e os empregados usavam faixas nos braços em memória à senhora. A cozinheira não quis que as empregadas tirassem os panos negros dos espelhos. DeWitt comentou que ela era supersticiosa demais, e ela respondeu que era apenas *cuidadosa*. Que não se podia dar chance ao azar quando se tratava dos mortos. Lá na Irlanda, o espírito de uma tia solteirona havia ficado preso num espelho em 1792 e desde então assombrava a família. DeWitt retrucou que, como os panos foram colocados antes de a Sra. Cushing falecer, e como agora ela já estava enterrada, não havia chance de a senhora ter ficado presa.

Mesmo assim, os panos ficaram.

Edith estava deitada em sua caminha, chorando baixinho no escuro, na companhia de seu coelho de pelúcia. A dor em seu coração parecia mais profunda e mais forte a cada noite. Sombras dos montes de neve acumulada pintalgavam as capas poeirentas dos livros que a mãe e ela leram juntas, algumas páginas toda noite. A menina não tinha força para abri-los.

O relógio do avô no fim do corredor tiquetaqueava entre seus soluços, como um machado acertando madeira. Do lado de fora da janela do quarto, a neve nunca ausente caía em silêncio sobre a margem oriental do lago Erie e da nascente do rio Niágara. O canal Erie tinha alimentado a fortuna da família de Edith. Vento e água congelada. A lindamente mobiliada casa dos Cushings estava fria naquela noite, como estivera toda noite desde a morte da mãe. Edith sentia que era ela quem havia virado gelo e que nunca voltaria a ficar quente de novo.

Eu queria saber se ela está com frio, lá embaixo da terra. Edith não conseguia evitar esse pensamento, mesmo que tivesse ouvido dezenas de vezes — ou centenas — que a mãe estava num lugar melhor.

Lembrava-se de quando seu quarto era o melhor lugar de todos: a voz meiga e delicada da mãe lendo enquanto ela se aninhava embaixo da colcha com uma caneca de chocolate quente e uma bolsa térmica.

Era uma vez.

Tocando canções de ninar no piano quando Edith não conseguia dormir.

Naquela noite, não havia música.

Edith chorava.

O relógio tiquetaqueava, contando os segundos, as horas, as noites da vida sem a mãe. Infindáveis. Inexoráveis. Impiedosas.

Então Edith ouviu um som abafado que estava entre um suspiro e um gemido. Estremeceu e tapou a boca com a mão. Havia sido ela a responsável por aquilo?

Seu coração titubeou quando ela ergueu a cabeça, bem atenta aos ruídos.

Tique, tique, tique. Só o relógio.

E de novo. Um lamento triste e baixo. Um suspiro de pesar. Até... de agonia.

Edith se empertigou subitamente e deslizou para fora da cama. Ao rastejar pelo chão gélido, as tábuas rangeram, e ela sentiu a seda acariciando levemente suas orelhas. Ela não estava usando seda.

A cozinheira tinha dito a DeWitt que a mãe havia sido enterrada com seu melhor robe de seda preta, e que sua pele ficara igualmente escura horas antes de ela morrer. A cozinheira usara palavras como "repulsivo, pavoroso. Um horror". Ela falou de sua senhora como se fosse um monstro.

De *mamãe*, que era tão bonita, que sempre tinha a fragrância de violetas e que adorava tocar piano. Que lhe contava as histórias mais bonitas sobre princesas destemidas que derrotavam feiticeiros malvados e sobre os príncipes que as adoravam. Que prometia a Edith que sua própria vida teria um "felizes para sempre" com um homem que construiria um castelo para ela — "com as próprias mãos", dizia, sorrindo como num sonho, e acrescentando: "Igual ao seu pai."

Agora, porém, enquanto Edith encarava a escuridão, ela não conseguia vislumbrar aquela mamãe. Seus pensamentos se voltavam para o monstro, para o horror, e ela se perguntava se as sombras ficavam mudando de lugar por vontade própria ou se eram as silhuetas dos flocos de neve que brincavam no papel de parede. Olhou da parede para o fim do corredor. Havia algum movimento por lá. O ar parecia esvoaçar e logo ficar mais espesso.

Seu sangue gelou quando uma figura começou a emergir das trevas — uma figura, sob o manto das sombras, flutuando no fim do corredor. Uma mulher, envolta no que um dia fora uma fina seda negra, agora esfarrapada como as asas envelhecidas de uma mariposa.

Seria apenas sua imaginação? Um truque de luz?

Edith começou a suar frio. *Não tem nada ali. Não tem nada.*

Ela *não* está ali.

Seu coração acelerou.

Aquilo não estava deslizando na direção dela.

Ela *não* estava deslizando.

Arquejando, Edith virou de costas e saiu correndo de volta para o quarto. Sua pele ficou arrepiada e suas bochechas estavam quentes. Ela prestou atenção aos ruídos, mas só conseguiu ouvir um zumbido nos ouvidos e o som seco de seus pés descalços no carpete.

Edith não viu a coisa que se arrastava atrás dela enquanto corria, nem sentiu os dedos esqueléticos da mão trêmula acariciando seus cabelos. O luar iluminava os ossos dos dedos, revelando o breve vislumbre de um rosto atormentado, com a carne já carcomida.

Não, Edith não viu. Mas talvez tenha *sentido*.

Uma sombra. Um espírito impelido a retornar pelo amor inextinguível, pelo desespero de falar. Deslizando, com o farfalhar da seda e o estalido de ossos e de carne ressequida.

Edith não viu nada disso ao correr para debaixo do cobertor e se agarrar a seu coelhinho, tremendo de pavor.

Porém, segundos depois, ao se virar de lado, ficou completamente rígida de choque. Ela sentiu a mão decomposta em seu ombro, sentiu o cheiro da terra úmida do túmulo e ouviu os lábios secos, uma distorção rouca da voz que conhecia melhor do que a sua, sussurrando em seu ouvido:

— Minha filha, quando chegar a hora, cuidado com a Colina Escarlate.

Edith gritou. Levantou-se de súbito e pegou os óculos. Enquanto ela os encaixava nas orelhas, as lamparinas a gás se acenderam de novo. Ela sequer percebera que tinham se apagado.

Não havia nada — *ninguém* — no quarto.

Até que, alertado por seus gemidos, seu pai entrou correndo e a envolveu nos braços.

Demoraria anos até eu ouvir de novo uma voz como aquela — um aviso de fora do tempo, um aviso que só fui entender quando era tarde demais...

CAPÍTULO 2

BUFFALO, NOVA YORK, 1901

Era dia de feira, e brancas nuvens de algodão enfeitavam o céu como rendas finas enquanto Edith caminhava pelo jardim lamacento com suas botinas de abotoar. Ela havia escolhido uma saia dourada brilhosa, uma blusa branca e uma gravata preta para usar naquela auspiciosa ocasião. A saia combinava muito bem com seu cabelo loiro, que prendera num delicado *chignon* e cobrira com um belo chapéu novo adornado com um véu que a identificava — segundo sua própria opinião — como alguém que não era escravo da última moda nem levava a vida na boêmia. Uma jovem inteligente e ambiciosa. E *talentosa*.

Pela primeira vez na vida, ela tinha algo que havia criado, um produto a vender — e um comprador em potencial. Em segredo, sorria consigo mesma ao erguer o pacote pesado.

Gado, vendedores de rua, carruagens e um ou outro automóvel ameaçavam cobrir suas roupas de lama. Imaculada, entrou no agitado prédio comercial onde ela, Srta. Edith Cushing, tinha negócios a fazer, e começou a subir as escadas.

Achou de bom augúrio que Alan McMichael, agora o doutor Alan McMichael, saudasse-a ao descer pelas escadas, parando para falar com ela, que subia. Fazia muito tempo que não se viam; ele tinha ido para a Inglaterra estudar para ser oftalmologista. Ela se surpreendeu bastante ao ver que Alan de fato tinha crescido e ficado com o rosto anguloso, como eram os rostos dos homens adultos — aquela carinha rechonchuda de criança sumira —, e com os ombros largos, escondidos pelo casaco. Ele não estava de chapéu e seus cabelos eram quase tão loiros quanto os dela.

— Edith — disse ele, extasiado —, você sabia que estou montando meu consultório? — Alan parecia presumir que ela sabia que ele tinha voltado.

Eunice nem me disse nada, pensou ela, ligeiramente incomodada. Mas, por outro lado, fazia tempo que Edith não visitava a família McMichael. Ela não andava visitando ninguém, e, na alta sociedade, isso era muito deselegante. Era preciso perguntar pelos amigos. Só que Edith não era lá de ser muito amigável. Era preciso visitar os conhecidos. Perguntar como iam de saúde e estar a par dos acontecimentos importantes de suas vidas — que, no caso de Eunice, incluiriam os mínimos detalhes de festas, bailes e recepções.

Mas que fastidioso, pensava Edith. *Ah, puxa, eu só tenho 24 anos e já sou uma misantropa toda irritadiça.*

— Às dez eu vou encontrar Ogilvie — informou-lhe ela, recuperando a empolgação. — Ele vai ler meu manuscrito e ver se quer publicá-lo.

Edith havia começado o livro antes de Alan partir para estudar medicina, lendo trechos para ele quando por acaso se encontravam — o que era bem mais frequente do que se poderia esperar, considerando que entre eles havia apenas amizade. Ela lhe confidenciara a visita do fantasma da mãe, ainda que, obviamente, Eunice tenha ficado à espreita e contado a todo mundo. E todo mundo zombara de

Edith e a ridicularizara. Daquele dia em diante, Edith tinha decidido explorar a imaginação fértil de seu eu de 10 anos, em luto — pois era em luto que ele certamente estava —, como uma metáfora para a perda em seu romance. Mesmo que a lembrança daquele pesadelo ainda a assombrasse, ela era grata por aquela experiência assustadora, pois, de certa forma, havia tirado algum proveito da situação.

Ele abriu um sorriso ainda maior ao ouvi-la dizer que o livro estava pronto.

— Você sabe que são apenas nove horas, não é? — arriscou Alan.

— Eu queria fazer algumas correções antes da reunião.

Edith repassou mentalmente a lista de suas revisões e logo se deu conta de que Alan tinha acabado de convidá-la a passar em seu consultório em breve, e estava falando algo sobre algumas fotos desconcertantes que queria lhe mostrar.

Ela dedicou toda a sua atenção a Alan. Estava realmente feliz em vê-lo. Talvez não fosse uma misantropa irritadiça. Talvez fosse apenas seletiva quanto às pessoas de cuja vida gostaria de estar a par. Novos projetos eram muito mais empolgantes que a última moda — embora Edith não se considerasse maltrapilha.

— Preciso ajudar minha mãe — dizia ele. — Amanhã ela vai dar uma festa para o pretendente de Eunice. Por que você não vem?

Como se tivessem ouvido sua deixa, Eunice, algumas alpinistas sociais que a cercavam, e sua mãe, a Sra. McMichael, apareceram nas escadas. Suas roupas esbanjavam sofisticação, e Eunice estava radiante.

— Nós o conhecemos no Museu Britânico — anunciou a Sra. McMichael. — No outono passado, quando visitamos Alan.

— Não dá nem para acreditar. Ele é tão bonito — suspirou Eunice, ficando com o rosto todo rosado.

Edith conseguiu ficar contente por Eunice. O sonho da outra moça era um bom casamento. Ela daria trabalho ao marido, com certeza.

— E agora ele cruzou o oceano com a irmã só para ver Eunice de novo — continuou a Sra. McMichael, orgulhosa.

— Mãe, ele veio para cá a negócios — protestou Eunice, sem muita ênfase, mas suas palavras eram só da boca para fora.

— Isso é o que ele *diz* — trilou uma das bajuladoras de Eunice, fazendo-a corar.

Se Eunice estivesse com um leque, ela o teria agitado como as asas de uma borboleta, para se refrescar.

— Parece que ele é um baronete — prosseguiu a Sra. McMichael.

— Baronete? O que é isso? — perguntou uma das amigas de Eunice, e a Sra. McMichael deu de ombros com estudada indiferença.

— Ah, bem, é uma espécie de aristocrata...

— Um homem que vive da terra onde outras pessoas trabalham para ele. Um parasita com um título de nobreza.

As duras palavras foram saindo antes que Edith conseguisse ouvir o que ela própria dizia. Alan abriu um enorme sorriso que tentou tapar com a mão. A Sra. McMichael, porém, arqueou as sobrancelhas.

— Desculpem — pediu Edith.

Contudo, a Sra. McMichael obviamente era capaz de se manter inabalável diante de qualquer desafio relacionado a um assunto caro a seu coração. Ou, mais precisamente, a seu orgulho.

— Bem, o *parasita* em questão é absolutamente encantador, além de dançar muito bem. Isso, porém, não interessaria a você, não é mesmo, Edith? — acrescentou ela, ríspida. — Eis nossa Jane Austen.

— Mãe — admoestou Alan com delicadeza.

— Tenho a impressão de que *ela* morreu solteirona. — O olhar da Sra. McMichael era implacável e sua boca estava contraída num sorriso inalterável e insincero.

— Mãe, *por favor* — disse Alan.

— Está tudo bem, Alan — tranquilizou-o Edith. Ela encarou o olhar da senhora. — Prefiro ser Mary Shelley — disse, delicadamente. — Ela morreu viúva.

Saboreando o gracejo, Edith se despediu.

Encontrou um assento a uma mesa no salão da biblioteca pública, estendeu o manuscrito, empurrou os óculos para a ponte do nariz, pegou caneta e tinta, e começou a fazer suas modificações. A tinta da caneta vazou e manchou seus dedos, de modo que, toda vez que ela ajeitava os cabelos, imprimia as digitais na testa sem perceber.

Edith não tinha ideia de que estava um tanto desalinhada quando enfim chegou ao escritório do Sr. Ogilvie, o que o grande e poderoso editor observou inequivocamente enquanto ela se sentava diante de sua mesa. Edith tremia com bem disfarçada ansiedade à medida que ele lia seu *magnum opus* página por página.

Ela jurava ouvir o tique-taque de um relógio. Ou talvez fossem seus joelhos batendo.

O Sr. Ogilvie suspirou. Não era um bom sinal.

— Uma história de fantasma. Seu pai não me falou que era uma história de fantasma. — Cada sílaba estava carregada de decepção.

Ela estava determinada a não perder as esperanças.

— Não, senhor, trata-se, na verdade, de uma história... que tem um fantasma.

Edith apontou para o manuscrito com os dedos manchados de tinta. Ele se retraiu.

— O fantasma é só uma metáfora, o senhor entende? Para o passado — explicou ela, destemida.

— Uma metáfora. — Seria impossível o Sr. Ogilvie parecer menos entusiasmado. Ele continuou a leitura. — Bela letra. Voltas firmes.

Ah, não. Ele odiou.

O Sr. Ogilvie pôs o manuscrito na mesa e o reordenou, como uma babá dobrando uma fralda suja.

— Então, Srta. Cushing, como vai seu pai? Bem de saúde, espero.

— Ele disse que estava faltando uma história de amor. Você acredita nisso?

Edith estava furiosa outra vez. Inclinou-se para a frente na cadeira, que ficava diagonalmente oposta à do pai na sala de jantar dourada de sua casa, onde eles jantavam juntos. O sol estava se pondo, e a luz se derramava sobre o papel de parede cor de damasco e sobre os candeeiros de alabastro. As travessas de prata reluziam.

— Todo mundo se apaixona, minha querida — arriscou ele. — Até as mulheres.

Seu pai estava devidamente trajado para aquela refeição, cada fio de cabelo penteado com cuidado, sua barba aparada de forma impecável. Ainda que tivesse quase 60 anos, os cuidados que tomava rendiam frutos: ele parecia consideravelmente mais jovem.

— O Sr. Ogilvie só disse isso porque sou mulher — resmungou ela, enquanto as empregadas traziam elegantes escudelas. — Por quê? Por que uma mulher precisa sempre escrever sobre amor? Histórias de meninas em busca do marido ideal, sendo salvas por um jovem príncipe maravilhoso? Contos de fadas e mentiras.

Uma expressão que Edith não conseguia decifrar atravessou o rosto do pai, que em seguida disse:

— Bem, vou conversar com Ogilvie no clube na segunda de manhã.

Edith se irritou.

— É claro que não. Vou resolver isso. Sozinha.

O olhar que ele lhe lançou foi delicado, e Edith se preparou para ouvir suas objeções — que ela sem dúvida atribuiria às preocupações de um pai e só isso, mas que certamente não teriam o poder de desviá-la do rumo que decidira tomar. Seu pai franziu o cenho de leve e se inclinou na direção dela, como se a estivesse examinando sob as lentes de um microscópio.

— Quando você foi falar com Ogilvie seus dedos estavam assim, manchados de tinta?

Edith fez um esgar, lembrando-se do borrão que também havia em sua testa. Ela só o descobrira após a reunião.

— Temo que sim. Estas manchas não querem sair.

O rosto dele se iluminou.

— Ah. — Seu pai colocou um pequeno pacote diante dela com um floreio. — Eu esperava que o presente fosse para celebrar, mas...

Edith abriu e ergueu uma bela caneta-tinteiro de ouro. Era o mais magnífico instrumento de escrita que ela já vira, e prova da fé — e do apoio — do pai em sua ambição de se tornar escritora. Profundamente comovida, Edith lhe deu um beijo na bochecha. Ainda que ele tivesse ficado desconcertado, suas bochechas coradas deram a ela a certeza de que estava igualmente contente.

— Sou um construtor, querida. Se há uma coisa que sei, é a importância das ferramentas corretas para fazer um trabalho.

— Na verdade, pai, eu gostaria de datilografar o livro em seu escritório — informou ela com doçura.

Edith quase não reparou no lampejo de decepção no rosto do pai enquanto ele olhava para a caneta brilhante, subitamente obsoleta.

— Datilografar?

— Vou enviar o texto à *Atlantic Monthly* — explicou ela. — Percebi que minha letra é feminina demais.

— Feminina demais?

— Ela revela que sou mulher. Vou assinar como E. M. Cushing. Desse jeito, não vão saber.

Seu pai pareceu pensativo.

— Sem a menor dúvida.

CAPÍTULO 3

Hoje é o meu dia.

Apesar da rejeição do dia anterior, Edith estava nas nuvens. Suas esperanças a sustentavam como asas de confiança. Assim que conseguisse a devida atenção — sua obra lida por alguém que não tivesse preconceito contra seu sexo —, ela estava confiante de que seria publicada.

Ela quase — mas nem tanto — imaginou o quanto sua mãe ficaria orgulhosa se lhe mostrassem um livro que sua própria filha havia escrito. Porém, Edith reprimiu esse pensamento, recusando-lhe um lugar para se fixar. A imagem daquela mão enegrecida em seu braço, aquele mau cheiro, aquela voz horrível...

Foi só um pesadelo. A tristeza estava me deixando louca.

Não estava, não. Você sabe exatamente...

Finalmente ela chegara ao agitado escritório de engenharia do pai. Dominadas por enormes maquetes de prédios e pontes protegidas por vidros, as salas arejadas com o pé-direito alto eram um formigueiro de atividade com engenheiros, secretários e assistentes examinando modelos em miniatura, desenhando plantas e medindo desenhos, executando as grandes empreitadas do Sr. Carter Cushing. Seu pai tinha construído alguns dos mais belos edifícios de Buffalo e de muitas outras cidades. Construções de pedra, de alvenaria e de ferro que levariam seu nome e sua visão através dos séculos. Em seu mundo, ele era um artista — exatamente como Edith esperava se tornar no dela, um mundo de livros e histórias.

Com esse objetivo, ela se acomodou na cadeira da secretária do pai, com o manuscrito entre os cotovelos e olhou através dos pequeninos óculos redondos para as letras do alfabeto dispostas segundo algum padrão indiscernível. Catando cada letra, Edith levou algum tempo até escrever o título e a frase de abertura da história. Muito mais tempo para preencher uma página. Então, seguindo as dicas da secretária, ela tocou na alavanca de entrelinha e o carro, zunindo numa velocidade impressionante, cruzou a parte de cima da máquina. Edith estava maravilhada.

— Vou levar o dia todo, mas assim o texto fica bonito, não acha? — comentou ela.

A secretária estava ocupada, levantando uma caixa pesada com pastas de arquivo para colocar numa prateleira. Edith voltou a contemplar a estranha disposição das letras nas teclas e se deu conta de que havia como que uma sombra se projetando sobre a máquina de escrever. Ela olhou de soslaio, vagamente contrariada.

— Bom dia, senhorita — disse uma voz. Masculina, inglesa.

Edith olhou para cima.

Os olhos mais azuis que já tinha visto estavam fixados nela. Ela piscou, fascinada. O rosto do visitante tinha traços bem-marcados, seus cabelos pretos eram perfeitamente arrumados, ainda que alguns cachos se recusassem a se submeter ao penteado. O cérebro de escritora de Edith conjurou palavras para descrevê-lo: *impressionante, elegante, vencedor*. Ele usava um terno de veludo azul que um dia fora resplandecente — eis outra boa palavra —, cujo corte caía com perfeição em seu corpo esguio, mas cujas mangas estavam quase puídas. O conjunto com certeza não denotava pobreza, mas era certo que ele não era bem de vida. Contudo, sustentou o olhar dela com uma espécie de graciosidade cerimoniosa que demonstrava boas maneiras e uma criação requintada.

Outras palavras surgiram em sua mente: *beleza fora do comum*.

Edith não revelou nada disso enquanto esperava para ver o que ele diria em seguida. A secretária, por sua vez, estava completamente sem fôlego. O homem trazia uma caixa de madeira envernizada debaixo do braço. Parecia pesada; para ele, fácil de carregar.

— Desculpe interrompê-la — disse ele, seu sotaque britânico aristocrático deliciando seus ouvidos —, mas tenho uma reunião marcada com o excelentíssimo Sr. Carter Everett Cushing.

Em outras palavras, o pai dela.

— Minha nossa. Com o próprio excelentíssimo? — perguntou Edith, assumindo um tom insípido.

Estava bastante entusiasmada com ele, mas não era adequado uma senhorita parecer muito receptiva a um homem que não conhecia. E Edith tinha fama de se comportar de maneira adequada, ocasionalmente.

— Temo que sim.

O sorriso dele tinha algo de hesitante, e Edith percebeu que estava nervoso. Para ela, isso apenas o tornava mais atraente. Por mais estonteante que fosse, ainda era humano. Edith o fitou enquanto ele tirava um cartão de visitas do bolso e o apresentava.

— Sir Thomas Sharpe, baronete — leu ela em voz alta.

Foi então que Edith percebeu que era ele o aristocrata de Eunice. O *parasita* dela. Deus do céu, ela era *mesmo* uma misantropa irritadiça. A Elizabeth Bennett de sua época. Em *Orgulho e preconceito*, a protagonista de Jane Austen tinha chegado à mesma conclusão precipitada sobre o Sr. Darcy, dissolutamente belo e cheio de autoconfiança — porém aristocrata, e, portanto, digno do desprezo de Elizabeth como um esnobe imprestável.

— Vou chamá-lo. — A secretária se deslocou rapidamente para fazer exatamente isso.

Sir Thomas Sharpe virou o pescoço, que estava voltado para a mesa.

— O senhor não está atrasado, está? — perguntou Edith. — Ele detesta isso.

— De jeito nenhum. Para dizer a verdade, cheguei um pouco cedo. *Um homem ao meu gosto. Digamos assim.*

— Ah, temo que ele também deteste isso.

Edith não entendia por que o estava provocando tanto. Não importava; ela não conseguia fazer com que ele reagisse. O nervosismo dele tinha se dissipado. Na verdade, Sir Thomas parecia bastante distraído. Edith ficou um pouco chateada.

— Desculpe, não quero ser intrometido. Mas... — Ele fez um gesto para o manuscrito, e então ela percebeu que Sir Thomas tinha virado o pescoço para lê-lo. — ... isso é uma obra de ficção, não é?

Edith concordou com a cabeça, ocultando sua consternação. Ela queria explicar que o fantasma era uma metáfora e lhe assegurar que já chegara à conclusão de que sua protagonista se apaixonar por Cavendish logo na primeira página era bobo demais e que ia mudar para como estava antes de Ogilvie recusar o manuscrito. Não deveria ter lhe dado ouvidos, mesmo ele sendo um editor famoso. As histórias de amor *eram* contos de fadas e mentiras na opinião dela e... Deus do céu, ele estava lendo ainda mais.

— Para quem a senhorita está transcrevendo isso? — perguntou ele, genuinamente interessado. Mas ela não conseguia dizer se Sir Thomas estava intrigado ou horrorizado com o texto na página.

Edith decidiu evitar a pergunta. Se ele tiver odiado, ela ficará com vontade de morrer.

— É para ser enviado a Nova York amanhã. Para a *Atlantic Monthly*.

Sir Thomas absorveu a informação. Leu mais uma página.

— Bem, não sei quem escreveu isso, mas é muito bom, não acha?

Contente, ela inclinou a cabeça para trás, para decifrar melhor a reação dele.

— É mesmo? — indagou ela.

Sir Thomas deu de ombros como quem diz *Não é óbvio que é bom?*

— Prendeu minha atenção.

Ele estava sendo sincero. Realmente tinha apreciado. Ele gostou do livro dela. Ninguém havia lido nada dele desde Alan... até

Ogilvie. E Alan tinha ouvido com atenção, mas não havia feito nenhum comentário, exceto do tipo "Essa é uma bela descrição do campo" ou "Desculpe, não estou entendendo bem, esse fantasma é de verdade ou não?".

Mas Sir Thomas Sharpe, baronete, tinha declarado que o livro era *muito bom*. Sem dúvida ele havia frequentado internatos de luxo e estudado numa grande universidade, como Oxford. Ele provavelmente tinha uma biblioteca enorme em seu castelo e lera Virgílio no original em latim. Como o livrinho dela poderia se comparar àquilo tudo?

De forma positiva. Ele dissera isso. Ela estava entusiasmada. Tinha encontrado uma alma gêmea.

Será que ela deveria confessar? Por que não?

— Fui eu que escrevi. A autora sou eu. — Edith ouviu orgulho na própria voz.

O rosto dele se iluminou perceptivelmente. Seus lábios se separaram e ele estava prestes a dizer alguma coisa quando a voz grave do pai dela estrondou.

— Sir Thomas Sharpe. Bem-vindo à nossa bela cidade.

Carter Cushing se aproximou. Ao fitar o inglês, uma nuvem encobriu seu rosto, e em seguida desapareceu quando voltou sua atenção para Edith.

— Vejo que o senhor já conheceu minha filha, Edith.

Edith gostou do lampejo de surpresa de Sir Thomas e sorriu para o homem sem palavras enquanto seu pai o conduzia para a sala de reuniões. O homem mais jovem levou sua caixa de madeira como se fosse um objeto precioso, e Edith decidiu descobrir por que ele estava ali. Tudo a respeito de Sir Thomas era extremamente interessante. Edith se levantou da mesa, deixando o manuscrito onde estava.

Àquela altura os dois homens haviam entrado na sala de reuniões. Ela espreitou pela porta aberta e viu que alguns dos mais renomados empresários de Buffalo estavam sentados nas lustrosas cadeiras dispostas em círculo. Era um encontro de figurões, que incluía o Sr. William Ferguson, advogado do pai dela. Todos os olhos estavam voltados para Sir Thomas Sharpe, de pé no centro. Não admirava que ele estivesse tão nervoso. Era como se tivesse de enfrentar vários Ogilvies.

— As minas de argila Sharpe são Fornecedoras Reais da mais pura argila vermelha desde 1796.

A voz dele era enérgica, cheia de autoridade. Todos os sinais de nervosismo desapareceram por completo. Sir Thomas ergueu outra caixa de madeira, muito menor que a primeira. Dentro havia um bloco carmesim com alguma espécie de selo. Ele o fez circular entre os respeitáveis senhores de suíças com seus casacos escuros, e cada qual examinou a argila de tonalidade intensa.

Intrigada, Edith entrou e fechou a porta. Os colegas do pai estavam acostumados a vê-la ficar observando do canto da sala e não deram atenção. O olhar de Sir Thomas, porém, deslocou-se, e Edith ficou ao mesmo tempo desconcertada e contente por ter causado alguma distração.

— A extração em excesso nos últimos vinte anos fez com que a maioria de nossos depósitos antigos desabasse, prejudicando nossas operações e colocando em risco nosso lar ancestral — continuou Sir Thomas.

Ele tem um lar ancestral. Exatamente como Cavendish em meu romance, pensou Edith.

— Os senhores sugaram a vida da terra, é isso que o senhor está dizendo? — perguntou rispidamente o pai dela. — Ela sangrou até morrer...

— Não — protestou Sir Thomas, ainda bastante calmo. — Existem outras camadas de argila, mas até o momento é difícil alcançá-las.

Boa resposta, pensou Edith com aprovação. O pai dela era ainda mais intimidador do que Ogilvie. Ela decidiu observar Sir Thomas em ação e aprender o que podia da fina arte de vender. Autores muitas vezes observam o mundo para poder retratá-lo fielmente no papel.

Contudo, durante suas meditações sobre ser mais observadora, ela perdeu uma parte importante da demonstração de Sir Thomas. Ele havia aberto a caixa de madeira maior e tirado uma maquete de algo que Edith reconheceu graças aos muitos dias passados no escritório do pai: uma broca de mineração. Ele tinha conectado a broca a um pequeno boiler de bronze e, com um chiado de vapor dramático, os níveis e as engrenagens de bronze polido começaram a se mexer. A broca girou. A miniatura era encantadora e também ficou claro que era bastante impressionante, porque os homens se inclinaram para a frente ao estudá-la. Pequenos baldes subiam, e Edith conseguia imaginá-los perfeitamente transportando argila cor de rubi e depositando-a num vagonete.

— Esta é uma colheitadeira de argila que eu mesmo inventei — disse Sir Thomas. — A produtividade dela equivale à de uma equipe de dez homens. Ela transporta a argila para cima enquanto escava as profundezas. Esta máquina pode revolucionar a mineração como hoje a conhecemos.

Os homens começaram a aplaudir, e Edith ficou feliz pelo jovem e sério aristocrata. Que inventor inteligente ele era. Inteligente e bonito, então. Eunice era uma garota de sorte... embora Edith acreditasse que seu noivado iminente com aquele homem não tivesse nada a ver com sorte, mas sim com as ambições da mãe dela. Se conhecia bem a Sra. McMichael, ela ficara à espreita de Sir Thomas no Museu Britânico e "por acaso" travou contato com ele de algum modo que, ainda que talvez um pouco ousado, não teria sido considerado indiscreto nem deselegante. E as horas que Eunice provavelmente passou se empetecando só para o caso de o encontro acontecer teriam sido bem gastas. Ela de fato *era* uma moça muito bonita.

Foi então que Edith notou que, dentre todos os presentes, seu pai era o único que *não* aplaudia. Na verdade, ele estava de cara feia.

— Desligue isso — vociferou, e em seguida abrandou a ordem —, por favor. Quem construiu isso?

Sir Thomas inclinou a cabeça.

— Eu mesmo desenhei e construí este modelo.

Aposto que ele é capaz de construir uma máquina de escrever mais razoável, pensou Edith. *Francamente, a disposição das letras não faz o menor sentido.*

No silêncio que se seguiu, os demais empresários fixaram o olhar no pai dela, cujo sorriso frio indicava ceticismo.

— O senhor já testou? Em tamanho real?

— Senhor, estou bem perto disso, mas com o financiamento...

— Então o que o senhor tem é um brinquedo e um discurso elegante — interrompeu o pai dela.

Sir Thomas ficou boquiaberto, e Edith se sentiu indignada com um ímpeto protetor em relação a ele. Carter Cushing tinha todo o direito de colocá-lo contra a parede, claro, mas seu tom era muito mordaz. Condescendente. *Igual* a Ogilvie.

O pai de Edith pegou um documento que estava sobre a mesa e o examinou antes de voltar a falar.

— O senhor já tentou, sem sucesso, angariar recursos em Londres, em Edimburgo e em Milão.

O inglês ergueu levemente as sobrancelhas, obviamente surpreso.

— Sim, senhor. É verdade.

O pai dela ficou de pé.

— E agora o senhor veio aqui.

Sua voz tinha um tom mais brusco, e Edith inconscientemente se afastou da parede. Contudo, ela não estava em posição de rebater nada do que o pai estivesse prestes a dizer. Essa briga era de Sir Thomas, e, se ela se pronunciasse, isso só serviria para deixá-lo constrangido.

— É verdade também.

— Todos os homens a esta mesa chegaram aqui por meio de trabalho duro e honesto. *Quase* todos. O Sr. Ferguson é advogado.

Era uma piada velha, mas, de qualquer forma, os figurões da indústria de Buffalo riram. Entreolharam-se de um jeito que dava a entender que Cushing tinha suas razões. Eles *haviam* "chegado ali" por meio de trabalho duro e honesto. A implicação era que esse não era o caso de Sir Thomas. Os homens naquela sala tinham o mesmo sentimento de superioridade que ela própria tivera até muito recentemente — talvez, no máximo, uma hora atrás.

Sir Thomas, tão inglês com seu título de nobreza, estava sozinho numa sala cheia de americanos batalhadores que apostavam em resultados, não em apresentações encantadoras. Edith sentiu que a maré estava virando em favor do pai e de seu desdém, ainda que ela não tivesse certeza do objeto desse desprezo — a invenção de Sir Thomas ou ele próprio.

— Eu comecei como metalúrgico, erguendo prédios para poder ser dono deles — continuou o pai dela. Nesse momento ele se aproximou de Sir Thomas de mãos espalmadas. — Ásperas. Elas refletem quem eu sou. Já o senhor, *Sir*...

Ele tomou as mãos de Sir Thomas; as costas do rapaz se aprumaram ligeiramente, e Edith se lembrou de ter lido que os ingleses eram mais reservados que os americanos. Talvez ele não gostasse de ser tocado. Ela se perguntou como seria, porém, tocar os dedos dele. Talvez até seus lábios que não sorriam.

E *ela* não deveria estar pensando essas coisas.

— O senhor tem as mãos mais macias que eu já senti — anunciou o pai dela. — Nos Estados Unidos, apostamos no esforço, não em privilégios. Foi assim que construímos este país.

Mas ele está sendo injusto, pensou Edith. *Sir Thomas disse que ele mesmo desenhou e construiu o modelo. Deve ter dado um bom trabalho visualizar e construir uma máquina tão revolucionária.* Edith percebeu que, assim como ela, ele era uma pessoa criativa — e que ele também estava prestes a enfrentar uma rejeição.

O pai dela se afastou de Sir Thomas. Os olhos de um azul intenso do baronete estavam inflamados de paixão, e ele ergueu o queixo.

— Estou aqui com tudo o que tenho, caro senhor. — Ele falou de maneira respeitosíssima e com humildade, contrastando com o tom condescendente e crítico do pai dela. — Um nome, um pedaço de terra e a vontade de fazê-lo render. O mínimo que o senhor pode me conceder é a cortesia de seu tempo e a oportunidade de provar ao senhor e a estes distintos cavalheiros que minha tenacidade, caro senhor, é no mínimo tão forte quanto a sua.

Muito bem, excelente resposta, pensou Edith, e, como Sir Thomas olhava em sua direção, ela sentiu que era hora de se retirar. Sir Thomas estava convencido a se manter inabalável e talvez ficasse constrangido em falar livremente com uma dama no recinto. Ele tinha pleno domínio de si e estava absolutamente preparado para enfrentar o pai dela. Muitos outros homens foram dobrados nessa tentativa.

Ele não vai se deixar dobrar. Estou sentindo. Um abalo percorreu sua espinha. *Eu também tenho força de vontade. Sou como ele.*

O que Edith sentiu foi mais que isso. Foi algo que só conhecia dos livros, e em que, até agora, nunca havia acreditado. Ela corou e se afastou. Ao sair da sala, começou a tremer e precisou se esforçar muito para não se virar e olhar pela última vez para o pretendente de Eunice McMichael.

CAPÍTULO 4

EDITH CONTEMPLAVA UMA cidade enorme e imunda. Era assim que Dickens a teria descrito, uma cidade saturada de tristeza e fuligem. Uma torrente diagonal de chuva transformava as ruas de Buffalo em campos de lama espessos como barro.

Escondidos em seus sobretudos, debaixo de guarda-chuvas, pedestres passavam correndo em frente à Mansão Cushing, ansiosos para evitar o dilúvio, enquanto, do lado de dentro, os empregados da casa acendiam as lamparinas. Um brilho quente emanava da próspera construção de tijolos vermelhos, dissolvendo-se ao anoitecer.

Edith, trajando um robe amarelo-mostarda, observava o pai com afeto enquanto ele examinava seu reflexo no espelho. Seu pai ficava elegante de fraque, e o colete dourado era o favorito dela. Em algumas semanas ele faria aniversário, e Edith tinha planejado uma surpresa maravilhosa — uma brochura com aquarelas de seus projetos mais importantes, prestes a ser concluídos.

— Preciso de uma cinta — disse ele, avaliando o ligeiro crescimento de sua cintura.

A vaidade dele a tocou por revelar uma vulnerabilidade. Edith foi até o pai e deu o nó em sua gravata-borboleta.

— Não precisa, não.

— Eu preferia que você mudasse de ideia e me acompanhasse esta noite. A Sra. McMichael teve muito trabalho. — Ele resmungou. — Nosso aristocrata de mãos delicadas estará lá.

Edith quase deu uma risada com o epíteto, mas se conteve. O pai havia sido severo demais com Sir Thomas, e ela não queria que ele pensasse que ela partilhava seu desprezo. Longe disso.

— Você está se referindo a Thomas Sharpe? — disse ela com mordacidade.

— *Sir Thomas Sharpe, baronete*. Parece que ele está interessado na jovem Eunice.

E ela se perguntava se Eunice o apreciava além do título de nobreza e de seus encantos. Ele era um homem inteligente e inovador, que floresceria se tivesse uma parceira que apreciasse a vida intelectual. Eunice preferia compras e bailes. Porém, talvez isso fosse tudo o que *ele* esperava de uma esposa. Seu pai a criara de outro jeito. Como herdeira, Edith podia se dar ao luxo de ser bastante precisa quanto ao que esperava de um marido. Com toda a franqueza, ela já havia considerado seriamente a ideia de que talvez nunca fosse se casar. Se Sir Thomas estivesse desimpedido, ela poderia pensar no assunto. Mas não estava.

Mesmo assim, Edith não conseguia deixar de defendê-lo.

— A proposta dele era tão absurda assim, a ponto de merecer uma reação tão severa de sua parte?

— Não foi a proposta dele, minha querida, foi *ele*. Tem alguma coisa nele de que eu não gosto. O quê? Não sei. — Ele deu de ombros. — E não gosto de não saber.

— Você foi cruel — insistiu Edith.

— Mesmo? Talvez seja meu jeito de fazer negócios, minha filha.

— O que eu vi foi um sonhador enfrentando a derrota. Você reparou no terno dele? Com um caimento perfeito, mas com pelo menos dez anos de uso. E os sapatos dele eram feitos a mão, mas estavam surrados. — *E não estou certa se estou ajudando Sir Thomas. Meu pai é um empresário de sucesso que lida com outras pessoas de sucesso.*

— Vejo que você observou muito mais que eu. — Ele subitamente ergueu uma sobrancelha, e ela lutou para não corar. — De qualquer modo, ele vai ter uma oportunidade. O conselho quer mais informações. Apesar de minhas reservas.

Isso a deixou contente. Ela estava prestes a dizer isso enquanto o ajudava com o paletó quando a campainha tocou.

— Deve ser o jovem Dr. McMichael — afirmou o pai de maneira genuinamente calorosa. — Ele veio me buscar com seu novo automóvel. Venha ver. Venha cumprimentá-lo. Ele acaba de abrir seu novo consultório. — O pai dela partiu rumo ao corredor. — Ele sempre gostou muito de você.

Os dois desceram juntos a escada.

— Eu sei, pai.

Alan fora seu companheiro de brincadeiras na infância e, quando cresceram, ele passou a ser seu amigo. Edith sabia que não havia nada romântico entre eles. Afinal, ela estava indo receber uma visita usando nada além de um robe. Se fosse um pretendente de verdade, o pai dela não teria permitido que a etiqueta fosse burlada dessa forma.

Que nada. Ele nem repara nessas coisas.

A porta se abriu para a chuva torrencial e para Alan, notável em seus trajes formais. Seus cabelos loiros estavam penteados para trás, mais arrumados que de costume, e seus olhos brilharam quando a viu. Edith retribuiu seu sorriso amplo, nem um pouco envergonhada por sua aparência não ser a melhor possível.

— Boa noite, Sr. Cushing. Boa noite, Edith.

— Minha nossa, Alan. Que elegância, não é mesmo? — disse ela, à vontade.

— Ah, você acha? Foi só uma coisinha que achei no armário — devolveu ele.

— A beldade da festa deveria ser Edith, você não acha, Alan? — perguntou o pai.

Um empregado trouxe seu chapéu e seu casaco, e Edith teve esperanças de que o bom humor do pai durasse tempo suficiente para que ele fosse um pouco mais bondoso com Sir Thomas.

— Eu tinha esperanças de que fosse. — Alan ergueu o queixo. — Edith, porém, não vê com bons olhos as frivolidades sociais.

— Até onde eu lembro, você também não dá muita importância a elas — disse Edith de volta.

Ele fez uma careta.

— Hoje não tenho opção. Eunice jamais me perdoaria.

É verdade, pensou Edith. *Ninguém é mais rancoroso que Eunice McMichael.* Ela já tinha visto Eunice se afastar de ex-melhores amigas pelos deslizes imaginários mais ridículos.

Edith olhou com ternura para os dois homens.

— Divirtam-se, rapazes. — E, em seguida, sussurrou baixinho para Alan: — Por favor, não o deixe beber muito.

A porta da Mansão Cushing se fechou com o mesmo vigor com que Edith tinha se recusado a participar da festa. Alan, segurando um guarda-chuva para o Sr. Cushing enquanto seguiam até seu automóvel, estava decepcionado, mas não surpreso, por ela ficar em casa. Ele também teria evitado a festa, caso não estivesse sendo realizada em sua casa, por sua família. Entretanto, se Eunice se casasse com o jovem aristocrata, ela iria embora, e talvez então Edith pudesse visitar os McMichaels com mais frequência. Alan certamente entendia por que ela mantinha distância. Ele amava a irmã, mas Eunice podia ser bem maldosa.

— Então ela não vem.

Não era uma pergunta. Era uma deixa para saber exatamente por quê. Alan tinha as próprias opiniões, mas estava um pouco decepcionado porque, embora tivesse voltado há pouco, ela não havia encontrado motivos suficientes para colocar um vestido bonito e acompanhá-lo na pista de dança.

— Eu tentei — disse o Sr. Cushing. — Teimosa até o fim.

— E de onde vem isso? — devolveu Alan, em tom de brincadeira. — Eu gosto.

A obstinação de Edith indicava que ela pensava por si própria, e ele gostava disso. Ela também era prodigiosamente espirituosa e tremendamente criativa. Ele era um homem da ciência, não era propenso a dar asas à imaginação como Edith. Tinha adorado ouvi-la lendo trechos de seu livro havia muito tempo, mas nunca soube exatamente o que comentar. "Gostei" sempre parecia tão irrisório.

— Eu também — admitiu o pai amoroso.

Eles entraram no automóvel, e Alan dirigiu pela rua chuvosa. Próxima parada: frivolidades sociais. Se ao menos Edith tivesse concordado em participar... Ela teria sido como um raio de sol no meio de uma noite entediante e chuvosa.

É claro que eu não podia ir. Eu tinha tanto a fazer: estava lendo a respeito das minas de argila no norte da Inglaterra. E sobre Allerdale Hall, a casa dos Sharpes. Uma das casas mais elegantes do norte inglês.

Edith sabia que nunca veria o lar ancestral de Sir Thomas, mas estava curiosa a respeito da propriedade. E a respeito dele também. Ela já havia decidido reescrever Cavendish, para que ele ficasse mais parecido com o rapaz inescrutável — uma prática comum dos autores, como aprendera em suas pesquisas sobre a vida literária. Após a partida do pai e de Alan, Edith se esparramou em sua cama enorme e estudou um livro volumoso repleto de mapas da Inglaterra e de minuciosas gravuras da vida cotidiana. Cumberland, na Inglaterra, era onde ficavam as minas de argila Sharpe e "a sede da família": uma construção enorme, semelhante a um castelo. As carruagens entravam e saíam por uma porta-cocheira; senhoras com sombrinhas passeavam ao lado de cavalheiros de cartola e bengala.

Era encantador. Ela imaginava Sir Thomas bebendo chá e discutindo sua invenção com visitas lindamente vestidas num salão decorado com pinturas de seus ancestrais nobres e com um brasão sobre a prateleira. Edith nunca fora à Inglaterra, mas tinha lido todos os autores britânicos importantes e também alguns dos populares. Gostava muito de Charles Dickens, e seus prazeres inconfessáveis eram as histórias de fantasmas de Sheridan Le Fanu e de Arthur Machen. Ela e a mãe leram as peças de Shakespeare, é claro. A favorita da mãe era *Sonho de uma noite de verão*. Mas, se dependesse de Edith, as melhores eram *Hamlet* e *Macbeth*. Histórias com fantasmas. Ela conseguia imaginar Thomas levando-a para ver uma peça de Shakespeare em Londres.

Sir *Thomas, sua besta*, censurou a si própria. *E ele está praticamente noivo de Eunice. Provavelmente vão fazer o anúncio agora à noite.*

Essa, claro, era a verdadeira razão de ela não ter ido ao baile. Era preciso ser racional quanto a essas coisas. E, ainda que não tivesse a menor esperança de ficar com ele, estava convencida a fugir para o mundo daquele homem misterioso e encantador, mesmo que só por algumas horas, enfiando-se naqueles livros. O Velho Mundo. Títulos de nobreza e privilégios. Tanta coisa dependia do nascimento, um mero acaso. Se fosse o primogênito, ficava com tudo. Agora, se fosse um irmão mais novo, ou uma irmã...

Edith se perguntou se Sir Thomas tinha irmãos. Ela o imaginava com pais amorosos. E um cachorro. Muitos cachorros. Cães de caça, talvez, ainda que a ideia de efetivamente caçar lhe provocasse repulsa.

Lá fora, a chuva atingia as janelas. Um trovão estrondava. O céu estava anormalmente escuro e um vento cortante assobiava pela rua. Seu pai e Alan logo estariam na festa, onde haveria lareiras estrepitantes e ponche quente, além de velas por toda parte. Edith conseguia visualizar perfeitamente Sir Thomas com sua gravata branca e seu fraque.

Ela sorria melancolicamente enquanto memorizava as linhas e os ângulos de sua grande propriedade familiar. O pai dela visitara muitas das casas opulentas dos magnatas americanos, algumas até projetadas para serem parecidas com castelos ingleses.

A maçaneta da porta do seu quarto girou lentamente.

Edith se apoiou no cotovelo e ficou observando. A maçaneta continuou girando, como se alguém estivesse com as mãos cheias demais para conseguir abrir a porta.

Ela se levantou da cama, mais curiosa que com medo.

— Pai? — chamou em voz alta. — Você esqueceu alguma coisa?

Não houve resposta. A maçaneta continuou se mexendo, tremendo freneticamente. Então, de súbito, a porta se abriu.

Edith deu um salto. Não havia ninguém. Desconfiada e confusa, com memórias há muito enterradas vindo à tona, ela entrou no corredor e seguiu na direção da sala de estar do andar de cima, dizendo a si mesma que não estava com medo, que cada vez que sentia um arrepio na espinha não era um eco de algo que acontecera com ela havia quatorze anos.

Quando sua mãe...

Ela cerrou os punhos e continuou andando pelo corredor.

Na metade do caminho, ela congelou. Viu uma sombra; ela conseguia *ver* uma mulher de preto, uma mulher morta, uma *coisa* de ossos, podridão e terra de túmulo...

Não. Eu não a estou vendo. Eu não estou vendo isso. Eu estou dormindo na minha cama, pensando em Macbeth.

Mas estava acordada, e, ainda que as sombras fossem muito escuras, *estava* vendo algo...

Arquejando, Edith deu meia-volta e correu para o quarto, fechou a porta e segurou a maçaneta com força. Ela tremia, os dentes batiam, tentando entender o que acreditava ter visto, tentando não entrar em pânico. A negação foi sua resposta instintiva.

Eu não vi aquilo. Foi minha imaginação, como da primeira vez. Foi...

O coração de Edith ribombava. Não havia pressão na maçaneta. Nenhum som do outro lado da porta. Ela prestou mais atenção, a orelha colada na madeira.

Então veio o farfalhar de seda...

E então... outra vez o girar da maçaneta, desta vez se movendo contra seus dedos.

Sentia um arrepio na espinha enquanto segurava a maçaneta com as duas mãos, lutando para manter a porta fechada. Se a porta abrisse...

Se ela visse...

— O que foi? — gritou ela. — O que você quer?

Duas mãos murchas irromperam através da porta e a tomaram pelos ombros. Eram blocos de gelo que queimavam, estacas de gelo, dolorosamente fortes. Em seguida, uma cabeça enegrecida horrenda que recendia a túmulo rebentou pela madeira; os traços da figura estavam deformados. O rosto era decrépito.

Não, os traços não estavam deformados; eles *ondulavam*, como água.

E a voz que lera para ela dormir em tantas noites da infância, a voz que agora saía de pulmões mortos há muito também tremia, distorcida até ficar quase irreconhecível.

— *Cuidado com a Colina Escarlate!*

Edith caiu de costas e se afastou depressa. O quarto adernou e girou. Ela não conseguia respirar, só conseguia ficar boquiaberta. Não havia dúvida desta vez: era a mãe dela, a mãe morta e enterrada tanto tempo atrás.

Então o rosto e as mãos desapareceram. A porta estava imaculada. Edith ouviu a si própria ofegando.

A maçaneta girou de novo, e Edith reprimiu um grito quando Annie, uma das empregadas, abriu a porta com um estalo e pôs a cabeça para dentro.

Muda de horror, Edith conseguia apenas fixar os olhos na menina.

— A senhorita está bem? O que houve? — perguntou a empregada, ansiosa.

— Nada. Você... Você me assustou, só isso.

Meu Deus. Eu vi um fantasma. Ou isso, ou estou louca.

Annie não pressionou sua senhora por mais explicações.

— Um tal Sir Thomas Sharpe está à porta — avisou Annie. — Ele está completamente encharcado e insiste em entrar.

— Thomas Sharpe? — Edith lutou para manter a compostura. — A esta hora? Você disse a ele que meu pai tinha saído?

Annie anuiu com a cabeça.

— Falei, senhorita. Ele não quer ir embora. É com *a senhorita* que ele deseja falar.

Edith ficou aturdida.

— Está fora de questão, Annie — disse ela, tentando afastar o tremor da voz. Além da impropriedade de receber um cavalheiro usando robe e sem o pai em casa, Edith estava fora de si. Tinha acabado de ver um fantasma.

Não tinha?

— Mande-o embora.

A empregada deu de ombros, sem saber o que fazer.

— Já tentei.

— E?

— Ele não quer ir.

Desconcertada, Edith se sentia numa espécie de névoa enquanto descia as escadas. A situação era insustentável.

Eu vi um fantasma. Ela esteve aqui.

Contudo, não tinha prova disso. Sua porta estava perfeita. Ela havia trabalhado muitíssimo no romance — revisando-o com um olhar mais aguçado e mais rigoroso desde que Sir Thomas o comentara, era preciso confessar. Um sonho teria trazido à tona imagens de horror, lembranças. Tinha lido sobre o trabalho que Edgar Allan Poe, seu colega escritor, enfrentara para extrair o grotesco e o fantasmagórico da vida monótona e banal que ele havia suportado como editor de revista. E Samuel Taylor Coleridge fumara ópio para dar vida a visões enterradas nas profundezas, em *A balada do velho marinheiro*.

Então talvez isso signifique apenas que eu esteja escavando minha própria mina — um rico veio de metáforas de minha própria perda, como falei ao Sr. Ogilvie. Talvez isso tenha acontecido porque eu estou mudando. Nunca pensei que fosse sair de perto de meu pai, pois assim ele ficaria sozinho. Eu achava que não tinha interesse em ter meu próprio marido. Eu presumi que ficaria contente em servir como anfitriã de meu pai pelo tempo que ele vivesse.

Talvez isso seja meu medo de que ele nem sempre esteja presente. O aniversário dele está chegando, e ele está ficando velho, por mais que queira disfarçar. E eu tenho uma verdadeira vocação de escritora. Não posso negá--la. Devo abraçar esses espectros que vejo. São um dom.

Mesmo assim, estava muito abalada. Todavia, a boa criação e as boas maneiras tomaram as rédeas no instante em que ela viu Sir Thomas no saguão, com seus cabelos longos e cacheados molhados com a água da chuva. Ele usava uma casaca preta, com um caimento perfeito, colete branco e gravata, e calças que revelavam as pontas engraxadas de um par de botas de couro para dança. Nunca um homem tão elegante havia entrado na Mansão Cushing durante a vida dela, nem mesmo seu pai. Edith estava perturbada.

Ele já tem dona, lembrou a si própria. *Bem, quase.*

— Srta. Cushing, a senhorita está bem? Parece um tanto pálida. — Seus olhos de um azul intenso pareciam estreitados com verdadeira preocupação.

Se eu tivesse a coragem de lhe dizer o que acabou de acontecer lá em cima, ele certamente acharia que eu sou histérica ou louca.

— Não estou muito bem, Sir Thomas, desculpe dizê-lo. E meu pai não está em casa. — Ela fez questão de articular bem as palavras para manter o controle.

— Eu sei. Eu o vi saindo. — Sir Thomas fez uma pausa e em seguida acrescentou: — Eu fiquei esperando na chuva que ele saísse.

Apesar de sua perturbação, Edith compreendeu, aturdida, que era ela quem ele fora ver.

— Ah? — foi tudo que Edith conseguiu dizer.

— Eu sei que ele vai à recepção na casa dos McMichaels — continuou ele. — Para onde eu também estou indo.

Então ela parou de acompanhar outra vez. A concentração exigia um esforço supremo. Coisas demais aconteceram. Estavam acontecendo.

— Mas ela fica na Bidwell Parkway, senhor. Estamos na Masten Park. O senhor está muito, muito perdido.

— Estou, de fato — concordou ele. — E preciso desesperadamente de sua ajuda.

— Ajuda com o quê? — perguntou ela cuidadosamente.

— Bem, Srta. Cushing, com a linguagem, para começar. — O sorriso dele demonstrava pesar. — Como a senhorita pode ver perfeitamente, eu não falo uma palavra de americano.

Diante disso, ela abriu um leve sorriso. Ele era espirituoso. O senhor de Allerdale Hall viera chamá-la. Sua aparência, naquelas roupas, era de tirar o fôlego. E, no entanto...

— Sir Thomas, eu simplesmente não posso.

— Por favor, devo me humilhar ainda mais? — suplicou ele. — Por que a senhorita ficaria aqui, completamente só?

De fato, por quê? Ela ergueu de novo os olhos para as escadas que levavam a seu quarto. Aquilo tinha acontecido mesmo? Talvez ela tivesse sonhado.

Eu sei que não sonhei. Eu sei o que eu vi.

O medo borbulhou.

Ela engoliu.

São dons, lembrou a si própria.

CAPÍTULO 5

ESTA FESTA NÃO *tem como ficar ainda pior*, pensou Alan McMichael ao olhar para a cintilante congregação da alta sociedade de Buffalo. As damas usavam as melhores roupas de Paris, com os ombros nus, ornadas de pérolas, reluzindo, e os cavalheiros estavam de fraque e luvas. As velas bruxuleavam, e uma profusão de flores em arranjos cuidadosos emprestava uma atmosfera mágica ao lar dos McMichaels. *Pobre Eunice.*

Para a irmã dele, a noite não poderia ficar nem um pouco menos mágica. Ainda que ela mantivesse a compostura, a cabeça erguida, estava ficando bastante óbvio que o convidado de honra, seu pretendente, Sir Thomas Sharpe, a tinha deixado a ver navios.

Ela e a mãe presidiram preparativos frenéticos na casa — o chão foi encerado, o piano, afinado, e a generosa ceia da meia-noite estava disposta em todo o seu esplendor: caviar, trufas, narceja, perdiz, ostras, codorna, tetraz, carne prensada, presunto, língua, frango, galantinas, lagosta, melão, pêssegos, nectarinas e geleias e biscoitos importados especialmente para a ocasião. Champanhe, é claro, *flip*, grogue e o ponche que Alan havia aprendido a fazer em Londres enquanto estava na faculdade de medicina. Eunice insistira para que ele o recriasse na tigela de prata de ponche, e os poucos goles que ele dera para experimentar tinham-no deixado nocauteado. Seriam servidos também chá, café, limonada, vinhos branco, clarete e

Madeira doce, além de ponche quente de vinho, orchata e ratafia, acompanhando os devidos pratos. Havia torres de frutas, amêndoas confeitadas e marzipã, tortas e bolos.

Elas se deram a esse trabalho todo, despendido todo esse dinheiro, declarando publicamente a importância que Sir Thomas e sua irmã tinham para a família McMichael, e o peralvilho não dera as caras. Após aceitar o convite, Sir Thomas tinha o dever de comparecer. Ele não enviara desculpas — ainda que apenas uma morte na família fosse um pretexto aceitável —, e a sociedade de Buffalo testemunhou que ele estava esnobando Eunice na mais especial das noites. Era o ápice da indelicadeza, algo que até os corações de pedra achariam ofensivo. E o de Eunice não era exatamente de pedra. Ela era mimada, isso sim, e ciumenta quando queria o centro da atenção. E, algumas vezes, menos do que gentil com Edith.

Porém, essa humilhação ela não merecia.

Alan havia perguntado a Lady Lucille Sharpe, a adorável irmã de cabelos escuros de Sir Thomas, onde ela achava que o irmão poderia estar. Discretamente, é claro, e de modo que ela não se sentisse desconcertada. Lady Sharpe não estava preocupada, garantindo descontraidamente que Sir Thomas chegaria logo. Alan sabia que não deveria insistir, mas estava irritado. Em seguida, a mãe de Alan anunciou que Lady Sharpe havia graciosamente concordado em tocar algumas canções ao piano, encerrando qualquer conversa sobre o assunto. Um gesto de misericórdia, pois realmente era rude da parte dele pressioná-la.

O cabelo de Lady Sharpe era de um castanho intenso; estava pontilhado de pedras escarlate tão enormes que não poderiam de fato ser rubis. Uma gema similar adornava seu dedo, uma esplêndida granada, de um vermelho vivo. Talvez fosse de verdade. Seus olhos verdes eram imensos, incrustados num rosto de porcelana de traços notáveis. Ao se sentar no banco do piano, as abundantes pregas de seu vestido antigo pareceram reluzir, mergulhando o tecido em tons carmesim mais profundos, como uma joia. Ela parecia quase elisabetana, com as costas do vestido de rendas elaboradas e uma gola alta da cor de sangue.

O som exuberante e romântico de Chopin partiu das teclas sob seus dedos, e os participantes da festa, a maioria dos quais estava de pé, deram um suspiro coletivo. A beldade inglesa estava quase perfeitamente ereta, inclinando-se levemente na direção das teclas. Sua técnica era impecável, e ela tocava com intensidade em um formidável crescendo. Contudo, o ar em torno da dama não convidava à aproximação, era quase frio. Alan sabia, por ter vivido em Londres, que as classes superiores da sociedade inglesa eram criadas para não deixar transparecer quase nenhuma emoção em público, e talvez fosse isso que ele estivesse contemplando. Ou talvez ela estivesse olhando furtivamente para o relógio dourado acima da lareira, xingando o irmão em silêncio.

Lady Sharpe concluiu a peça com um floreio. Alan percebeu que havia paixão de verdade na alma de Lucille Sharpe, expressada através da música. Ela era mais do que a decorosa companheira de viagem do irmão. Ele se perguntava com o que Lady Sharpe sonhava, quais eram os anseios dela. Era dois anos mais velha que Sir Thomas e, aparentemente, era solteira; certamente deveria ter tido oportunidades. Viúva, talvez? Ela receberia bem uma menina americana na família, cederia o lugar como responsável pela casa de Sir Thomas, e permitiria que sua nova esposa brilhasse?

Enquanto os convidados aplaudiam, Lady Sharpe se ergueu e fez uma mesura como um modesto agradecimento. Em seguida, a atenção se desviou dela, e murmúrios percorreram o ambiente. Como os demais, Alan afastou os olhos da dama para ver qual era o motivo, e seus lábios se abriram com a surpresa.

Sir Thomas Sharpe, o convidado de honra, enfim havia chegado.

E Edith, trajando um magnífico vestido champanhe que Alan nunca vira, estava a tiracolo. A presença dos dois sugeria um casal, e Alan ficou perplexo. Ele olhou para Carter Cushing e viu que ele também parecia atônito com a chegada da filha. Qual era o papel de Sir Thomas naquilo tudo? Eles não percebiam que essa chegada dramática era um tanto escandalosa?

Eu deveria ir falar com Eunice, pensou Alan. *Isso vai deixá-la zangada, e ela tem toda a razão.* Porém, ele não conseguia parar de olhar para Edith. Era uma visão: as bochechas dela estavam rosadas, os cabelos delicadamente puxados de modo a revelar o pescoço esguio, a maciez dos ombros. A menina que chorara no túmulo da mãe tinha virado uma bela mulher, e era impossível para ele não fazer com que seu próprio coração tocasse uma melodia de desejo. Alan duvidava, porém, de que as cordas do coração dela vibrassem numa melodia para ele. Ainda era o companheiro de brincadeiras da infância, não um homem que podia conquistar o afeto dela. Com certeza não era páreo para o aristocrata de cabelos escuros diante de quem o grupo se dividia como o mar Vermelho diante de Moisés.

Alguém que, temeu ele, já devia ter conquistado o afeto de Edith. Ao entrar na festa, o sorriso dela era misterioso como o da Mona Lisa. Como se eles tivessem dividido confidências antes de cruzar o limiar da casa de Alan e tivessem jurado guardá-las para si próprios eternamente.

Alan reprimiu sua consternação conforme o par se aproximava. Edith olhava para Alan com delicadeza quando ficou frente a frente com ele, ao lado de Sharpe. Ela disse:

— Alan, permita-me apresentá-lo a Sir Thomas Sharpe.

Em seguida, ela se virou para Sharpe e falou:

— Sir Thomas, este é o Dr. McMichael. O melhor da cidade, se o senhor não estiver passando muito bem.

Talvez o objetivo dela fosse enaltecê-lo, mas Alan sentiu que o elogio não significava nada. Isso era tudo que ele representava para ela? Porém, Alan respondeu educadamente.

— Uma apresentação bastante honrosa. Sou o irmão de Eunice, caro senhor. Já ouvi falar muito a seu respeito.

Pronto. Ele havia recordado a Sharpe que o baronete dera esperanças a Eunice em Londres, e as boas maneiras exigiam que um cavalheiro a tratasse com respeito agora.

— Encantado. — Sharpe fez uma leve mesura.

Sir Thomas Sharpe gesticulou para sua própria irmã, que se juntou a eles. Eunice e a mãe se aproximaram do outro lado de Sharpe, com os rostos em perfeita compostura.

— E, Edith, esta é Lady Lucille Sharpe, minha irmã.

— Encantada, Srta. Cushing — disse Lady Sharpe. — A senhorita conseguiu retardar meu irmão por um bom tempo. — Ela esperou que a informação fosse assimilada, então continuou. — Eunice já estava ficando bastante aflita. Está vendo? Segundo ela, nenhum cavalheiro nos Estados Unidos sabe dançar valsa direito.

Ela deu um beijo na bochecha de Sharpe.

— Tenho certeza de que você não vai deixá-la esperando.

Pelo canto do olho, Alan viu a irmã sorrindo. Então estava tudo bem agora. Que bom. Sentiu-se tão aliviado. E agora Edith teria liberdade para concordar em acompanhá-lo numa dança; saboreou esta perspectiva. O lado bom era ela estar ali agora, e isso era maravilhoso.

— Não deixarei, se você tocar a valsa para mim, querida irmã — retrucou Sharpe.

Lady Sharpe inclinou a cabeça majestosamente.

— Com prazer.

Quando Edith se moveu para ficar ao lado de Eunice, Alan notou a distância que ela havia colocado entre eles dois. Então o Sr. Cushing se aproximou.

— Um desenrolar interessante, não acha? — perguntou ele em voz baixa.

Alan entendeu a desaprovação na voz do Sr. Cushing e se perguntou se tinha perdido algo. Assentiu com a cabeça. E logo ficou mais tenso, pois sua mãe se aproximou de Edith. O sorriso dela era forçado, os olhos estavam rígidos como diamantes.

Mãe, por favor, não vá mexer num vespeiro.

— Edith, mas que surpresa — alfinetou a Sra. McMichael.

Edith enrubesceu, indicando que sabia que sua atitude era malvista. Ela já enviara suas desculpas, e aparecer de braços dados com o pretendente de Eunice havia sido uma afronta.

— Não esperávamos você para o jantar — acrescentou a mãe dele, caso Edith não tivesse compreendido totalmente a seriedade de sua gafe.

— Eu sei — respondeu Edith, contrita —, e lamento muito pela imposição. Tenho certeza de que não há lugar para mim e...

— Ah, não se preocupe, criança — interrompeu-a a Sra. McMichael. — Todos têm seu lugar. Estou certa de que você vai encontrar o seu.

Alan se contorceu por dentro com a invectiva.

Ao piano, Lady Sharpe se ajeitou e lançou um breve sorriso de cumplicidade para Eunice. Em um gesto teatral com a mão, como um mágico, Sir Thomas pegou uma vela de um candelabro próximo.

— A valsa — começou, representando para a plateia. — Na verdade, não se trata de uma dança complicada. A dama assume seu lugar ligeiramente à esquerda do cavalheiro que a conduz. Seis passos básicos. É tudo.

A irmã de Alan e sua mãe estavam atentas, ansiosas. Que mulher não estaria, prestes a ser levada nos braços de um Príncipe Encantado da vida real?

— Contudo, dizem que o verdadeiro teste de uma valsa perfeita é ela ser tão leve, tão delicada, tão fluida que a chama de uma vela não se apague nas mãos do condutor. *Isso* sim exige o parceiro perfeito.

Eunice, é claro, concluiu Alan. A irmã ficaria tão extasiada que ele duvidava que os sapatos dela fossem tocar o chão.

Sir Thomas se virou... e estendeu a mão para *Edith*.

— Quer ser meu par?

Todos no salão arquejaram. Os olhos de Edith se arregalaram, e, em seguida, ela olhou timidamente para baixo. Alan viu os lábios dela se mexendo, mas não conseguiu ouvir o que diziam.

Edith mirava a mão estendida de Sir Thomas e se perguntava se ele tinha alguma ideia da cena que estava promovendo. O germe de um escândalo, cuja vergonha recairia sobre ela. Havia murmúrios entre os convidados, e Edith não conseguia se obrigar a olhar na direção de Eunice. No calor dos olhos de Sir Thomas, no momento em que ele a desafiou a acompanhá-lo à festa, Edith tinha se julgado uma Nova Mulher, livre das estreitezas do século anterior. Agora, porém, que estava diante dele com os olhos voltados para baixo, implorando-lhe sem dizer uma palavra que observasse o decoro, percebia que não era tão moderna quanto achava. Aqueles eram os amigos dela, e Edith queria que pensassem bem dela... por mais que quisesse desesperadamente dançar com Sir Thomas.

— Acho que não, muito obrigada — disse ela, numa voz que só ele deveria ouvir. Uma dama *jamais* recusava o convite de um cavalheiro para dançar.

Entretanto, a situação era extraordinária. Sim, chegara de braços dados com ele, mas não estava ali *com* ele. Ela havia se sentido quase boêmia, uma artista rebelde fazendo sua entrada... porém, tendo previsto que Sir Thomas fosse pedir a mão de Eunice aquela noite, esperava lhe dizer adeus pouco depois.

— Mas tenho certeza de que Eunice adoraria — acrescentou, abruptamente, reforçando ainda mais seu desejo desajeitado ainda que sincero de corrigir sua tola indiscrição.

O sorriso de Sir Thomas não cedeu.

— Imagino que sim, mas convidei você. — Aos observadores, ele disse: — Por favor, abram espaço.

De algum modo ela se viu indo para o meio do salão de baile. O que era pior? Ficar ali de pé enquanto ele estendia a mão por uma eternidade quando todos aguardavam o resultado aparentemente inevitável? Ou acabar logo com tudo? Eunice e a mãe estavam em choque, e Edith não as censurava.

— Eunice é uma menina muito doce, sabe — murmurou ela. — Gentil, leal. Fico lisonjeada, mas...

— É tão difícil assim aceitar que você é bonita? — disse ele baixinho. — Além de maravilhosa e inteligente?

— Não posso fazer isso. Não posso. Por favor — protestou ela.

Lady Sharpe colocou as mãos nas teclas. E o olhar de Sir Thomas era inabalável. Insistente.

— Sempre fechei os olhos para as coisas que me deixam desconfortável. Funciona perfeitamente. Não quer tentar? — instou ele.

E ela soube que ia valsar com Sir Thomas Sharpe.

— Não quero fechar os olhos — respondeu ela. — Quero que eles permaneçam abertos.

Uma melodia arrebatadora veio do piano, e os dedos de Edith pousaram delicadamente na palma da mão estendida de Sir Thomas. O toque dele a enlevou, e a dança — a dança deles — começou. Deslizando, com a mão firme em suas costas, ele a conduziu pelos passos simples mas imponentes da valsa. Olhares trocados, o rosto de Sir Thomas nadando diante dela, a expressão dele confiante e... jubilosa? Ele estava sentindo um prazer genuíno em valsar pelo salão com Edith. E ela com ele.

A chama na longa vela branca na mão dele bruxuleava mas permanecia acesa, atestando seu domínio, parecendo flutuar sobre o chão com ela. A mão de Edith na dele, o sorriso de Sir Thomas, a graça com que se movia fazia com que ela se movesse. Edith se sentia tão diferente. A ligação que sentira na sala de reuniões se manteve e aumentou, unindo-os enquanto valsavam suavemente, numa combinação perfeita. Os rostos coravam e as exigências da civilidade não vinham mais em primeiro lugar; eles entraram em um mundo só deles, em que ninguém mais existia. Ao menos, não até as últimas notas da música terem desaparecido, e então, é claro, tudo acabou.

A vela que Sir Thomas segurava ainda ardia, e Edith, completamente transformada, fez um pedido do fundo do coração e a soprou.

Aquele desejo ela nunca diria em voz alta, mas o sorriso satisfeito de Sir Thomas e sua elegante mesura pareceram responder a ele com um *sim* silencioso.

Em seguida, a irmã de Sir Thomas se levantou do piano e deixou o salão. Com mais um olhar delicado na direção de Eunice, ele pediu licença e foi atrás dela, levando consigo o coração de Edith.

Com certeza sabia disso.

CAPÍTULO 6

Carter Cushing estava diante do espelho no vestiário do clube. Seus instrumentos de barbear e um delicioso café da manhã com presunto, ovos, café e uma pequena taça de vinho do Porto estavam à sua frente. O criado, um sujeito chamado Benton, tinha acabado de colocar o fonógrafo para funcionar, tocando uma melodia antiga e sentimental que sua querida e falecida esposa costumava cantarolar. A voz dela era tão doce; ele amava fechar os olhos e ouvi-la cantando músicas de ninar para Edith. E lendo para ela. O quarto da filha era um refúgio contra as difíceis relações do mundo masculino — um mundo que Carter Cushing tinha se esforçado muito para não negar a sua obstinada filha, visto que ela estava determinada a abrir caminho nele. Mas, nesse caso, tinha de protegê-la, se é que havia algo do que protegê-la.

E, depois da maneira como Sir Thomas agiu no baile dos McMichaels, ele tinha ainda mais certeza de que havia.

Um negócio nada bem-vindo, pensou Carter Cushing ao detectar os passos conhecidos do homem odioso cujos serviços ele estava prestes a contratar mais uma vez. *Eu preferia não ter motivo para agir assim.*

Como se tivesse recebido uma deixa, a lúgubre e jovem figura de Hezekiah Holly se aproximou, vindo cautelosamente pelos ladrilhos do chão, na esperança de manter suas botas de couro secas. Ele usava polainas e se imaginava um grande dândi. Não era o caso.

— Sr. Holly — disse Cushing. — Gosto do clube logo cedo de manhã. Eu o tenho todo para mim.

— Um ótimo jeito de começar o dia, caro senhor — respondeu Holly irritantemente.

— Não é mesmo? E talvez seja também um bom momento para encerrar certas coisas. — Carter Cushing fez uma pausa, mas havia tomado uma decisão, mesmo que ela levasse a uma decepção insuportável para sua amada filha. — Há um jovem cavalheiro e sua irmã. Algo neles não parece muito certo.

Ele entregou a Holly uma tira de papel em que estava escrito *Sir Thomas Sharpe, baronete*, e *Lady Lucille Sharpe*.

— Estes são os nomes deles. Preciso que o senhor os investigue para mim. Não poupe recursos. Quero resultados. — Entregou um cheque a Holly. — O mais rápido possível.

Não faz sentido prolongar a agonia dela, se chegarmos a esse ponto.

O dia estava claro no Delaware Park, o mais recente numa sequência de dias luminosos que Edith passara na companhia dos Sharpes. Uma banda tocava; as famílias faziam piqueniques. O tempo estava absolutamente glorioso. Edith passeava com Lady Lucille Sharpe, uma sombrinha protegendo seus rostos da forte luz do sol. Ela usava uma saia dourada e um cinto cujo fecho era como duas mãos de marfim que se prendiam uma sobre a outra, uma de suas peças favoritas, por lembrá-la das ilustrações em seu querido exemplar de infância de *A Bela e a Fera*. O castelo encantado da Fera era povoado de servos mágicos que faziam o que ela mandava, e, ainda que supostamente fossem invisíveis, nas figuras eram mostrados como mãos brancas espectrais em contornos pretos. Quando Edith leu a história com a mãe pela primeira vez, perguntou a ela se eram fantasmas. A mãe respondera que essas coisas não existiam, e que, se qualquer pessoa — talvez a cozinheira, que era irlandesa e, portanto, supersticiosa — dissesse o contrário, não deveria dar ouvidos.

Os Sharpes estavam ambos vestidos de um preto-carvão muito escuro, que lembrava a Edith as muitas descrições de Dickens da impenetrável fuligem que pairava sobre Londres. O traje de Lady Sharpe era pontuado por uma enorme flor vermelha no colo e por gola e mangas de renda. Sir Thomas era uma sombra negra, alta, com uma tira de colarinho branco e uma corrente prateada de relógio pendurada. Ambos usavam óculos escuros redondos para proteger os olhos do sol.

Thomas estava sentado à parte com Alan, Eunice e algumas amigas de Eunice. Cabeças se viravam enquanto Edith e Lady Sharpe passeavam; a cabeça de Edith zumbia de empolgação, ainda que por fora ela se mantivesse plácida e agradável. Lady Sharpe trouxera pinças e jarros de vidro e coletava borboletas com diligência.

— *Papilio androgeus epidaurus* — anunciou ela, ao inserir um belo inseto esvoaçante num jarro.

— Estão morrendo — murmurou Edith, um tanto abalada.

— Estão, de fato — concordou Lady Sharpe. — Elas tiram seu calor do sol, e, quando ele as abandona, elas morrem.

— Isso é muito triste.

— Não é triste, Edith — retrucou Lady Sharpe. — É a natureza. Um mundo selvagem de coisas que morrem e que comem umas às outras bem debaixo dos nossos pés.

Edith franziu o cenho.

— Isso é absolutamente horrendo.

— Nem tudo. — A irmã de Sir Thomas colheu um casulo preso ao galho de uma árvore e o examinou. — Olhe só isto. Tudo de que precisa está aqui. Um mundo perfeito. Se eu o mantiver quente e seco, uma coisinha bela irá rompê-lo. Uma nesga de sol com asas. — Ela sorriu para Edith ao levantar o casulo. — Na Inglaterra só temos mariposas negras. Criaturas formidáveis, é claro, mas sem beleza. Elas se desenvolvem no escuro e no frio.

Lady Sharpe envolveu o casulo num lenço e o dobrou com cuidado.

— Do que elas se alimentam? — indagou Edith.

— De borboletas, devo dizer. — Ela parecia quase entediada.

Lady Sharpe olhava para algo no chão, e Edith acompanhou o caminho percorrido por seus olhos. Um exército de formigas tinha prendido uma linda borboleta, e a devorava enquanto ela tremia. Edith sentiu repulsa.

Lady Sharpe, porém, observava com avidez.

O espectro começou a se mexer numa postura curvada, como se sentisse dor... e foi então que ela percebeu, ao mesmo tempo com horror e alívio, que era o espectro de sua mãe.

Sir Thomas lia o manuscrito de Edith em voz alta enquanto ela, Lucille e Alan faziam piquenique na grama.

Lady Sharpe arqueou suas sobrancelhas perfeitamente desenhadas.

— Fantasmas? É isso mesmo? Nunca imaginei que você escrevesse sobre isso.

— Edith viu um fantasma quando criança — disse Alan, e o calor da vergonha contido por tanto tempo correu pelo pescoço de Edith e se espalhou por suas bochechas.

Lucille piscou.

— É isso mesmo?

— Agora, porém, ela está mais interessada numa história de amor — acrescentou Alan, e o rubor no rosto de Edith aumentou ainda mais. Ele a estava provocando?

— Os fantasmas são uma metáfora — explicou ela.

— Sempre fui fascinado por fantasmas — disse Sir Thomas, fixando os olhos nos de Edith.

— A mim parece que as únicas pessoas que testemunham essas aparições são aquelas que sentem necessidade de consolo ou de censura — declarou Lady Sharpe.

— Presumo que a senhorita esteja além da necessidade de qualquer uma dessas coisas — disse Alan, e ela ergueu os olhos como se observasse algo distante. Logo os Sharpes se afastaram e ficaram completamente imersos em sua própria conversa.

— Venha me visitar, Edith. Venha ao meu consultório — pediu Alan. — Ainda estou terminando de montar tudo, mas acredito que você vá achar algumas das minhas teorias bem interessantes.

Teorias? Edith se perguntou se havia perdido alguma coisa da conversa. Teorias sobre o quê? Ela repetiu o diálogo mentalmente. Ele estava falando de fantasmas?

Protegida do escaldante sol americano, Lucille disse baixinho para Thomas:

— Não tenho certeza de que ela é a melhor escolha.

Ele se inclinou para perto dela, murmurando:

— Você precisa confiar em mim.

Thomas estava diferente; aquilo era diferente; não era o que eles acordaram. Estava claro demais ao ar livre; ela não conseguia pensar. Neste mundo, a confiança era difícil. Mas obviamente confiava em Thomas.

Por acaso havia mais alguém?

Carter Cushing era um homem observador; em seu ramo, detalhes eram importantes. Assim, alguns dias depois, quando o Sr. Holly o procurou, ele sabia que era para lhe trazer informações, e que elas não eram de bom augúrio.

Ah, minha filha, eu lamento, pensou.

— Não é sempre que sou o portador de más notícias — disse o Sr. Holly em vez de cumprimentá-lo. — Mas, quando sou, insisto em trazê-las eu mesmo.

Ele segurava um envelope, que estendeu a Cushing.

— Abra quando estiver sozinho — aconselhou.

Mais dinheiro trocou de mãos, e o Sr. Holly partiu.

Edith estava tão orgulhosa de Alan. Ainda que metade de seu consultório ainda estivesse dentro de caixas, ele estava dando uma consulta a um paciente de fato, e se movia com a autoridade de um cientista formado. À luz reduzida, ele estava usando um aparelho para examinar os olhos de um cavalheiro mais idoso, e Edith educadamente ficou no canto da sala. Ela se lembrou de quando observara Sir Thomas exibindo sua máquina mineradora e suas bochechas ficaram quentes. Para se ocupar, ela começou a examinar as estantes e outros pertences.

— O senhor não tem usado o colírio regularmente — disse Alan, com delicadeza. — Devo insistir que use. — Alan se virou e viu Edith, que sorriu para ele. Começou a escrever num bloco de papel. — Leve esta receita ao farmacêutico e peça que ele a prepare exatamente assim. Depois, volte a tomar aquela dose da medicação.

O homem saiu, e Alan voltou sua atenção completa para ela. Edith estava radiante.

— O que você está lendo? — perguntou ela. — *Morfologia do nervo óptico. Princípios da refração óptica.* E... — Edith tocou a lombada de outro livro. — Arthur Conan Doyle? Alan? Você está brincando de detetive?

Ele meneou a cabeça.

— Não, não mesmo. Mas ele é médico. Oftalmologista, exatamente como eu.

Edith sorriu.

— Exatamente como você.

— Eu o conheci na Inglaterra. Assisti a uma de suas palestras.

— Assistiu? E como ele era?

— Fascinante. A palestra não foi sobre ficção, mas sobre espiritualismo. Deixe-me mostrar uma coisa que talvez lhe interesse.

Sentada, ela o observou montar um aparelho de projeção feito de madeira e bronze. A cor do vestido dela, com suas mangas *gigot*, combinava com o tom avermelhado dos encaixes do aparelho. Alan estava arrumando uma bandeja de chapas fotográficas.

— O trabalho com fotografia é simples — começou ele. — A imagem é capturada por uma camada de sais de prata e fica ali, esperando, invisível a olho nu. É o que se chama de imagem latente. Em seguida, usamos um revelador: vapores de mercúrio, por exemplo.

Alan fez um gesto para a chapa de vidro diante deles. A imagem primária, mais escura, era de um bebê num berço. O sangue de Edith gelou quando viu uma figura borrada pairando acima do bebê: um rosto esticado e sinistro com buracos negros no lugar dos olhos e uma boca fixada num grito, se de fúria, de agonia ou dos dois, ela não conseguia dizer. Edith olhou de novo para o bebê e conteve todos os impulsos de arrancar a criança do berço, por menos razoável que isso fosse.

— Acredito que as casas ou os lugares, seja pelos compostos químicos na terra, seja pelos minerais das pedras, podem reter impressões, exatamente como essa chapa. Elas podem registrar uma emoção ou uma pessoa que não está mais viva. Isso é chamado de "impregnação".

Será que foi isso que aconteceu em nossa casa?, pensou Edith, ansiosa. E o que ela tinha visto... *duas vezes*... entre suas paredes? Não eram produtos de sua imaginação, mas coisas que de fato estavam presentes?

— Mas nem todos conseguem vê-las — comentou ela baixinho.

Eu as vi.

Eu a vi.

Ela sentiu o estômago contrair.

— Certo — continuou Alan, sem perceber o desconforto dela. — Aquele homem que acabou de sair sofre de alguns males, entre eles daltonismo.

Mais imagens fantasmagóricas da coleção dele desfilavam diante de Edith — nebulosas, semiformadas, cada vez mais perturbadoras, mais alongadas e mais irreais... Será que elas, aquelas *coisas*, tinham consciência? Será que eram lembranças, registros? Será que tinham alguma razão para voltar?

— Ele *nunca* verá as cores vermelho e verde — continuou Alan, com indiferença. — Ele só aceita a existência delas porque a maioria das pessoas em torno aceita.

E os fantasmas, existem? Essas eram imagens de fantasmas de verdade?

E, naquela imagem, aquela... aquela ali se mexeu agora?

— Esses... *espectros* — Alan deliberadamente usou o termo dela, honrando-a com um rápido aceno de cabeça — podem estar à nossa volta, e somente o "revelador", nas chapas que contenham uma dessas aberrações, pode denunciá-los.

— Ou talvez apenas reparemos nessas coisas quando chega a hora de prestarmos atenção nelas. Quando precisam que as vejamos — arriscou ela.

Então Edith percebeu a intensidade com que ele a fitava, enrubesceu e desviou o rosto. Alan fora seu confidente, aquele a quem confiara o segredo sussurrado de que o fantasma da mãe havia aparecido para ela. Ele testemunhara a maneira como sua irmã a humilhara quando ficou sabendo disso. E tinha visto Sir Thomas se deliciar com cada palavra de causar frio na espinha do manuscrito dela e implorar por mais.

— Conan Doyle fala numa "oferta" — continuou Alan. — Um gesto. Um convite para a comunicação. "Bata uma vez se você quer dizer 'sim', ou 'toque a minha mão se estiver aqui'."

Perplexa, Edith não conseguia entender por que ele estava falando daquilo. Ela não falara uma palavra da mais recente... aparição a ninguém, por isso parecia estranho Alan revisitar um acontecimento passado que se mostrara tão doloroso. No entanto, ele tinha visto o quanto Sir Thomas estava interessado em sua história de fantasma. Seria isso uma tentativa de afastar sua atenção do inglês para competir por seu afeto? Ou havia percebido que, no passado, como amigo dela, não tinha dado grande apoio ao seu trabalho?

— Você nunca me falou desses seus interesses, Alan — comentou ela, e esperou pela reação dele.

O rosto dele se abrandou.

— Às vezes, Edith, tenho a impressão de que você só pensa em mim como aquele amigo de infância que subia nas árvores do pomar com você.

Ela assimilou a informação. Seria aquilo algo além de um convite para ver seu novo consultório?

— Edith, eu entendo seu fascínio pelos Sharpes, mas... — Alan hesitou um instante e pareceu chegar a alguma espécie de resolução. — Para o seu próprio bem, só peço que você vá com cuidado.

Estou certa, pensou ela, um tanto aturdida. *Alan gosta de mim.*

— Eu sei me cuidar, Alan. Não seja presunçoso. — Havia soado como alguém na defensiva? — Você esteve fora muito tempo e agora... — Ela tentou suavizar um pouco o que ia dizer. — Bem, eu fui me virando.

O rosto dele era indecifrável.

— Você tem razão, Edith. Lamento. Minha maior preocupação sempre foi com você. Se está feliz, então estou feliz.

E você é um amigo verdadeiro, pensou ela, grata por ele se importar o suficiente para estar preocupado. Alan com certeza tinha lhe dado o que pensar. Ela presumira que esses... como poderia chamar? — pesadelos? Visitações? — eram subproduto de sua imaginação criativa. Mas e se sua mãe tivesse realmente estado lá?

Sentiu um frio na espinha.

Essas imagens não são provas, pensou ela, talvez parcialmente desesperada. *O processo de produção das imagens pode ter sido manipulado. E eu realmente não sei o que Alan pensa do assunto. Ele é um cientista do olho, da visão, alguém que conserta distorções. Disse que Conan Doyle acreditava, mas não disse que ele mesmo acreditava. Para ele, tudo isso pode não passar de um quebra-cabeça interessante.*

Edith pensou em insistir no assunto, mas outro paciente foi anunciado. E foi com alguma frustração, mas com maior alívio, que pediu licença.

Em sua grandiosa sala de reuniões, Carter Cushing convocara um grupo de geólogos para observar a máquina de Sir Thomas. A miniatura do inglês retinia, e ele havia trazido um modelo topográfico de Allerdale Hall completo, com as colinas e os vales, coroado com um modelo de sua casa. Os geólogos estavam ansiosos.

— Os novos depósitos estão bem embaixo da casa e em volta dela — explicou Sir Thomas —, nesse estrato aqui, com a argila mais vermelha. A mais pura. E com minério o bastante para que ela fique dura como aço depois de ir ao forno.

Cushing observava enquanto Sir Thomas enfrentava as perguntas e aproveitava cada oportunidade de apresentar seus planos.

William Ferguson ficou ao lado de Cushing e murmurou:

— Não sei você, mas eu estou impressionado.

— Devo dizer que eu também — respondeu Cushing. *Mas não da mesma maneira. Certamente não.*

Ao ouvir a conversa, Sir Thomas sorriu para ele. Cushing decidiu dar o próximo passo.

— Cavalheiros, continuemos nossas discussões hoje durante o jantar. Em minha casa — convidou ele calorosamente, retribuindo o sorriso de Sharpe. No íntimo, porém, estava tudo menos caloroso; ele se sentia definitivamente glacial. — Quem sabe? Talvez tenhamos um brinde a fazer.

O grupo se separou e saiu da sala em duplas e em trios. Sua secretária o conduziu até o Sr. Holly, que trazia o documento adicional que pedira que ele adquirisse. Cushing deu uma olhada. Então, era verdade.

— Muito bem, Sir Thomas — disse Ferguson a Sharpe ao passar por ele na saída. — Muito bem.

Alto lá, pensou Cushing, sombriamente.

CAPÍTULO 7

Os convivas circulavam; os empregados estavam atarefados. O jantar na Mansão Cushing seria grandioso. Os aromas da carne e do vinho seduziam os sentidos de Thomas enquanto ele e Lucille se preparavam para entrar na sala de jantar. A atmosfera estava carregada da mesma empolgação que acompanhara sua demonstração naquela tarde, e ele sabia que, por fim, seria bem-sucedido.

A casa de Edith era encantadora, muito diferente da casa deles. As velas emitiam uma luz amarela; lamparinas a gás brilhavam através de vitrais. Era o palácio de uma princesa de contos de fadas, e Thomas conseguia visualizar perfeitamente uma Edith mais moça lendo histórias com a mãe, cabeças loiras se tocando, as duas absortas em figuras adornadas com todas as cores da asa de uma borboleta.

Vamos obter o financiamento destes bons cavalheiros de Buffalo, pensou Thomas. *Não há necessidade de ir a nenhum outro lugar.*

E então ela apareceu. Edith, dourada e brilhante como o sol. Romeu dissera o mesmo de Julieta; o amor deles tinha sido condenado, mas para eles...

Ao seu lado, Lucille murmurou em seu ouvido:

— Dê o anel a ela.

A granada dos Sharpes não mais adornava a mão da irmã. Ele se lembrou de como ela havia reluzido em seu dedo longo e esguio enquanto tocava piano no baile dos McMichaels. Era para Eunice, mas, quando conheceu Edith, soube em sua alma que Eunice não fora a escolha certa. Sabia que Lucille não estava inteiramente convencida de que Edith era melhor, e que ela só havia aceitado porque o amava muito.

Agora, enquanto sua irmã se afastava, ele sentiu uma pontada de culpa, porque não fora de todo sincero com ela. Ele daria o anel a Edith, ah, se daria, mas não como eles imaginaram. Não por aquela razão. A vida era nova para Thomas. O sol enfim tinha saído, e aqueles anos todos na escuridão...

... aqueles segredos...

... acabaram.

Um peso enorme saiu de seus ombros. Era quase como se ele próprio tivesse asas.

Antes que ficasse nervoso demais, aproximou-se de Edith.

— Podemos conversar?

Ela desviou o olhar dele, observou a multidão de convidados e o encarou de novo.

— Agora, Thomas?

Ela parou de usar meu título de nobreza, pensou ele, muito contente. Havia lhe pedido, e, no começo, ela relutara. Ouvir seu nome nos lábios de Edith...

— Sim, agora. Temo que eu não possa esperar — respondeu.

Suspirou, verdadeiramente nervoso, e enfiou a mão no bolso em busca do anel. Ela esperava, prestando atenção. Ele tinha de se sair bem.

— Srta. Cushing... Edith — emendou —, eu realmente não tenho nenhum direito de pedir isso, mas...

Então, bem naquela hora, o pai de Edith surgiu de repente. Thomas guardou o anel de volta no bolso.

— Sir Thomas, podemos conversar em meu escritório? Eu, o senhor e sua irmã? O senhor faria a gentileza de chamá-la? — perguntou Cushing. Ele se virou para Edith. — Minha filha, peça aos convidados que se sentem. Logo vamos nos sentar também.

O rosto de Thomas formigava. Ele observou Edith retroceder como o sol afundando no horizonte. E em seguida foi procurar Lucille, como o Sr. Cushing havia pedido — não, o mais correto seria dizer que ele tinha *ordenado* — que fizesse.

Não fico nem um pouco contente com isso, pensou Carter Cushing quando Sir Thomas e Lady Sharpe o encontraram no escritório. A verdade, porém, era que ficava, sim. Ele tinha subido na vida por seus próprios esforços e, toda vez que vencia algum desafio, sentia a empolgação da vitória. Talvez fosse mesquinho de sua parte, mas era a verdade.

— Bem, Lady Sharpe, Sir Thomas. — Ele os encarou. Tão pálidos e de cabelos tão escuros, praticamente gêmeos. — Na primeira vez que nos vimos, em meu escritório...

— Lembro bem, caro senhor. Perfeitamente — garantiu-lhe Sir Thomas.

Cushing ergueu uma sobrancelha.

— Imagino que não tenha sido difícil para o senhor perceber que não gostei do senhor.

Sir Thomas acatou bravamente aquela franca afirmação.

— O senhor deixou isso suficientemente claro. Mas eu esperava que agora, com o tempo...

— O seu tempo, Sir Thomas, acabou. — *E graças a Deus*.

— O senhor pode ser mais direto, Sr. Cushing? — interferiu Lady Sharpe. — Temo não estar acompanhando.

Cushing ficou perplexo com a ousadia dela.

— Serei direto, senhorita. Mais direto do que a senhorita gostaria. Não tenho a menor ideia de qual é seu envolvimento no que está acontecendo, mas, nos últimos dias, seu irmão não viu o menor problema em misturar lazer e negócios ao se encontrar socialmente diversas vezes com minha filha. Minha *única* filha — acrescentou ele, para enfatizar.

— Senhor, sei bem que não tenho uma posição a oferecer — disse o rapaz. — Mas o fato é que...

Ele titubeou, e Cushing recuperou a liderança.

— O senhor ama minha filha, é isso? — Ele conteve a raiva. Não havia sentido em ficar assim. Cushing tinha em mente a cartada final, e o melhor era lançá-la logo.

Sir Thomas o fitou.

— Sim, senhor, é isso.

— O senhor representa bem. — A afirmação era sincera. — Alguns dias atrás, minha filha me perguntou por que eu não gostava do senhor. Sinceramente, naquele momento, eu não tinha uma resposta. Agora, porém, tenho. Obtive alguns registros interessantes sobre o senhor. O pariato da Inglaterra, registros de propriedades...

Ele mostrou o envelope do Sr. Holly, que continha os documentos por cuja posse fizera um pagamento extra, e espalhou o conteúdo na mesa, virado para os Sharpes. Como previra, o canto de um documento em particular atraiu a atenção de Sir Thomas.

— Mas este documento aqui, do Registro Civil, é a grande descoberta — declarou Cushing, pregando o último prego no caixão.

Bastou um vislumbre do selo para o rapaz ficar inteiramente branco.

— Creio que essa foi a primeira reação sincera que vi no senhor.

Houve silêncio. Era impossível ler o semblante de Lady Sharpe, mas Sir Thomas era a encarnação da tristeza quando enfim disse, com um fiapo de voz:

— Ela sabe?

— Não — respondeu Cushing. — Mas vou falar se for necessário para que os senhores vão embora.

A expressão de Sharpe se desfez quando ele se inclinou para a frente, talvez sem perceber. Disse:

— Tenho certeza de que o senhor não vai acreditar em mim, mas...

— O senhor a ama. O senhor já está se repetindo. — Ele abriu o talão de cheques e escreveu. — Agora, a senhorita... — Cushing o estendeu a Lady Sharpe. — A senhorita parece estar calma.

Os olhos dela se arregalaram ao ver a quantia. Cushing sentiu uma satisfação melancólica com a ganância de Lady Sharpe, pois reforçava sua visão muito negativa da dupla execrável.

— Mais que generoso, eu sei. Mas, se quiserem que esse cheque seja pago, tenho duas condições. — Cushing entregou a eles dois bilhetes de trem. — Amanhã bem cedo sai um trem para Nova York. É melhor que a senhorita e o seu irmão estejam nele. Estamos entendidos?

— Sim.

Lady Sharpe estava com raiva, o que o deixava ainda mais irritado. Ela não tinha direito a emoção nenhuma, exceto vergonha. Ela pegou o cheque e o registro civil. Aquela maldita certidão que os amaldiçoava. Cushing estava atônito com a arrogância dos dois, por terem presumido que um americano tolo de uma cidade no fim do mundo não pensaria em conferir suas documentações. O tempo deles não estava apenas contado, estava acabado.

— Qual é a segunda condição? — perguntou ela.

— Esta tem a ver com minha filha. — Cushing olhou com dureza para o lúbrico parasita que era o irmão dela. — Hoje à noite, o senhor precisa partir completamente o coração dela.

O banquete foi servido, e Edith se encarregava de garantir o conforto de todos os convivas do pai. Ela era a anfitriã da mansão desde a morte da mãe, e desempenhava muito bem o papel. Esta noite, no entanto, estava preocupada, ciente de que Sir Thomas havia começado a lhe fazer uma pergunta muito importante — talvez a pergunta mais importante que uma mulher ouve ao longo de sua vida inteira — e logo sumiu com seu pai para uma conversa privada.

O que, para ela, significava que estava correta quanto à natureza da pergunta.

Seu coração flutuava no peito; havia uma legião de borboletas no estômago. Ela não conseguia decifrar a expressão de Thomas enquanto ele e Lucille, sentados como convidados de honra, comiam pouquíssimo. Se *estava* certa, então Thomas tinha toda a razão de não ter apetite. Segundo sua opinião sobre o assunto, homens prestes a pedir a mão de uma mulher tendiam a ficar muito agitados. Sua irmã compartilharia sua ansiedade porque queria que ele fosse feliz? Edith nunca teve irmãos, mas muitas vezes quis ter. Lady Sharpe poderia ser sua irmã. Ela estava em júbilo com essa perspectiva.

Fique calma, Edith, disse a si mesma, mas o próprio ar crepitava ao seu redor.

Seu pai ergueu a taça.

— Senhoras e senhores, temos um anúncio inesperado a fazer. Sir Thomas?

Ah, meu Deus. É agora. Mas ele falaria comigo primeiro, não? Estou errada? Talvez não seja isso. Talvez o anúncio tenha a ver com a parceria de negócios deles. Eu não devia ter esperanças. É cedo demais, e estou prestes a desmaiar como a protagonista boba de um romance de Ann Radcliffe.

Mas não, Thomas estava olhando diretamente para ela ao erguer a taça. Aqueles olhos azuis tão nobres permaneciam voltados para o seu rosto. Ele parecia um homem prestes a anunciar uma parceria muito diferente.

— Obrigado, Sr. Cushing — começou ele. — Quando vim para os Estados Unidos, meu coração estava tomado por um desejo de aventura. Aqui o futuro parecia realmente significar alguma coisa.

Edith defrontou o olhar de Thomas. Ele estava falando do futuro... Do futuro deles?

— Encontrei carinho e amizade em todos os senhores. E, por isso, minha gratidão não tem limites. — Ele ficou em silêncio um instante. Edith viveu uma vida inteira durante essa pausa.

A expressão de Thomas mudou, seu olhar se manteve fixo como antes, mas agora estava triste. Um pequeno lampejo de preocupação a percorreu. Alguma coisa estava errada.

— Agora, porém, adeus. Espero que voltemos a nos ver. Talvez em outras paragens. Minha irmã e eu partimos para a Inglaterra a tempo de pegar o inverno.

Sua piadinha provocou risos e vivas na mesa. Mas não em Edith. Ele não ia pedir sua mão. Ele ia *embora*. Passando por ela exatamente como havia passado pela pobre Eunice.

Mas eu achei... achei que ele... me...

Desolada, Edith murmurou suas desculpas e fugiu.

Ela não sabia que Thomas a seguira até que ele a chamou.

— Edith.

Ela engoliu a dor assim como a engolira em outro dia de neve, uma morte tão verdadeira quanto esta que visitava seu coração em pedaços. Achara... Tinha esperanças de...

— Você vai embora. — Cada sílaba foi uma luta, mas ela não deixou transparecer nada. Sua voz estava tão firme quanto estava o olhar dele segundos antes de desferir o golpe fatal.

— Precisamos voltar imediatamente, cuidar de nossos interesses — explicou Thomas. — A escavação do poço precisa começar antes que o inverno piore. — Houve outra pausa. — E como nada nos prende aos Estados Unidos...

Será que ele poderia ser mais cruel? Será que sabia o quanto era?

— Entendi.

Edith havia chegado às escadas; tinha visto o pai à espreita no fundo. Seu querido pai, talvez ciente de que essa decisão lhe causaria dor, estava montando guarda para o caso de ser necessário. Amor não lhe faltava.

— Seu romance — comentou Thomas. — Li os novos capítulos. Vou mandar entregá-los pela manhã.

— É muito gentil de sua parte. — A mente dela voltou no tempo, até o primeiro encontro dos dois, a admiração dele pela autora até então desconhecida de seu romance. Houvera uma ligação entre eles, houvera, *sim*. A dor em seu coração beirava a agonia.

— Você ainda gostaria de saber minha opinião? — perguntou ele.

Ela assentiu, e Thomas reagiu com um leve sobressalto. Em seguida, tomou fôlego, como se a conversa inteira tivesse virado nada mais que uma tarefa odiosa e mecânica.

— Muito bem. O livro é absurdamente sentimental. Os sofrimentos que você descreve com tanto zelo... a dor, a perda. Mas você nunca viveu nada. Na verdade, você parece só conhecer o que outros autores falam.

Edith não teria ficado mais mortificada se Thomas tivesse cuspido em seu rosto. O que ele estava dizendo? *Como* podia dizer essas coisas em público? Humilhá-la em sua própria casa.

— Obrigada por sua franqueza, caro senhor — disse ela com firmeza.

Thomas deu um passo em sua direção, um ato agressivo.

— Não terminei, garota. Você insiste em descrever os tormentos do amor quando está claro que não sabe *nada* sobre eles.

Por que ele precisava ser tão terrível com ela? Será que os gestos dela de familiaridade... de esperança... deixavam-no incomodado? Será que ela... Será que ele a via como Eunice, equivocada em sua presunção, abaixo da possibilidade de ser considerada seriamente como objeto de seus afetos?

— O senhor já foi claro, mais que o suficiente.

Aquela era sua voz? Aquelas palavras saíam de sua boca? Ela parecia uma princesa de gelo, fria, dura e irritada.

Os convivas se aproximavam, atraídos pela disputa e agora testemunhas de sua humilhação. Ele era implacável, aproximando-se dela, zombando dela.

— ... é melhor voltar aos seus fantasmas e às suas fantasias. Quanto mais cedo, melhor, Edith. Você sabe muito pouco do coração humano e das dores que existem nele. Você não passa de uma criança mimada brincando com...

Esse foi o seu limite. *Ela* não sabia nada? Ao menos tinha coração. Edith lhe deu um forte tapa; ele retraiu o rosto, mas aguentou.

Ela se virou e saiu correndo.

Escuridão. Seu quarto. Lágrimas.

A maçaneta da porta se moveu, e Edith, deitada na cama, enrijeceu-se.

A porta se abriu, e ali estava seu pai. Ela queria muito ser consolada, mas seu orgulho feminino já estava em frangalhos. Seu pai a havia chamado de criança, assim como Thomas. Porém, ela era uma mulher crescida que enfrentara uma rejeição atroz, e seu pai não era a pessoa que ofereceria o melhor consolo naquele momento. Se é que existia tal pessoa, o que ela duvidava.

— Não sou cego, Edith — começou ele delicadamente. — Eu sei que você tinha sentimentos por ele. Mas dê tempo ao tempo. Talvez você e eu... nós pudéssemos ir para a Costa Oeste. Você pode escrever e eu... — A voz dele foi baixando, e ela viu um futuro no qual o pai era viúvo e ela, uma solteirona, e um fazia companhia ao outro. Edith não conseguia suportar essa ideia.

— Eu te amo, pai. Mas você não percebe? Quanto mais você me protege, mais medo eu tenho. — Ela não queria falar o que estava pensando. — Eu simplesmente não quero mais falar hoje. Simplesmente não consigo. — O cansaço tomou conta dela. — Boa noite.

Ele estava pesaroso quando Edith fechou a porta, deixando-o do outro lado.

Por ora, ao menos.

— *My love is like a red, red rose...*

Na manhã seguinte, a antiga e doce melodia que fora sua canção de amor para a esposa tocava no fonógrafo. Cushing estava de roupão no vestiário do clube, pensativo e triunfante. Edith fora poupada de cometer o maior erro de sua vida. Se Sir Thomas Sharpe tivesse conseguido lograr seu odioso plano, Edith não teria *tido* uma vida. O escândalo a teria arruinado.

Naquela manhã, Cushing se sentiu especialmente próximo de sua querida esposa falecida. Quando olhou no espelho, quase enxergou o belo rosto dela. Não o horror que enterraram, mas a menina doce que era quando eles se casaram.

Mantive nossa filha segura estes anos todos, disse a ela em silêncio. *Ela ainda está segura.*

Edith era uma herdeira, e ele supunha que haveria outros Sir Thomas Sharpes que viriam farejando seu dinheiro. Cushing faria o que fosse necessário para protegê-la. Contudo, esperava nunca mais mergulhá-la em tanta dor e em tanto sofrimento.

Morosamente, ele se preparou para fazer a barba. O criado chegou com toalhas limpas, deixando tudo pronto para Cushing, abrindo a torneira de água quente da pia.

— Que tal a água hoje, Benton? — perguntou ele com sua alegria forçada.

— Quentíssima. Exatamente como o senhor gosta — respondeu Benton, enquanto também ligava um dos chuveiros. O banheiro começou a ficar cheio de vapor.

— Muito bem — disse Cushing. — Faça a gentileza de pedir presunto e ovos. Vou começar com café, se estiver quente. E com um gole de Porto.

— Imediatamente, senhor. E o *Times*?

— Por favor. — Talvez houvesse uma notinha sobre a partida de Sir Thomas Sharpe, baronete, das belas paragens dos Estados Unidos. E já vai tarde.

A névoa nublava sua visão enquanto se preparava para se despir. Em seguida, uma sombra esvoaçou atrás dele, causando-lhe um sobressalto, o que o fez se virar para ver se Benton tinha voltado.

Não havia ninguém ali.

Mas houve alguém. E ele teve a nítida sensação de que não estava sozinho. Qualquer sócio do clube teria anunciado sua presença. Era curioso e um tanto desconfortável.

Talvez fosse sua imaginação.

E, no entanto...

Sentindo-se muito tolo, Cushing verificou os armários. Claro que estavam vazios.

A água quente transbordava da pia; em sua distração, ele tinha deixado a torneira aberta tempo demais. A navalha caiu, assim como o sabonete. Com um resmungo, ele se curvou para pegá-los, cortando o dedo. Sangue vermelho como argila espiralou ralo abaixo.

Lá estava a sombra de novo. Então alguém o pegou pela gola do roupão e por trás da cabeça. Antes que conseguisse reagir, sua cabeça foi golpeada contra o canto da pia. Não houve dor, só choque. Cushing cambaleou e caiu. A figura se ergueu acima dele, segurou sua cabeça, e a acertou de novo e de novo na porcelana. Ele ouviu seus ossos se despedaçando quando o nariz foi espatifado.

Edith.

Quando a testa foi fraturada.

De novo.

Edi...

Quando gotas de sangue carmesim esguicharam da ruína em que se transformou seu crânio.

De novo.

E...

Quando não se mexia, e o sangue se espalhava pela água límpida e fervente.

CAPÍTULO 8

Como conseguira adormecer, Edith não fazia ideia. Mas, lentamente, recobrou a consciência deitada sobre a roupa de cama no quarto, ainda completamente vestida. Que clichê; ela havia chorado até adormecer.

Annie estava no quarto, segurando um maço de papéis que Edith reconheceu num relance: o capítulo mais recente de seu manuscrito, agora odiado. Thomas havia cumprido sua promessa de devolvê-lo, e a visão reacendeu cada sentimento ruim que a assombrara na noite anterior.

— O que foi, Annie? — murmurou Edith.

— Isto foi entregue de manhã, senhorita. Mas eu não queria acordá-la mais cedo.

— Tanto faz, Annie, obrigada. — Ela indicou a lata de lixo, mas a empregada hesitou.

— A carta também? — perguntou Annie.

— A carta...?

Edith pegou os óculos e os ajeitou atrás das orelhas. Um brasão em cera vermelha com um desenho de caveira selava a dobra do envelope de espesso papel-pergaminho. O nome dela estava escrito na frente com uma letra elegante. Edith não sabia se ousava lê-la, mas a abriu mesmo assim. O quarto pareceu escurecer enquanto devorava as linhas:

Querida Edith,

quando você ler esta carta, eu terei partido. Seu pai deixou claro para mim que, em minha atual condição econômica, eu não tinha como lhe dar uma boa vida. E com isto concordei. Ele também me pediu que partisse seu coração — para levar a culpa. E com isto também concordei. A esta altura, certamente cumpri as duas tarefas.

Mas saiba de uma coisa: quando eu puder provar a seu pai que tudo que peço dele é que consinta — e nada mais —, então, e só então, voltarei para buscá-la.

Sinceramente,
Thomas

Edith foi tomada pelo júbilo, pela euforia. Ele não a abandonara, não tinha sido um canalha sem coração. Mas quando a carta havia sido entregue? A que horas o trem dele partia?

Estou muito atrasada?

Ela correu ensandecida até a escada, gritando por Annie. Foi até o saguão, berrando:

— Annie, meu casaco!

Então, pelas ruas afora, passando por tantos monumentos ao orgulho do pai, pelo tráfego e pelas pessoas, lutando para chegar ao hotel onde os Sharpes ficaram; desviando-se, ziguezagueando, chegando ao lobby e, por fim, à recepção.

— Thomas e Lucille Sharpe? — perguntou ela, sem fôlego.

O gerente examinou o registro de hóspedes.

— Um-zero-sete e um-zero-oito — respondeu —, mas...

Edith partiu correndo, passando por alguns hóspedes e por um carregador; enfim, chegou à porta do 107, encontrou-a aberta...

... e se deparou com duas jovens camareiras negras dentro de um quarto sem nenhuma bagagem nem pertences pessoais arrumando a cama.

Uma delas disse:

— Eles saíram de manhã, senhorita. A tempo de pegar o primeiro trem.

Edith ficou petrificada, ofegante, derrotada. Não, não podia ser. Ter descoberto, *saber*, e tê-lo perdido... era cruel demais.

— A senhorita está bem? Senhorita? — perguntou a outra camareira.

Será que algum dia ficaria tudo bem com ela de novo? Será que...

Edith percebeu outra presença; alguém de pé ali bem perto. Ela virou a cabeça.

Era Thomas.

Uma alegria inimaginável ardia dentro de Edith. Ela conseguiu refrear seu instinto de se jogar nos braços dele no momento em que seu rosto querido buscava compreensão no dela. Perdão. Esperança. Seu coração batia forte no silêncio do quarto. Com certeza Thomas conseguia ouvir.

— Lucille partiu — começou ele —, mas eu não consegui. Seu pai me subornou. Para ir embora.

Thomas pôs a mão no bolso e mostrou aquilo que ela reconheceu como um cheque. Em seguida, ele o rasgou.

— Mas não consigo deixar você, Edith. Na verdade, eu me vejo pensando em você nos momentos mais inoportunos do dia. Sinto como se um elo, um fio, existisse entre o seu coração e o meu. E que, se esse elo fosse rompido pela distância ou pelo tempo... Bom, tive medo de que meu coração fosse parar de bater e morrer. E de que você logo me esqueceria.

Edith encontrou fôlego para falar.

— Nunca. Eu nunca esqueceria você.

Ela olhou nos olhos dele e derreteu por dentro. Aquilo estava acontecendo. Era de verdade. Um sonho após o pesadelo.

Thomas a puxou para perto de si e a beijou. O mundo de Edith virou Sir Thomas Sharpe. Os braços dele, seu coração batendo furiosamente. A maciez dos lábios dele nos seus, a pressão de seu beijo aumentando. Edith fechou os olhos, valsando outra vez, seu desejo realizado.

Ela sentiu que Thomas se continha, como se hesitasse; estava prestes a abrir os olhos para lhe assegurar que agora havia liberdades que podia tomar. Ele havia partido o coração dela, e só ele podia consertá-lo. Então Thomas relaxou e a levantou, e tudo ficou bem, tão bem, neste mundo belo e novo, neste dia reluzente, dourado. Talvez Ogilvie tivesse razão em insistir numa história de amor. Os finais eram tão maravilhosos.

Mas este não é o fim de nossa história, pensou ela. *É só o começo. Ele se declarou em sua carta. Ele me pediu em casamento.*

De braços dados, eles saíram do quarto, e Edith não conseguia nem se importar com aonde iam nem com o que fariam em seguida. Ela imaginou que Thomas fosse se apresentar outra vez ao seu pai e que eles pudessem começar de novo, em condições melhores. Certamente o pai daria seu consentimento assim que visse que era um homem honrado que tinha diante de si. Um homem que não podia ser comprado e que dava mais valor a ela, Edith Cushing, do que a toda riqueza necessária para realizar seus planos de mineração. Thomas podia ter ficado com o cheque e voltado para a Inglaterra, onde sem dúvida haveria diversas moças fazendo fila para virar Lady Sharpe. Mas ele amava sua plebeia americana de todo o coração. Que pai não ia querer esse homem para sua única filha?

Estou tão inacreditavelmente feliz.

Porém, ao atravessar o lobby, Edith viu o advogado do pai, o Sr. Ferguson. E Annie, a empregada, estava com ele, apontando para ela. Edith e Thomas reduziram o passo, e sua cabeça ribombava tão forte que ela sentia o pulso na planta dos pés. As expressões de agonia no rosto dos dois, retorcidos, tomados pelo horror... Olhos vazios, que transpareciam tragédia. Edith tinha visto a mesma expressão no rosto do pai quando ele fora lhe contar que o sofrimento da mãe havia terminado.

Falar da *morte* dela...

Da morte.

Ali estava a prova de que um grave equívoco havia sido cometido: o pai dela, que tanto amava a grandiosidade e a elegância, não poderia realmente ter sido levado a um lugar tão imundo, tão nojento. O necrotério de Buffalo era mais asqueroso que um estábulo, qualquer um percebia. Ninguém que o conhecesse o teria levado ali. E assim... teria havido um erro, e o coitado do pai de outra pessoa estaria morto ali.

E, ainda que fosse simples entrar e apontar o engano, ela percebeu que não conseguia entrar. O medo afogava sua negação: o Sr. Ferguson não cometeria um erro como esse; e, no saguão, Annie, que estava com eles havia três anos, irrompera em lágrimas e abraçara Edith assim que chegou perto o suficiente.

Mas hoje é o dia mais feliz da minha vida. Não pode ser. Não pode.

Thomas e o Sr. Ferguson ficaram com Edith, e ela sentia o calor do corpo de Thomas através do bloco congelado de terror que a envolvia.

Houve um estrépito de passos, alguém alcançando o trio. Era Alan, quase sem fôlego, e sua presença deu peso à realidade contra a qual ela lutava tão fortemente. Edith o encarou como se houvesse entre os dois uma tempestade de neve e ela mal conseguisse enxergar. Não sentia os pés no chão. Começou a achar que estava dissolvendo, imaterial como um dos espectros nas fotografias de espíritos de Alan.

— Sinto muito — disse Alan. — Eu vim assim que soube.

Não, não diga uma coisa dessas, implorou-lhe em silêncio. Em seguida a mão de Thomas lhe deu algum vigor e uma mínima dose de coragem. Ela tinha de ir lá por causa do pai. Se um erro fora cometido...

... Por favor, por favor, que seja um erro. Ah, por favor.

Edith começou a prender a respiração.

Alan hesitou quando o legista abriu a porta do necrotério. Edith se virou para seguir o homem.

— Espere — ordenou Alan. — Não olhe.

A garganta de Edith estava tão apertada que falar foi um grande esforço.

— Disseram-me que preciso olhar.

Alan apelou ao legista.

— Não. Por favor. Eu posso identificar o corpo. Não a faça olhar. Eu era médico dele. — Ele se voltou para o advogado da família em busca de apoio. — Ferguson, você sabe disso.

Não era verdade; talvez Alan tivesse lhe dado uma receita de óculos. Ele estava tentando poupá-la.

A menos que papai estivesse doente e não quisesse que ninguém soubesse... e foi isso o que aconteceu... algum tipo de convulsão...

A possibilidade da obrigação da presença de todos eles ali comprimiu o peito dela com ainda mais força. Edith estava com medo de desmaiar.

Não. Não é ele. Por favor, se não for ele, então faço qualquer coisa, dou tudo o que tiver ou quiser. Eu não me casarei com Thomas...

Mas seu coração lamentava, aflito, diante da ideia de perder o homem que a abraçava naquele momento. Cujo braço a envolvia e a protegia enquanto ela caminhava vacilante.

O Sr. Ferguson moveu a mandíbula e balançou a cabeça de leve.

— E eu sou o advogado dele, Dr. McMichael. Lamento. Não se trata apenas de uma formalidade jurídica. Temo que seja obrigatório.

Temo. As palavras ecoaram na mente dela. Edith temia tanto, tanto. Thomas estava ali, e ele a amava.

Alan estava ali, e ele era seu amigo mais antigo e mais querido. Mas, em seu medo, ela estava completamente sozinha.

Os joelhos dela tremiam. Edith não conseguia respirar o bastante para manter a consciência. Ela não conseguia inspirar ar suficiente para manter corpo e alma juntos.

Estou com medo.

Ela e os homens atravessaram um piso de ladrilhos que estava escorregadio, corroído e sujo. A sala recendia a sangue. Havia moscas. Um abatedouro. Não era possível que Carter Cushing estivesse debaixo das dobras daquele lençol manchado, naquela mesa de aço.

E, no entanto, a silhueta era dele.

O tempo parou por completo. Aquele momento parecia durar para sempre. Edith devia permanecer nele pela eternidade, porque ali o pai dela ainda podia estar vivo. Bem ali, eles estavam juntos, e Thomas também. Naquela batida do coração, naquela respiração contida, naquela luz do sol âmbar. O mundo dela suspenso, hesitando até o pêndulo ir para o outro lado. Equilibrado sobre a cabeça de um alfinete. Era ali que ela sempre deveria *estar*.

Então o legista pousou a mão no lençol, parando um instante como se ele também quisesse que a Terra parasse de girar. Que pudesse poupá-la. Em seguida, levantou a coberta.

E tudo permaneceu congelado, tudo: coração, pensamento, respiração. Edith apenas olhava enquanto a mão de Thomas apertava, apertava...

Ele não parecia o pai dela.

Ele não parecia humano.

O rosto dele, destruído. Os ossos esmagados. Poças de sangue e sangue coagulado. O dano causado ao rosto além de sua compreensão. Um engano, um engano. Aquele não era seu pai.

É sim.

Meu Deus, é sim.

Se ela deu algum sinal de que era seu pai, não percebeu. Porém, a tensão no recinto aumentou; Edith sentiu um enorme peso puxando-a para baixo, como se ela fosse afundar no chão, e os homens ficaram ainda mais sombrios ao dar alguns passos de um lado para o outro, até que alguém pigarreou, como que sinalizando que era hora de dar o passo seguinte num ritual infernal. Era Thomas quem a estava mantendo de pé? Edith não conseguia dizer. A vela que eles seguraram na noite em que valsaram... *As velas da noite se apagaram. Thomas... ah, Thomas, isto não pode estar acontecendo.*

O que ela havia desejado quando soprou a vela no salão? Não poderia ter desejado uma vida longa a seu pai?

— Como foi que aconteceu? — perguntou Alan, rouco.

— Um acidente — disse o Sr. Ferguson. — O chão estava molhado. Alan franziu o cenho ao examinar o corpo... seu pai... *Papai.*

— Posso? — pediu Alan ao legista. — Por favor, me ajude a virá-lo.

Edith observava anestesiada enquanto Alan inspecionava a pobre cabeça destroçada. A cabeça que não poderia pertencer a seu pai. Com a ajuda de outro homem, ele começou a virar o morto de lado e viu creme de barbear em sua bochecha. *Creme de barbear. Um acidente. Um chão molhado, igual a este. Um escorregão. A pia de porcelana.*

O lençol começou a se afastar, revelando...

Este é meu pai! É ele, é ele!

— Pare, pare! — gritou ela, correndo para a frente. — Não mexa nele assim, por favor, não.

Alan se afastou.

— Perdoe-me, eu estava tentando...

Edith sufocou as lágrimas enquanto Thomas vinha para o seu lado, dando-lhe firmeza, ainda que ele mesmo mal mantivesse a dele. Seu rosto estava completamente branco; ele estava tão horrorizado quanto ela. Agora, porém, Edith precisava agir; precisava proteger seu amado pai dos olhos deles e de suas cutucadas e reviradas. A cozinheira e DeWitt fofocaram sobre sua mãe...

... Ela estava preta feito uma costela de carneiro carbonizada. A visão dela vai me dar pesadelos por anos, isso eu posso dizer. E o mau cheiro! Não me pagam o bastante para deitá-la no caixão; mandei a aia do quarto fazer isso, e ela preferiu pedir as contas, por isso mandei alguém lá de baixo fazer. O Sr. Cushing disse que não é para a senhorita ver nada, e acho que ele tem toda razão. Se ela olhar só uma vez, vai crescer num manicômio, tenho certeza, assim como eu tenho certeza de que a minha família está em Dublin. E os espelhos, DeWitt, estão todos cobertos? Porque nunca se sabe.

Ah, não mesmo. Eles, os mortos, odeiam a tumba. E quando se deixa uma mocinha tão doce como a nossa Edith... Bom, aí é que não vai embora mesmo.

— Este é o meu pai — declarou ela, resoluta. Edith tomou posse do pai. Ele era dela. Ela se moveu pela bruma e tomou a posição de filha dele. — Ele... Ele vai completar 60 anos semana que vem, e tem medo de parecer que tem essa idade, entenderam? É por isso que ele... se veste tão bem, é por isso que ele gosta de dar longas caminhadas comigo. — Edith envolveu a mão dele e a beijou. — Está fria. Por que está tão fria?

Eles a olharam com tanta pena. E, então, quando a realidade terrível por fim foi assimilada — de que ele estava realmente morto —, Edith desmoronou.

CAPÍTULO 9

O CEMITÉRIO, OUTRA vez. Quatorze anos desapareceram como fantasmas quando Alan outra vez fitava sua mais querida amiga mergulhada no pesar. Parecia ter sido ontem que todos se reuniram para enterrar a mãe de Edith, que havia morrido de maneira horrível. E agora, também, o pai dela. Alan não conseguia acreditar na causa da morte atribuída pelo legista: havia danos demais, e no ângulo errado, para uma queda.

Isso, porém, era questão para outro dia. Agora ele precisava dar apoio a Edith. Ela nunca deveria ter sido forçada a ver aquilo. Que se danem Ferguson e suas obrigações. Havia coisas que se via e nunca mais se conseguia esquecer. Tinha sido assim quando testemunhara a primeira cirurgia de um olho humano, arrancado do cadáver de uma pedinte numa sala de cirurgia em Londres. A única coisa que lhe dera forças para permanecer no lugar fora a certeza de que, por meio da observação, seria capaz de salvar a visão de outras pessoas, ainda que o sujeito a seu lado tivesse coberto a boca e pedido licença, correndo na direção da porta.

Ele se lembrava do modo como Edith o tinha procurado com os olhos em busca de consolo quando tinha apenas 10 anos e ele, 11. Mesmo sendo um menino imaturo, sabia o quanto seu coração doía, vira as lágrimas que não escorriam.

O que dissera Conan Doyle durante sua palestra sobre espiritualismo? "De todos os fantasmas, os fantasmas de nossos antigos amores são os piores." Alan amara Edith Cushing a vida inteira.

Hoje, porém, Edith nem olhava para ele. Jovem demais para pensar em se casar com ela na outra vez, hoje ele também estava ali para enterrar suas esperanças como homem. No dedo dela brilhava o enorme anel vermelho que havia adornado o dedo de Lady Sharpe na noite em que Edith valsara com Sir Thomas. Uma joia de família, obviamente; para Edith, uma nova aquisição, que sugava a luz aquosa do dia sombrio, sem emitir nenhum reflexo. Alan sabia o que isso significava: ela estava noiva de Sir Thomas Sharpe.

Sharpe, cujo pálido rosto inglês parecia sumir nos fiapos de chuva, abrigado por um guarda-chuva. Em homenagem ao homem que teria se tornado seu sogro, o traje do inglês sinalizava um luto pesado, e Edith estava igualmente coberta de negro da cabeça aos pés. Alan se lembrava de sua história de criança, de ver uma mulher de preto no quarto, provavelmente a mãe dela, e de como Eunice tinha rido da cara de Edith e a chamara de louca. Agora, Edith era a mulher de preto, e, ao se apoiar no peito de Sir Thomas, aturdida e distante, Alan sabia que ela iria assombrá-lo pelo resto de sua vida.

O braço de Sir Thomas estava em seu ombro, o que teria sido uma quebra de decoro caso não estivessem noivos. Foi tudo rápido demais, sob circunstâncias horríveis demais para entender, e talvez ele estivesse olhando através do prisma de seu ciúme, mas, quando fitou a maneira como Sir Thomas abraçava Edith, pareceu-lhe que o homem estava mais determinado a mantê-la firmemente presa do que a aliviar seu sofrimento. Ela parecia engaiolada, não protegida.

Então Sir Thomas reparou no olhar dele e o encarou, sem desviar os olhos. Era um duelo sem palavras. Edith não viu nada. Alan sabia que já havia perdido, por isso ergueu o chapéu, como alguém faria naquelas circunstâncias para saudar um parente desconsolado do falecido. Impedido pelo guarda-chuva e pela noiva, Sir Thomas não pôde retribuir o gesto, e por isso inclinou a cabeça. Sharpe era o modelo de gravidade e pesar, e Alan se perguntou se ele próprio estava sendo injusto por ciúme. Os sentimentos de Sir Thomas por Edith poderiam ser puros. *Era* possível se apaixonar profunda e rapidamente.

Como Eunice sabia muito bem.

Três semanas curtas depois, alguns dos mesmos convidados que choraram o falecimento de meu pai iriam a meu casamento na Igreja Asbury-Delaware. Foi um evento pequeno, cujos detalhes hoje tenho dificuldades para lembrar.

O vestido e o véu de Edith, a noiva, eram brancos, como um fantasma. O buquê de rosas vermelhas que ela segurava enquanto Ferguson a conduzia ao altar fez Alan pensar num coração batendo, e na canção favorita do pai dela, "A Red, Red Rose", que Cushing ouvia quase todas as manhãs ao tomar banho e se barbear no clube. Edith parecia atordoada. Como todos os homens presentes, incluindo Alan, o noivo usava uma fita de luto. Era macabro que eles se casassem agora, e, quando o pastor perguntou se algum dos presentes sabia de algum impedimento à união deles, Alan quis se pronunciar. Ele queria dizer que parecia errado, que o pai dela não havia aprovado e que Edith estava cometendo um terrível engano, mas ficou calado. Ele queria o bem dela, realmente queria.

Mas, quando Sir Thomas beijou a noiva, o anel de granada lançou um raio de luz vermelha em sua bochecha pálida e apagada, parecendo-se tanto com uma ferida que Alan arquejou. Cabeças se viraram na direção dele, incluindo a de Eunice, e ela lhe concedeu um sorriso triste, apertado. Sua irmã lhe mandava um sinal: ele devia aceitar que o beijo selava os dois como marido e mulher e que as esperanças dos McMichaels foram esmagadas. Eunice amaria de novo, disso ele tinha certeza, e Alan tentou transmitir confiança na felicidade futura da irmã tomando sua mão e apertando-a.

E ele igualmente tinha certeza de que nunca pararia de amá-la. Iria para o túmulo casado com Edith Cushing em seu coração, e, talvez, se existissem fantasmas ou algo assim, se o destino fosse bondoso, ele poderia cuidar dela, e dos filhos dela, e dos netos dela, e mantê-la longe do perigo.

Se ela for feliz, eu serei feliz, pensou ele. *É tudo o que quero nesta vida*

LIVRO DOIS

ENTRE O MISTÉRIO E A LOUCURA

"Olho nenhum jamais viu algum fantasma."

— THOMAS CARLYLE

CAPÍTULO 10

CUMBERLAND, INGLATERRA

As COLINAS ERAM áridas e o céu estava tomado pela névoa. Aquecida por cobertores e por seu casaco de viagem com o laço magenta, Edith, que cochilava numa carruagem aberta, perdeu-se num sonho nebuloso, no qual seguia num carro fúnebre para um cemitério. Não ia exatamente, mas era levada ao túmulo, o que significava que era ela quem havia morrido. A última Cushing. Só que ela não era mais Cushing. Era Lady Sharpe.

Através do frio, Edith sentiu o calor do noivo, entendeu que estava sonhando e começou a despertar. Em seguida, Thomas disse:

— Edith, Edith, acorde. Chegamos.

Quando seus olhos se abriram, ela viu Thomas. Seu rosto amado, anguloso como as faces de seu anel de granada, seus olhos mais azuis que a extraordinária fivela com camafeu Wedgwood em que ficara de olho quando fazia compras em Londres, mas da qual havia desistido. Thomas a incentivara a se permitir a compra, mas Edith queria que todos os recursos possíveis fossem destinados ao desenvolvimento de sua colheitadeira de argila. Ela tinha um enxoval maravilhoso, que duraria até a fortuna dele estar restaurada.

Se ao menos seu pai pudesse estar ali para ver isso.

O cavalo levou a carruagem até perto dos portões da propriedade da família Sharpe, e, sob alguns aspectos, o lugar correspondia às ilustrações que ela estudara em seu livro. A estrutura do terreno e da casa ainda estava lá. Pequenas colunas sustentavam um arco de ferro dominado pelo brasão da família, que muitas vezes era representado em vermelho vivo nas figuras, como uma recordação da argila escarlate das minas Sharpe, e que incluía a imagem de uma caveira acorrentada, bem sombria e gótica, na opinião dela. O brasão fora gravado em cera vermelha atrás da carta de amor desesperada de Thomas. Abaixo da insígnia havia as palavras ALLERDALE HALL em ferro forjado.

A casa lúgubre ficava no fim de uma pista de argila vermelha, cercada de grama marrom morta e árvores esqueléticas, com um céu cinza-escuro ao fundo. Não havia mais aquelas aleias ladeadas por árvores e arbustos. Nem porta-cocheira para abrigar as carruagens de onde desembarcavam os visitantes; aliás, nem visitantes. Nem empregados, também; só um homem, como lhe disseram. Thomas e Lucille não tinham mais meios para dispor de empregados, e por essa razão desistiram de receber visitas.

Vou mudar tudo isso. Com a morte do pai, o controle da fortuna da família havia passado para Edith. Ela restauraria a antiga glória de Allerdale Hall e de seu senhor. As rugas de preocupação no lindo rosto de seu amado desapareceriam. Eles iriam valsar em sua própria casa, cercados de amigos e parentes. E de filhos.

Ela corou.

Quanto à própria casa, duas cúspides góticas de alturas diferentes dominavam a silhueta assimétrica, postada entre versões em tamanho real do equipamento de mineração de Thomas. Ela fora construída ao longo dos séculos, em muitos estilos de tijolos e pedras; havia passarelas, torres e torreões, dos quais vários se deterioraram tanto que caíram. Vidraças esmaltadas a miravam debaixo de sobrancelhas de tijolos arqueados. Allerdale Hall parecia ao mesmo tempo inacabada e cansada demais para continuar, como se estivesse viva e morrendo lentamente.

Thomas a havia preparado, mas a visão da propriedade outrora magnífica e hoje tão terrivelmente arruinada a atordoou e entristeceu. Havia certa dignidade desesperada em seu noivo enquanto a observava assimilar tudo. Como as roupas dele, belas mas antiquadas, seu lar sugeria uma vida inicialmente refinada e elegante, mas sem os meios de se manter. Sugeria perda. Edith se lembrou daquilo que ele dissera aos magnatas da indústria de Buffalo: que possuía uma vontade inquebrantável. Agora lhe parecia que Allerdale Hall só permanecia de pé pela pura força daquela vontade; que, se seu proprietário fosse um homem sem o mesmo brio, teria desaparecido na névoa como uma miragem.

A carruagem foi reduzindo a velocidade até parar, e um empregado se aproximou e cumprimentou Thomas com deferência, acenando a cabeça para Edith. Ele tinha artrite e era bem velho, seus olhos eram leitosos, e suas roupas feitas em casa estavam mais puídas que o conjunto azul-escuro de Thomas.

— Olá, Finlay. Como tem passado? — perguntou Thomas, calorosamente.

— Nunca estive melhor, Sir Thomas. Eu sabia que era o senhor quando a carruagem estava a um quilômetro.

— Finlay, esta é minha noiva.

— Eu sei, eu sei, milorde. O senhor já está casado há algum tempo — respondeu o homem. Em seguida, ele deu a volta no veículo para pegar a bagagem.

Pobrezinho, pensou Edith. *A mente dele está indo embora.*

Thomas estendeu a mão para que ela saísse da carruagem. Juntos, eles caminharam até os degraus da frente da casa de que ela, a partir de então, era senhora. Thomas abriu a boca para dizer algo, mas, no mesmo instante, um lindo cachorrinho se precipitou em volta da carruagem, dando latidinhos de êxtase ao vê-los.

Edith perguntou em voz alta:

— E este, quem é? Você nunca me falou dele! Ou é ela?

— Não faço ideia — murmurou Thomas.

Edith se curvou para examinar a criatura saltitante. Ela conseguia sentir seus ossos delicados sob a pelagem fria e emaranhada.

— Ele está de coleira. Talvez esteja perdido.

— Impossível — disse Thomas, franzindo a testa. — Não tem nenhuma outra casa em quilômetros, e a cidade fica a meio dia de caminhada.

— Bem, o coitadinho está num estado lastimável. Posso ficar com ele? Ele parece faminto.

— Como quiser — disse ele, indulgente. — Agora, milady, a senhora me concede a honra?

Com um floreio, ele a levantou e a carregou casa adentro. Os dois explodiram em risos de felicidade. *Casados*. E finalmente em casa após a lua de mel — se é que se podia dizer que houve propriamente uma lua de mel. Eles ainda não tinham dividido o leito matrimonial. Ela estava muito grata por Thomas ter respeitado seu luto — e, no entanto, estava pronta para ser, para ele, uma esposa de verdade.

Sob todos os aspectos.

Ele a colocou no chão ainda no vestíbulo e, enquanto Thomas tirava lentamente a cartola, Edith pensou num mágico fechando a cortina para realizar um truque. Ela teve seu primeiro vislumbre do interior da grande casa. Havia um vestíbulo enorme, revestido com painéis de madeira escura, e, acima dele, três andares com balaustradas ornamentadas e corredores em estilo italiano, miríades de florões, e arcos góticos decorados com quadrifólios. Retratos de séculos de antepassados dos Sharpes em molduras douradas reforçavam a impressão de que ela estava no fantasma de Allerdale Hall, a lembrança de uma energia perdida, de que a casa propriamente dita já havia desaparecido. No entanto, parecia haver um elevador de tamanho moderado, capaz de levar até três pessoas — uma única nota de modernidade —, e isso a fez pensar na engenhosa máquina mineradora de Thomas. Aquele lugar *iria* voltar a viver e *iria* chegar ao presente. Ela cuidaria para que isso acontecesse.

— Lucille! — chamou Thomas, sua voz praticamente ecoando. — Lucille! Lucille!

O cachorrinho latiu num coro deliciado. Flocos de neve desciam dos buracos no teto, silenciosos e melancólicos. Edith se viu pensando nas pétalas de rosa que havia espalhado sobre o caixão do pai — em sua textura que parecia pele, em sua fragrância de morte — e estremeceu.

Ela disse, virando o rosto:

— Acho que está mais frio aqui dentro que lá fora.

— É realmente uma lástima — disse Thomas. — Tentamos manter a casa da melhor maneira possível, mas, com o frio, a chuva, as minas aqui embaixo... é quase impossível conter a umidade e a erosão.

De fato, havia indícios de danos por toda parte — ferrugem, mofo, vestígios e poças de argila vermelha. Seu pai teria resolvido tudo com seus conhecimentos de engenharia, disso Edith tinha certeza; ela fez uma pausa por causa de outra pontada, mais forte, de pesar, tão palpável quanto se estivesse subindo por seu corpo, e retomou a conversa pelo bem de seu amado noivo.

— Quantos quartos tem a casa? — perguntou ela.

Thomas hesitou, surpreso.

— Por quê? Eu realmente não sei. — Em seguida, ele abriu um sorriso largo para ela, e lá estava o encanto que a conquistara tão rapidamente. — Quer contar?

Edith riu.

— Ah, eu vou. Mas como vocês conseguem sustentar a casa, só você e Lucille?

O Sr. Finlay por fim chegou com algumas de suas bagagens.

— Levo lá para cima, jovem senhor? — perguntou ele.

Edith sorriu diante do pequeno lapso ao falar com Thomas, como se ele ainda fosse uma criança, sendo evidente o afeto por seu senhor. O pai de Edith sempre lhe dizia que, se quiser medir o caráter de um homem, deve-se observar a maneira como trata os empregados. Thomas tratava Finlay com grande civilidade, e havia um laço genuíno entre eles. Isso a deixou muito contente.

— Sim, Finlay, por favor. — Thomas roçou os lábios de Edith com um beijo e lhe devolveu sua atenção completa. — É um privilégio com o qual nascemos e do qual nunca podemos nos desfazer. Mas, minha querida, de algum modo conseguimos manter a casa. Minha oficina fica no porão. Mal posso esperar para lhe mostrar.

Ele se virou com um ar de "espere por mim" e desapareceu na escuridão. Foi localizar a irmã, imaginou Edith. Era estranho como, com alguns passos rápidos, ele parecia desaparecer. Como a casa parecia engoli-lo. Apesar do livro ilustrado, ela não tinha se dado conta de como a casa era enorme. A residência poderia conter diversas Mansões Cushing e ainda sobraria espaço para algumas unidades da casa dos McMichaels. Edith não entendia a devoção servil de Thomas à casa, mas ele vinha de uma família ancestral, de um país mergulhado em tradições, costumes e deveres. Não conseguia imaginar uma vida naquela casa por nenhuma razão que não fosse o amor. E o amor a manteria ali.

Com Finlay no andar de cima e Thomas procurando a irmã, ela aparentemente estava sozinha no salão enorme e frio. Afora, é claro, o lindo cachorrinho. O animal havia ficado tão quieto que ela quase esquecera que ele estava ali. Agora, ao olhar para ele, Edith percebeu que estava com medo, sua cauda enrolada entre as pernas. Levemente desconfortável, Edith apertou o casaco contra o corpo. O cachorro continuava encolhido, e ela olhou em volta, tentando ver o que ele via. Porém, não havia nada. Ele estava com medo do quê?

Como se respondesse a sua pergunta, o vento fez a porta da frente bater com um estrondo. Edith se sobressaltou. O cão se encolheu mais.

Com a porta fechada, o grande salão ficou ainda mais escuro, e ela não conseguia mais ver muitos dos detalhes arquitetônicos. Era enorme, e Edith percebeu que era possível olhar de cima sem ser visto. Ela não fazia ideia do que isso significava e tentou afastar seu pressentimento de uma fatalidade. Estava muito cansada, e este era o destino final da viagem longa e fria de um dia inteiro. Aquela era sua casa agora.

Então, tirou o chapéu e as luvas, acomodando-se. Em seguida notou um grande espelho, e conferiu os cabelos. Queria estar apresentável para Lucille, que ela mal conhecia. Como a irmã de Thomas partira para a Inglaterra naquele dia terrível em que seu pai falecera, ela não havia ido ao casamento.

Seus cabelos estavam arrumados; Edith se lembrou do dia em que foi ver o Sr. Ogilvie com manchas de tinta nos dedos e na testa. Muita coisa havia acontecido desde então, mas a única constante era que ela ainda estava trabalhando em seu romance. Trouxera muito papel e a sofisticada caneta que seu pai lhe dera; com exceção do anel de granada que Thomas havia colocado em seu dedo no dia em que a pediu em casamento, a caneta era o objeto ao qual Edith mais dava valor.

O cachorro continuava encolhido e, ao olhar para o coitadinho, ela ouviu um zumbido estranho, baixo. Olhou para uma bandeja perto do espelho e viu, atônita, um punhado de moscas moribundas. Edith franziu o cenho; era tão estranho, tão inesperado. Não conseguia imaginar como elas teriam ido parar dentro da casa gelada nem por que estavam morrendo naquele preciso momento. Ela as estudou e examinou as sombras em busca de traços de comida ou talvez de algum animal morto.

O cachorrinho entrou de novo no salão, dando um susto em Edith, que nem havia reparado que ele tinha saído. Era bizarro o modo como a casa absorvia o som.

O cachorro trazia na boca uma bola vermelha e se aproximou, abanando o rabo, como um convite para que sua nova amiga brincasse de jogá-la.

— Você? Mas onde foi que achou isso? — perguntou ela. Edith não conseguia imaginar nenhuma razão para que houvesse uma bolinha de cachorro naquela fabulosa ruína.

O cão insistiu. Ela estava prestes a estender a mão quando, no espelho, viu a silhueta escura de uma mulher do outro lado do salão. Enfim a irmã de Thomas havia aparecido. Edith sentiu certa perturbação nos nervos. Eram duas estranhas que agora pertenciam à mesma família.

Edith ergueu a mão, mas a figura permaneceu bem distante dela, tão envolta em sombras que não conseguia distingui-la direito. Ela parecia estar se movendo de um jeito estranho... ou talvez isso se devesse a um dos vestidos vitorianos de Lucille, que vinham com um espartilho muito apertado, dificultando o movimento. Edith preferia as modernas saias rodadas e as blusas de mangas *gigot* da Nova Mulher, que coincidiam com a imagem de si mesma como romancista.

— Lucille? — chamou ela, como que a cumprimentando.

A senhora se afastou, e Edith ficou perplexa. Deveria ir atrás dela? Havia algum motivo para Lucille não falar com ela? E, Deus do céu, ela estava *fumando*? A luz revelava uma espécie de rastro deslizando atrás da mulher de um jeito estranho, fios tênues que pareciam brilhar enquanto subiam, flutuando. Edith simplesmente não conseguia imaginar uma dama tão refinada quanto Lady Sharpe dando uma baforada de fumaça de cigarro.

— Com licença — chamou Edith, andando na direção dela. Não era Lucille; isso ela conseguia dizer. Para começar, a altura era diferente.

Ignorando-a, a estranha entrou no elevador. O mecanismo ganhou vida com um zumbido e começou a subir, enquanto Edith corria olhando para cima. Tarde demais; tudo que ela conseguiu ver foi o fundo do elevador.

Logo depois, Thomas voltou, e Edith acenou para o elevador no exato instante em que ele parou no alto da casa. Ou ao menos foi o que ela presumiu. O maquinário havia parado de zumbir, mas ela não estava certa de que a porta do elevador abrira.

— Uma mulher, Thomas, no elevador — avisou ela.

Ele ergueu uma sobrancelha.

— Lucille?

— Não, não, Thomas. Não era Lucille — insistiu.

— Aquela engenhoca parece ter vontade própria — disse Thomas, quase com carinho. — A umidade da casa afeta os fios. O elevador leva até as minas de argila. Prometa para mim que vai tomar muito cuidado se for usá-lo, e nunca, nunca vá a um andar abaixo deste aqui. As minas são muito instáveis.

Edith queria deixar claro que uma mulher *tinha* entrado no elevador. Ele não havia simplesmente "decidido" subir.

Ao abrir a boca, o cachorrinho começou a latir e a saltar na direção do vestíbulo. A porta se abriu, e Lucille entrou, protegida por luvas e lãs pesadas. Seus olhos se arregalaram quando ela viu o cachorro.

— O que essa coisa está fazendo aqui? — perguntou ela, bruscamente. — Achei que você...

— Querida Lucille — interrompeu Thomas, feliz. — Que bom ver você!

Quando foi abraçá-la, Lucille tirou o sobretudo, impedindo-o. Depois, ela fitou Edith com um olhar frio.

— Vejo que você conseguiu chegar, Edith — comentou ela, o que era algo muito estranho de se dizer. — Que tal Londres?

— Uma bruma. Um sonho — respondeu Edith, deixando de lado sua preocupação com a mulher.

Talvez Lucille tivesse contratado alguém na cidade para preparar a casa para a chegada deles. E, realmente, Londres *havia* sido um sonho. Apesar da riqueza e da posição do pai, não viajara muito. Ela e Thomas tinham visto muitas das atrações que estavam em seu livro sobre a Inglaterra, exatamente como nas ilustrações, e Thomas parecia felicíssimo em mostrar seu país a ela.

Thomas falou, feliz:

— Fomos ao Albert Hall, Lucille. Um concerto. Tão esplêndido. Tão maravilhoso.

De fato, eles foram a um concerto de Chopin, e Thomas tinha observado que Lucille teria adorado. Ele falava da irmã com frequência durante os passeios deles, e Edith se sentia comovida com seu carinho por ela. Isso a lembrava de Alan e Eunice, e ela sentira uma pontada de saudades de casa. De vez em quando, Edith se pegava falando do pai, e se interrompia porque não queria que Thomas achasse que ela não estava feliz. Thomas, porém, a incentivava a falar dele, lembrando-a de que ainda estava de luto.

Lucille se indignou um pouco.

— Estou vendo. Bem, *eu* fui ao correio. As peças de sua máquina chegaram de Birmingham. Duas caixas pesadas. Você vai precisar chamar Finlay para carregar.

Ela falava com dureza, claramente com certo ciúme de seus momentos felizes. Uma lua de mel, porém, se passava com a esposa, não com a irmã. Com certeza Lucille era capaz de entender isso. Talvez elas pudessem viajar juntas, as duas cunhadas Sharpe, enquanto Thomas trabalhava em sua máquina. Todavia, seria difícil se separar do noivo, mesmo que fosse só por alguns dias.

Lucille ergueu a cabeça.

— Edith? Algum problema?

Thomas também olhou para Edith. Seu entusiasmo caloroso arrefeceu um pouco.

— Dê-nos licença um momento — disse ele a Lucille. — Ela está um pouco abalada.

Lucille pendurou seus apetrechos de inverno.

— Puxa. Por que será?

Thomas deu de ombros.

— Ela viu algo. Uma sombra, um reflexo. Ficou assustada.

Lucille lhe concedeu um sorriso condescendente.

— Uma sombra? Ah, querida, tudo o que vive nesta casa são sombras, reflexos, rangidos e chiados. É melhor você começar a acalmar essa sua imaginação fértil.

Edith pensou um pouco. Ela estava cansada, e Allerdale Hall *era* cheia de "sombras, reflexos, rangidos e chiados". Afinal, ela havia imaginado que a mulher estava fumando um cigarro, mas não sentiu o cheiro de fumaça nenhuma.

E, ao virar a cabeça, ela viu seu próprio reflexo em outro espelho, e teve de admitir que, apesar de seu cabelo estar apresentável, ela parecia um fantasma: rosto pálido, círculos negros sob os olhos. Edith mal se reconheceu.

Edith decidiu não insistir, ao menos não agora, pois tinham acabado de chegar e ela precisava firmar um laço com sua cunhada. Contudo, a casa era muito mais perturbadora do que esperara, e ela *precisaria* conter a imaginação.

— Só preciso de uma recepção adequada, só isso — declarou ela, abraçando Lucille. — De hoje em diante, a casa só vai conter amizade, amor e calor.

Pela postura de Lucille, Edith percebia que sua cunhada olhava por cima de seu ombro para Thomas. Sorrindo para ele, esperava ela. Comunicando-lhe que estava contente com sua abordagem.

— Calor seria um ótimo começo — comentou Lucille. — Thomas, sua esposa está gelada.

Lucille desenganchou o chaveiro da cintura e se virou para ir embora. Ela parecia atormentada e um pouco cansada.

Thomas sorriu para Edith.

— Vou levar você lá para cima, meu amor. Acender o fogo. Pode tomar um banho quente. É preciso deixar a água correr. Os canos vão levar um pouco de argila vermelha no começo, mas depois a água vai clarear.

Envergonhada por Lucille fazer tarefas domésticas enquanto ela tomava banho, Edith pensou em rejeitar o banho para ajudá-la. Mas a verdade é que *estava* gelada, e tão exausta que seria incapaz de ajudar alguém realmente. Jurou que ia tirar o peso dos ombros de Lucille, ou ao menos assumir sua devida parte. Ela própria não estava acostumada a fazer o trabalho que normalmente era dos empregados, mas estava disposta a aprender e sabia como gerir uma casa.

— Lucille, quando for conveniente, posso receber uma cópia das chaves da casa, por favor?

— Você não precisa — retrucou Lucille, rapidamente. Então, num tom mais comedido, acrescentou: — Não agora. Existem lugares da casa que não são seguros. Vai levar alguns dias até se acostumar. Depois, se você ainda achar que precisa delas, eu mando fazer cópias.

Edith se permitiu ficar satisfeita com a resposta, mas fez um voto de ser útil a Lucille. A outra havia carregado o fardo de manter aquela casa enorme por tempo demais, e, para Edith, estava claro que a casa estava vencendo.

Vamos virar este jogo juntas, prometeu.

Em seguida foi com Thomas até o elevador, já pensando num delicioso banho quente, e depois, talvez depois... o quarto nupcial.

CAPÍTULO 11

A COISA OBSERVAVA.

A noiva estava no banheiro, de pé, de *chemise* e espartilho, abrindo a torneira. Primeiro ela expeliu vapor, e, em seguida, as primeiras cuspidas foram vermelhas como sangue.

— Meu Deus — gritou ela.

Não há Deus aqui, pensou a coisa. *Abandonai toda a esperança, vós que entrais.*

Os aquecedores recalcitrantes dos dois lados da banheira começaram a balançar, os canos vibrando com um chacoalhar funesto, logo ficando mais alto, um som horrendo. Violento e peremptório. Então a água começou a correr, límpida e quente. Nem tudo estava em ruínas, desfazendo-se. Não ainda, pelo menos.

Ela retirou os óculos e os colocou na bacia. Entrou na banheira. Uma iguaria fina. Loira, o que fazia diferença. Americana. Uma novidade.

Acima dos óculos, no espelho, surgia a marca de uma mão.

Uma noite cheia, então, inspecionando a noiva. Como ela era?

Lá embaixo, na copa, a coisa observou outra cena se desenrolar.

— O que é isso? — perguntou a irmã. Sua voz estava rija de preocupação, com um tom de pânico. — Que brincadeira é essa?

— Não faço ideia — respondeu o irmão, ajustando a chama no aquecedor de cobre.

Ha-ha, cuidando do conforto da inocente na banheira. Garantindo que seu banho esteja quente, assim como a água de seu chá. Preparando as armadilhas. Esses dois, esses dois tão sombrios. Como os adorava. Dar corda a eles...

— O cachorro. — A irmã estava agitada. Havia gotas de suor em sua testa. — Você falou que tinha matado o cachorro.

O rosto dele se retesou. De arrependimento ou para dar uma desculpa?

— Deixei o cachorro sozinho — confessou ele. — Achei...

— Como essa coisa sobreviveu? Esse tempo todo! — questionou-se ela em voz alta. — Viveu de migalhas, imagino. Como todos nós.

O rosto dele se abrandou, e o amor que sentia pela irmã apareceu.

— Não vamos mais precisar viver assim. — A voz dele continha promessas, certezas.

— Não? — Ela franziu o cenho. — O dinheiro não está aqui, está?

— Ainda não, mas vai chegar logo.

Ela foi até o fogão pisando duro e preparou uma chaleira de água fervente. Escolheu uma lata de chá vermelha e derramou a água entre as folhas no bule. Depois, examinou as xícaras e rejeitou a que tinha uma rachadura, colocando juntos uma xícara e um pires em perfeito estado. O aparelho de chá era cloasonado, herança de família. Lindo. Restaram tão poucos tesouros.

Lucille se aproximou do irmão, quase tão perto quanto sua noiva ficaria, e ele não se afastou. Distraído, talvez, enquanto ela preparava uma bandeja de chá para ele levar lá em cima para Edith. Talvez se sentisse... culpado.

Assombrado.

— Assim que assinar os últimos documentos, ela vai sumir — avisou Lucille. — Enquanto isso, não cometa mais nenhum erro.

Parecendo perturbado, mas sem dizer nada, Thomas guardou a lata de chá vermelha e pegou a bandeja.

Edith achava que não era possível, mas estava começando a se aquecer ao ficar de molho na banheira. Ela havia sido limpa com todo o cuidado, e Edith havia acrescentado alguns finos sais de banho que trouxera em seu enxoval. A fragrância de rosas trouxe vagas lembranças de seu casamento. Tinha passado a cerimônia como uma sonâmbula, e queria conseguir se lembrar melhor dela. Ainda estava em choque.

O vento atravessava as janelas, uivando; as vidraças da janela circular acima dela chacoalhavam. Edith afundou um pouco mais na banheira.

Teve a impressão de ouvir um barulho: um sussurro, talvez, ou alguém... chorando? Ela tentou ouvir acima das fortes batidas de seu coração. Lucille estava certa quando falou que devia conter sua imaginação, tão fértil. Edith se recostou e permitiu que os vapores a relaxassem. Contudo, via que não conseguia parar de pensar no episódio do elevador. Era uma casa *enorme*, e Lucille não estava lá quando eles chegaram. Alguém podia ter entrado enquanto Finlay descarregava as bagagens de Edith da carruagem. É verdade que não havia outras casas por quilômetros e quilômetros e que a cidade ficava muito longe, mas talvez um empregado descontente, ou outra pessoa... Thomas e Lucille não pareceram nem vagamente curiosos quanto à possibilidade de um intruso.

Eles moraram aqui a vida inteira, lembrou a si mesma.

Houve um farfalhar no quarto. Edith se empertigou, tentando ouvir melhor.

— Thomas? — chamou. Ele havia prometido trazer um pouco de chá.

Então o cachorrinho se aproximou da banheira com a bolinha vermelha na boca.

— Não, agora não — murmurou Edith.

Porém, o cativante filhotinho ganiu e abanou o rabo, insistindo. Edith sorriu; ela entendia como aquela coisinha destemida sobrevivera na charneca.

— Ah, tudo bem.

Edith estendeu a mão — o ar estava revigorante — e pegou a bola.

— Pega! — Edith jogou a bolinha e o cachorro partiu como um bólido, voando do banheiro para a escuridão.

Edith teve a impressão de ouvir de novo o farfalhar. Ainda assim, nada de Thomas. Talvez ele não a tivesse ouvido. Eles ainda precisavam... *conhecer-se*. Ele nunca a vira nem de camisola. O leito nupcial permanecia um mistério. Agora, porém, na casa deles... talvez ele estivesse colocando um saco de água quente entre os lençóis e atiçando a lareira. Edith ficou comovida por um baronete realizar essas tarefas servis. As coisas não ficariam assim. Logo que ela pudesse transferir seu dinheiro, os Sharpes viveriam como um dia viveram.

O cão voltou vitorioso, com a bola cravada em sua miniatura de mandíbula, e outra vez colocou o prêmio na base da banheira.

— Ssshhh, silêncio agora — pediu ela, ainda tentando ouvir Thomas.

Edith se perguntava o que fazer; ela não tinha levado todas as suas roupas de dormir para o banheiro, presumindo que poderia ir ao quarto para ficar mais apresentável. Ou não, se Thomas estivesse disposto...

O cão ganiu e bateu as unhas nos ladrilhos, impaciente.

— Ah, tudo bem, pega — disse ela. E jogou a bola mais uma vez. Ele saiu correndo; num átimo, a criatura peluda reapareceu, com a bola na boca, latindo, ainda mais empolgado.

Edith jogou a bola outra vez, e o cachorrinho correu atrás dela *outra vez*. Ela esperou, com um ouvido atento aos sons do quarto. Conseguia ouvir alguém por lá. Deus do céu, seria Finlay? Se ele era o único servo, talvez estivesse até desfazendo as malas dela. A ideia a deixava envergonhada. Teria de fazer algo. Antes, porém, pegaria o cão e o manteria consigo. Não havia como saber quais lugares da casa não eram seguros, como dissera Lucille, e ela não queria que o cachorrinho despencasse por um trecho mais frágil do piso nem que se perdesse num labirinto de quartos desordenados.

Os segundos passavam e o cachorro não voltava. Talvez um minuto inteiro. Sua ansiedade começava a aumentar. Ela saiu pela metade da água, absolutamente certa de que havia alguém no quarto. Alguém que, àquela altura, deveria ter sinalizado sua presença.

Tem algo esquisito, pensou ela. *Algo estranho.*

Outra vez pensou na mulher no elevador, e seu corpo inteiro se arrepiou, inclusive as partes ainda dentro da água fumegante. Então o cachorro voltou ao banheiro. Desta vez, porém, ele estava sem o brinquedo. Ficou sentado ali, orgulhoso, aguardando elogios.

— Cãozinho? Ora, seu bobo. Cadê a bola? — indagou ela. Ele só ficou olhando com sua cara jubilosa.

Edith ouviu uma batida no chão.

E a bola veio quicando de volta.

Sozinha.

A coisa observava.

Borrada pelas sombras, uma figura esguia se movia pelo quarto. Escura, fantasmagórica, arrastando-se desajeitadamente, braços magricelas tateando o ar como um pedinte cego, movimentos espectrais e desconjuntados. Cambaleando, encurvada de modo não natural, como se aquele lugar e tempo não fossem seu lugar e tempo.

A noiva, tão inocente, ergueu-se da banheira como uma Vênus e pegou os óculos. Seu tremor a deixou desastrada, e tudo que ela conseguiu foi deixá-los cair. Eles estrepitaram nos ladrilhos duros, mas não quebraram.

No quarto, a figura teve um espasmo. Em seguida, atraída pelo som, espiou pelo canto, quase timidamente, e puxou a porta de correr, abrindo-a.

Será que elas veriam uma à outra?

A noiva por fim conseguiu recuperar seus óculos embaçados e úmidos e os ajeitou em volta das orelhas. Quando a condensação se desfez, ela saiu da banheira e se envolveu num roupão.

Meio se escondendo, a figura a viu se aproximar e agachou.

Claro, ela certamente veria aquilo.

Mas por quê? Outros não tinham visto.

Não viram.

Ela se esgueirou e foi embora.

E, quando a noiva entrou no quarto, não viu ninguém lá, até que o marido entrou com uma bandeja.

— Lucille preparou chá para você — disse ele com um sorriso. Depois, encarou-a. — Está tudo bem? Você parece bastante pálida.

Ela não falou nada. Não confiou nele. Afinal, ainda que o amasse, não o conhecia muito bem. Ela ainda tinha muito a confirmar.

Muito a descobrir.

Arrastando-se, arrastando-se, arrastando-se.

Banhada no azul da meia-noite, as folhas espalhadas pelos pisos dos corredores; as cortinas se mexendo. Rangidos e gemidos, reflexos, sombras.

Na neve, na charneca, Allerdale Hall estava por conta própria contra as montanhas, com as trevas dentro de si.

Edith estava aliviada e contente por estar aninhada na cama com Thomas, que estava lhe cobrindo de atenção — atiçando a lareira, servindo e trazendo chá numa bela xícara que sugeria objetos finos e tempos melhores para os Sharpes. Então ela bebeu um gole e achou o chá muito amargo. Ele ergueu uma sobrancelha diante da careta dela e Edith ficou sem jeito por decepcioná-lo.

— Não gostou? — perguntou ele.

— O que é? — Eles não tinham bebido nada parecido em Londres.

— Frutinhas de espinheiro-ardente. Fazem muito bem — explicou ele.

— É um pouco amargo — admitiu ela, e o rosto de Thomas assumiu a expressão triste e atormentada que parecia adotar nos momentos mais estranhos; muitas vezes, quando deveria estar mais feliz.

Edith não sabia o que causava a melancolia de Thomas, mas havia prometido a si própria afastá-la do rosto do noivo de uma vez por todas. Ela o faria tão maravilhosamente feliz que ele esqueceria o que quer que fosse que lançava sombras em sua alma.

— Temo que nada muito delicado cresça nesta terra, Edith. É preciso certo amargor para não ser comido. Para sobreviver.

O contraste entre as palavras que ele disse e a maneira como as falou era bastante esquisito. Mas elas a assustaram um pouco, e lembraram-na daquilo que Lucille dissera no Delaware Park enquanto coletava borboletas para alimentar seu casulo. Que tudo que havia aqui eram insetos que gostavam do frio e da escuridão. Mariposas negras. Também havia moscas no inverno? Então Cumberland produzia mariposas, vermes, frutinhas amargas e argila vermelha como sangue?

Aonde ela viera parar?

Como resposta, um gemido grave e agonizante encheu o quarto, que bramiu de uma ponta à outra, fazendo os pelos de sua nuca se arrepiarem. Edith se assustou tanto que quase deixou cair a xícara ao se agarrar ao marido.

— O que foi isso? — gritou ela.

— Quando o vento leste ganha força, as chaminés formam um vácuo, e, com as janelas todas fechadas, a casa... — a expressão dele se comprimiu, como se estivesse com vergonha demais para continuar — ... bem, a casa *respira*. É monstruoso, eu sei.

Edith estremeceu. Era mesmo monstruoso. Era quase demais para ela. O som em si já era horrível, mas o que ele sugeria também era estranho. Uma casa que respira — que assustador, principalmente para crianças. Como Thomas havia suportado isso quando criança?

— É possível resolver isso? — perguntou ela, com esperanças.

Tinha certeza de que, se ele soubesse o quanto isso a incomodava e se pudesse consertar, consertaria. E quanto aos filhos deles, caso tivessem essa bênção, uma vez que os dois tivessem consumado seu casamento?

— Nada — respondeu. — Eu chorava toda vez que ouvia isso quando criança. Você aprende a não escutar.

Então isso o *havia* assustado quando criança. Edith concluiu que Thomas não estava feliz por estar em casa, e isso fazia com que ela também ficasse triste. Como esposa dele, sua vida seria dedicada a lhe trazer felicidade. Thomas a havia tirado do abismo quando seu pai morrera. Ela faria de tudo para mantê-lo longe daquele lugar escuro e solitário em que ela estivera.

O barulho infernal cessou, e eles voltaram a relaxar juntos. Enquanto Edith bebia o chá amaríssimo, Thomas colocou uma grande caixa de madeira diante dela com um floreio inesperado. Edith olhou dela para o marido, contente por ver que seu sorriso tinha voltado. Era como o sol irrompendo entre as nuvens, e ela se sentiu aquecida.

— Diga-me, o que é isso?

Ele ficava com covinhas nas bochechas quando abria um sorriso.

— Ah! É uma surpresa. Quebrei a cabeça para achar um presente de casamento adequado.

Edith ficou comovida com o cuidado dele. Eles se casaram depressa, e Thomas estava em dificuldades financeiras. Ele havia comprado um belo traje de luto para o funeral do pai dela, insistindo que não poderia viver com a vergonha de aceitar que Edith, por caridade, o comprasse para ele. Mesmo assim, de algum modo conseguira adquirir um presente de casamento para ela.

Na caixa havia uma placa com as iniciais E.S. gravadas. Como tinha conseguido aquilo tão rápido, além de tudo?

— Edith Sharpe — disse ele, sem necessidade.

Porque é claro que ela havia praticado escrever suas novas iniciais, como faria qualquer mocinha ao aceitar um pretendente. Isso também a deixou feliz, e Edith parou por um instante, deleitando-se com o som de seu nome nos lábios dele.

Em seguida abriu a caixa e ficou sem fôlego diante do que viu: no interior havia uma máquina de escrever robusta. A lembrança do primeiro encontro dos dois voltou de imediato, e ela se sentiu inundada de emoções. Edith o abraçou; ele a afastou para que pudesse olhá-la, para olhá-la de verdade, e havia em seu rosto verdadeira alegria, misturada com... arrependimento? Ah, sim; ele também estava se lembrando daquele primeiro encontro. Tinha sido no escritório do pai dela, Edith estava datilografando o manuscrito, que ele dissera ser muito bom. Depois, como ele e o pai dela entraram numa disputa... O pobre pai de Edith, agora debaixo da terra, junto da esposa.

Minha mãe, que andou por nossos corredores depois de ter morrido. Que me avisou para ter cuidado com a Colina Escarlate. Mas era ela mesma? O que eu realmente vi?

Edith conteve um soluço e depois chorou delicadamente nos braços dele por causa de sua bondade. Estava segura, protegida. Thomas fechou os olhos, e ela se deitou na cama com ele. Aconteceria agora. Edith estava com um pouco de medo, mas a paixão começou a tomar conta dela. Além do mais terno amor por aquele homem.

O beijo de Thomas era hesitante. Ele ainda estava reticente. Ela queria lhe dizer que o desejava, mas talvez não fosse o momento. A hora deles ainda não tinha chegado.

— A viagem foi exaustiva — murmurou ele. — É melhor você descansar um pouco.

Ele se levantou, afastando-a com vigor. Talvez achasse que isso era o melhor para ela, e Edith era tímida demais para dizer o contrário. Ela realmente não entendia muito sobre essas preocupações; não tivera uma mãe com quem discutir questões matrimoniais, e as coisas que as outras garotas diziam não pareciam fazer muito sentido. Eunice havia surrupiado um livro de uma pilha que ela encontrara num baú trancado no sótão dos McMichaels e lera trechos em voz alta para um grupo, que incluía Edith, que só fazia dar risadinhas. O livro falava principalmente de açoites e vergastadas, e Edith dissera com certeza que aqueles não eram os atos normais que ocorriam entre pessoas casadas. Ela o declarara tão veementemente que Eunice havia jogado o livro nela e dissera:

— Então conte para nós, Edith, já que você sabe tanto. Conte para nós uma história que começa com "Era uma vez uma virgem trêmula que se casou com o fantasmagórico senhor de um castelo assombrado..."

Ali estava ela, casada havia mais de um mês, e tudo que sabia era que, quando Thomas se aproximava, quando ele a tocava, ela sentia calor e desejo, e queria descobrir *tudo*.

— Vou tomar banho agora — avisou ele. — Termine seu chá, e, se você adormecer, meu amor, não vou acordá-la.

Mas eu quero que você me acorde, quase disse ela. *Eu quero... você.*

Contudo, quando Thomas olhou para ela outra vez, suas pálpebras já começavam a tombar.

CAPÍTULO 12

A COISA OBSERVAVA.

A irmã espiava pelo buraco da fechadura da porta. Ela viu o irmão se recusar a cumprir seu dever de marido. Sorriu e foi embora.

A coisa observava a respiração da casa espalhar as folhas secas que vagavam pela casa. As paredes sangravam pelas fissuras no papel de parede. Feridas de facadas, ou uma navalha que cortou lentamente uma veia? Mariposas voavam para fora; vermes se alimentavam.

A cabeça insana da casa apodrecia, e a noite atravessava a lua com suas asas, traçando filigranas nos pisos. No sótão, outras mariposas negras dançavam porque estava frio, porque estava escuro. Porque queriam alimentar-se.

Alimentar-se da borboleta.

O relógio deu meia-noite, e Edith se mexeu de leve em meio à andrajosa elegância dos lençóis azuis.

Mais um barulho, e ela abriu um olho. Alguém estava chorando baixinho de novo. Desta vez tinha certeza. Ela virou a cabeça para o lado de Thomas na cama, mas ele não estava lá.

Houve mais choro, sibilante, sussurrado. Edith olhou lentamente ao redor. O quarto parecia agitado; ela via figuras e tentava entender o que eram, enxergando rostos e mãos por toda parte e dizendo a si própria que eram apenas cadeiras, sua nova máquina de escrever, as tenazes da lareira e seus aparatos de chá. Porém, seu sangue gelou quando a lembrança do fantasma de rosto negro na Mansão Cushing bateu à sua consciência, exigindo entrar. Ela recusou, não queria nem pensar nisso, mas seu subconsciente minerava o temor voraz e profundo que nunca a deixara desde aquela noite no quarto. Ele só estava dormente, esperando para vir à tona.

— Thomas? — chamou ela. Afinal, talvez fosse ele que estivesse chorando.

Agora Edith conseguia ouvir distintamente, sim, choro, e ela se recordou de que ele parecera triste em certos momentos desde que viram Allerdale Hall pela primeira vez. Um inglês — um baronete de sangue azul — certamente não poderia demonstrar esse tipo de fraqueza diante da noiva com quem havia acabado de se casar, e assim, claro, teria de se esconder.

Então ouviu passos, e a porta do quarto se abriu lentamente.

Ela se levantou. Não havia ninguém — a dobradiça frouxa era simplesmente mais um indício da decadência da casa, raciocinou ela —, e a fechou.

A porta se abriu de novo com um rangido lento e longo. Um calafrio agudo percorreu sua espinha enquanto ela dava um passo para trás. Recompondo-se, Edith deu um passo para o corredor. Seu cachorrinho, que estava dormindo perto da lareira, seguiu-a. E ela pensou na bolinha vermelha do cão e nos sons que emanaram do quarto enquanto estava no banho. Na mulher do elevador.

Numa casa que respirava.

A coisa observava.

Segurando um castiçal, a noiva entrou no corredor com o cão que deveria estar morto seguindo ao lado. Em que momento a curiosidade tinha se infiltrado no temor? Era uma pergunta aguardando resposta, ainda que ela tivesse sido feita cem vezes no interior das paredes de Allerdale Hall.

O piso estava frio como uma cripta, as tábuas e os ladrilhos frígidos como tampas de caixões de pedra. Retratos olhavam para baixo. Estátuas só se mexiam quando se afastava os olhos. Mas então... era só a luz?

Mariposas adejavam, adejavam, mergulhavam e se atiravam. Tão famintas.

Logo à frente da noiva, uma sombra virou num canto. Arrastando-se, desajeitadamente. Ela conhecia o lugar. Não desde sempre. Mas havia uma razão para ela se mover daquele jeito tão bizarro. Talvez a noiva fosse descobrir o porquê esta noite.

Mas não, ela não reparou. Não viu.

Ou não conseguiu ver?

Passou deslizando, e, com seus longos cabelos trançados e sua camisola branca, ela mesma parecia um fantasma. Como se o lugar dela fosse Allerdale Hall. Ou como seria, em breve.

Bum! Uma porta bateu.

A noiva se sobressaltou, reprimindo um grito. Então ficou totalmente imóvel, tentando localizar a origem do barulho, para fazer com que ele fizesse sentido. Ela provavelmente achava que o marido fechara alguma porta. Mas não chamou seu nome. O medo a manteve em silêncio. Ela não queria chamar atenção para si.

A curiosidade se encontrou com o medo.

Ou talvez ela ainda insistisse que sua porta tinha aberto porque a madeira estava podre e as dobradiças, enferrujadas; que, como o elevador, a umidade e o tempo deixavam tudo meio sem funcionar. Rangidos e gemidos, cortinas, neve, uma casa que respirava. Havia ratos.

O luar se derramava; ela abriu uma porta no corredor. A vela em seu castiçal bruxuleou na soleira. A mobília estava coberta por lençóis; cinzas poeirentas se acumulavam numa lareira. Acima dela, um candelabro estava envolto em teias espessas, e duas taças de cristal estavam diante de um vaso de rosas secas.

Ela fechou a porta e tentou a seguinte. Uma estátua de mármore branco sem rosto segurava um crânio humano, talvez meditasse sobre os mistérios do descanso eterno. Na base da estátua, letras talhadas se destacavam, algumas obscurecidas por densas manchas vermelhas: Q RIDA E OSA. *Querida esposa.* Nitidamente, um monumento funerário. Talvez ela se perguntasse se alguns dos corpos foram retirados do jazigo da família por causa das operações de mineração. Estava claro que a estátua a incomodara, porque ela fechou aquela porta com um pouco mais de firmeza.

Abriu a seguinte. Aquele quarto estava completamente vazio, ainda que o chão estivesse coberto de folhas e fezes de rato. Assim como o quarto cômodo.

A coisa observava enquanto ela abria cada porta do corredor. A noiva era resoluta. O cão se retirou, talvez entediado, mas a noiva foi adiante, a camisola e o cabelo ondulando aos suspiros de Allerdale Hall. Seus pés deviam estar queimando de frio. A coisa quase conseguia enxergar a respiração dela naquele gelo estígio.

Então ela chegou à última porta. Ao ficar diante dela, a noiva reagiu aos arranhões e aos ganidos. Tão desesperados.

Vindos do outro lado da porta.

— Seu cãozinho bobo — ralhou ela, mas havia um tremor em sua voz. Estava lutando para manter a coragem. — Como você conseguiu ficar trancado aí dentro?

Ela levou a mão à maçaneta e puxou...

... enquanto, atrás dela, o cãozinho latia. Ela se sobressaltou, virou-se para vê-lo...

... e, atrás da porta, um armário de roupas de cama, não um quarto; e, amontoado ali, algo, algo, *algo escarlate...*

... gemia; gemia e arranhava a porta incessantemente.

É claro que a coisa viu; claro que a coisa sabia o que era:

Os olhos revirados, a mandíbula batendo, o medo carmesim, uma figura feminina vermelho-rubi, arranhando com dedos de ossos. Um rastro de sangue fresco e brilhante flutuava para o alto do armário, desafiando o espaço assim como a monstruosa aparição desafiava o tempo.

Porém, a coisa queria, precisava ser visto; a coisa estava desesperado para que ela desviasse os olhos do cão. Porém, ela não desviou. Ela não viu.

Mas a porta bateu!

Isso chamou a atenção da noiva, que ficou olhando para a porta. Por um instante, parecia certo que ela voltaria correndo para o quarto e se afundaria debaixo do cobertor. Outras teriam feito isso.

Outras *tinham feito isso.*

Porém, ela respirou fundo, para aumentar a coragem. Uma excelente adversária!

Então por fim deu um puxão na maçaneta.

O armário não tinha nenhum lençol, nenhuma fronha — afinal, quanta roupa de cama duas pessoas precisavam quando as de Allerdale Hall podiam ser vendidas por centavos suficientes para comprar alguns baldes de carvão —, mas continha uma caixa. Como a caixa fora parar ali era outra história — que é melhor deixar para outra noite.

A noiva examinou os objetos na caixa e murmurou:

— Cilindros de cera.

Ela era uma filha do Novo Mundo; sem dúvida sabia que eles continham gravações. Talvez de música.

Talvez de outra coisa.

Ela se empertigou ao ouvir o choro outra vez. Deixando os cilindros no armário, a noiva voltou ao corredor, olhando para o lugar de onde o som viera.

A coisa observava enquanto ela observava.

Abrindo caminho para fora do piso, um espectro de puro carmesim, um morto-vivo grotesco, surgia dolorosamente, lutando, sugando sua essência do chão: primeiro a coluna vertebral, como um caramelo, e em seguida a parte de trás da cabeça, enquanto um braço se erguia como de uma lama viscosa e pegajosa. Ossos de um vermelho vivo se esticavam em formas não naturais, estranhamente, erradamente unidos; a mão se espalmou como em busca de um ponto de apoio. Cada parte sua era vermelha; o segundo braço, subindo, escavando seu caminho. E, enquanto a noiva observava, paralisada de horror, ele começou a rastejar na direção dela. Sem rosto, furtivamente. Implacável, vindo até ela, contra ela, em busca dela.

Mais perto.

Ela saiu correndo. O cachorrinho que devia estar morto zuniu para o elevador e a noiva foi rapidamente atrás. Com as mãos tremendo, ela girou a chave e puxou a alavanca.

A coisa estava vindo.

A coisa observava.

— Desça, raios, desça! — ordenou a noiva ao elevador. Não suplicou: a coisa tomou nota.

O elevador permaneceu onde estava, como se fosse cúmplice da destruição dela. Não havia para onde ir agora.

O horror carmesim se arrastava na direção dela, mão ante mão ante mão. Estava quase lá.

E então a gaiola teve um espasmo, sacudiu e começou a descer lentamente.

Ela pegou o cachorro; ele se debatia, praticamente se estrangulando nos braços da noiva. Descendo, atravessando o segundo andar, depois o primeiro; descendo pela escuridão depois do porão e em seguida pelas paredes cavernosas. Houve um baque baixinho quando o elevador parou cerca de meio metro acima do chão.

A noiva soltou o cão descontrolado e tentou a alavanca com as mãos tremendo, mas o elevador não se movia nem mais um centímetro.

As coisas naquela casa tinham vontade própria.

Ao menos em alguns casos.

Enquanto a noiva lutava por ar e por sua sanidade, a coisa conseguia interpretar sua expressão com facilidade: aquela coisa desceria ali? O que era aquilo? O que ela tinha visto?

Sangue pingava para cima, como a materialização no armário de roupas de cama. Porque o fantasma existia num tempo imemorial. Era uma assombração das trevas, de um lugar onde os ângulos não se encontravam e as leis da natureza não valiam.

Enquanto Edith se forçava a continuar a agir, o som da água pingando ecoava na escuridão. Ela avançou tateando as barras e encontrou um interruptor. Uma girada no botão e algumas lâmpadas lançaram uma luz sépia fraca. Olhando temerosamente para cima, ela desceu do elevador e pisou no chão de terra.
Será que eu vi aquilo? Será?
Trilhos de vagonetes de mineração subiam para um túnel. Ela sentiu uma corrente de ar frio. A argila vermelho-sangue havia se infiltrado pelas paredes, criando uma camada do material em grande parte do espaço cavernoso. Seis tonéis enormes estavam no piso de ladrilhos, três de cada lado de um sulco com poças de argila carmesim. Do outro lado havia uma pilha de bagagens, uma montanha de sapatos e roupas femininas, caixas de papéis e um baú enorme e robusto.

Ela não se deteve muito na pilha de roupas, indo direto ao baú. A placa de metal da tranca dizia ENOLA. As iniciais no baú diziam E.S.
As iniciais *dela*.

A noiva tentou a fechadura. Era preciso uma chave, que ela, é claro, não tinha; sob seus pés, diversas pedras se soltaram; ela ergueu uma e achou quinquilharias de ouro como as que teria uma dama — correntes, um broche, um relógio feminino — e outra pedra revelou ossos de pequenos animais — coelhos? Cães?

O que significava aquilo? Ela quase atingira seu limite para informações. Ficava olhando para o teto, e em seguida para o elevador. Tremendo da cabeça aos pés, ela...
Tap, tap, tap.
Edith teve um espasmo com o som. Ele viera atrás dela! Estava ali!
Tap, tap, tap.

Ele estava na caverna. Tremendo, ela examinou o ambiente, ouvindo, o cachorrinho indo de um lado para o outro arranhando o chão com suas unhas, ofegando. A mente de Edith, a toda velocidade, estava dividida em duas, uma metade repetindo obsessivamente o que havia acontecido lá em cima, a outra concentrada nos ruídos. Tentando encontrar o sentido daquilo, lutando para entender. Ela era um dervixe de confusão e de medo.

Quem estava ali? O que estava acontecendo? Por que aquele horror...

Então ela congelou. Localizara o lugar de onde vinham as batidas.

Do *interior* de um dos tonéis.

De um tonel vedado.

Alguma coisa estava ali dentro, tentando sair.

Aterrorizada, Edith fugiu.

Enquanto a coisa observava.

CAPÍTULO 13

Por que eu aceitei isso?

A aflição no peito de Alan só fazia aumentar enquanto trabalhadores fortes colocavam mais um engradado na carroça em frente à Mansão Cushing. Livros, instrumentos de engenharia e até a querida biblioteca de infância de Edith seriam postos em leilão. Era como se ela quisesse apagar sua existência inteira ali em Buffalo. Certamente boa parte de sua vida havia sido trágica — as mortes terríveis de ambos os pais —, mas, se as esperanças de que um dia fossem se casar se dissiparam, com certeza ela devia acalentar *algumas* lembranças de seus anos como confidentes e colegas de brincadeiras. Era para Edith tão fácil assim tirá-lo da cabeça? Ele nunca a esqueceria, nunca.

Alan foi até as caixas com os livros de Edith e balançou a cabeça. Pegou um pedaço de papel, escreveu uma promissória para uma quantia considerável, e, em outro papel, escreveu: VENDIDO PARA O DR. ALAN MCMICHAEL. NÃO TRANSPORTAR. Com o tempo, Edith lamentaria ter ficado sem os livros. Se Deus quisesse, ela teria filhos. Ele conseguia imaginá-la sentada no quarto de uma criança — o de Allerdale Hall devia ser encantador —, lendo seus livros de contos de fadas para uma menininha completamente absorta, para um garotinho sonhador.

Alan desejava de coração que esses filhos fossem dele, mas, como sua mãe dizia, *Se desejos fossem cavalos, mendigos cavalgariam.*

O Sr. Ferguson, advogado da família Cushing, olhava-o com sombrio interesse. Viu a placa de "vendido" e acenou com a cabeça para Alan, indicando aprovação. Era natural que o advogado tivesse sido encarregado do fechamento da casa. Ele também fora o executor do testamento de Carter Cushing. Edith era sua única herdeira, agora muito rica. Alan havia se oferecido para ajudá-lo a esquadrinhar todos os pertences dos Cushings; graças ao seu longo e íntimo relacionamento com a família, ele podia ajudar na catalogação e nos preços.

— Passei boa parte da minha infância nesta casa — declarou Alan, voltando-se para ele. — Nossas famílias eram muito próximas naquela época.

Ferguson suspirou, com o coração amargurado.

— É uma pena. Liquidar tudo isso. Tão rápido. Tão cedo.

Alan inclinou a cabeça.

— Cedo demais, não acha?

Ferguson, porém, era um advogado sempre discreto. Disse, de modo imparcial:

— Na verdade, é só uma questão de opinião.

Alan foi até a escrivaninha de Cushing e começou a transferir o conteúdo das gavetas para uma caixa. Ali, encontrou o talão de cheques do pai de Edith.

E, no canhoto, viu que o último cheque feito por Cushing antes de morrer era nominal a Sir Thomas Sharpe, com um valor bastante significativo. Com um calafrio, verificou a data: 11 de outubro.

Um dia antes de Cushing morrer.

Ou ser morto, pensou ele, com uma suspeita terrível surgindo em sua mente.

Pedindo licença a Ferguson, Alan deixou a mansão e conduziu seu automóvel até o clube de Cushing. Bastava que conseguisse entrar no vestiário — o secretário do clube o conhecia. Alan examinou o local da morte de Cushing. Uma nova pia tinha sido instalada. Ele a examinou, e em seguida esquadrinhou o piso, tentando reconstruir exatamente como ferimentos graves como aqueles poderiam ter sido causados por uma simples queda. E, mesmo que o pai de Edith tivesse acertado a porcelana em cheio, o ângulo estava completamente errado. Alan tentara explicar isso ao legista, mas o sujeito havia ficado ofendido... e na defensiva. E é muito difícil que uma pessoa na defensiva queira realmente lhe dar ouvidos.

Eu devia ter me esforçado mais para que Edith me ouvisse, ralhou consigo mesmo. *Eu não queria pressioná-la*. Sharpe tinha perturbado sua cabeça... e capturado seu coração. No luto, ela havia ficado muito vulnerável. No cemitério, Edith tremia nos braços de Sharpe — mais parecendo uma borboleta moribunda pregada num painel do que uma mulher enlutada, protegida por seu amado.

Nada disso faz sentido, pensou ele. *Nada*.

Consternado, Alan saiu do clube.

Um piano.

Uma canção de ninar.

E, durante aqueles momentos à deriva entre o sono e a vigília, Edith se imaginou de volta ao seu quarto na infância, com sua bela mãe tocando para acalmar a criança de mente agitada e fazê-la dormir. *Durma, minha filha, e que a paz fique contigo a noite inteira*.

Em seguida, abriu os olhos e viu a cabeça de Thomas no travesseiro ao lado dela. Seu primeiro impulso foi despertá-lo e lhe contar o que tinha acontecido... mas o que *tinha* acontecido? Ele fizera pouco da insistência dela de que vira uma mulher no elevador. O que Thomas diria se ela falasse que um esqueleto deformado e coberto de sangue tinha surgido do chão do segundo andar de sua casa? Não tinha provas... mas podia lhe mostrar o baú no fosso de argila.

No entanto, era provável que Thomas já soubesse que ele estava lá. Mas e as batidas no tonel?

Mais uma vez... não tinha provas.

Talvez eu estivesse sonhando. Talvez eu esteja ficando louca. Talvez ela estivesse com febre; levou a mão à testa. A pele estava pegajosa. E se sentia um pouco mal. Talvez o jantar não tivesse lhe caído bem. Edith sabia que Lucille não havia sido criada para cozinhar suas próprias refeições, e que eles estavam economizando cada centavo no que dizia respeito à alimentação. Talvez a carne tivesse apodrecido. Os Sharpes, contudo, pareciam bem.

Eu sou uma Sharpe. Sou Lady Sharpe.

Então talvez tenha sido vinho demais; eles abriram duas garrafas para celebrar seu casamento, seguidas por um pouco de conhaque. Edith não estava acostumada a bebidas; o pai dela era conservador nesse aspecto e, como sua anfitriã, ela seguia seu exemplo.

Thomas estava deitado em completa paz; ela não queria perturbá-lo com suas estranhezas. Ele estava lendo o seu romance e afirmara que tinha lhe causado calafrios; imaginava-se, portanto, que a autora da obra ficaria igualmente afetada. À luz do início da manhã, Edith começou a duvidar de si própria. Na correria de tantos acontecimentos, não chegara a mandar seu manuscrito para a *Atlantic Monthly*, e agora achava isso bom. Havia mais elementos na história.

Mais do que eu imaginava, disse a si mesma com convicção. A falta de sono, os nervos, as sombras que se mexiam — ela não poderia ter visto o que achava que tinha visto. Um horror... aquelas batidas.

O piano tocava. Uma luz forte se infiltrava pelas janelas, lançando raios de sol, sugerindo a manhã sonolenta. A tarde já havia chegado, com certeza. O estômago dela roncava; Edith sentiu uma contração e decidiu se levantar. Colocou seu robe e saiu do quarto. O cachorrinho ficou com Thomas.

Seguindo as notas, ela desceu, até ir parar num salão enorme cheio de estantes de livros e armários de vidros com curiosidades. No centro, Lucille tocava um piano de cauda antigo. Pinturas a óleo a encaravam das paredes. Abaixo do brasão dos Sharpes e acima de uma lareira, uma inscrição em latim dizia: *Ad montes oculos levavi.*

— Para as colinas erguemos nossos olhos — disse Lucille, sem parar de tocar.

Edith fez um gesto de desculpas.

— Ah, perdão. Interrompi você. Eu...

— Exatamente o contrário — retrucou Lucille. — Acordei você?

Esfregando as têmporas, Edith confessou:

— Dormi muito pouco. Eu...

— Mesmo? — perguntou Lucille. — Por quê?

Edith decidiu que também não contaria a Lucille as visões da noite anterior — se é que foram visões o que ela teve.

Talvez minha mãe tenha batido dentro do caixão. Talvez não tenham colocado panos pretos nos espelhos nesta casa quando os mortos se vão.

Esses pensamentos vieram sozinhos e a perturbaram. Eram indícios de uma imaginação fértil. Gotículas de suor se formaram em sua testa e em seu lábio superior.

Lucille ainda aguardava uma resposta.

— Ainda estou exausta.

O que não fazia muito sentido, para dizer a verdade. Uma pessoa exausta dormiria com facilidade, não? Ela decidiu mudar de assunto.

— Essa música. Qual é?

— Uma velha canção de ninar — respondeu Lucille. — Eu costumava cantá-la para Thomas quando pequenos.

Um assunto muito mais bem-vindo para a conversa.

— Consigo imaginar vocês dois aqui quando crianças. Você tocando, Thomas vindo com as invenções dele.

Lucille deixou os olhos se fecharem e ergueu o queixo. Sua expressão ficou distante.

— Quando crianças, não podíamos entrar aqui. Só podíamos ficar na área reservada para crianças. No sótão.

Ela passou um momento naquele outro lugar, vendo as coisas que Edith não podia ver, e Edith teve a sensação de que Lucille estava se aferrando a lembranças preciosas, que não queria compartilhar. Edith imaginara que as duas dariam risadinhas das anedotas da infância de Thomas, forjando laços familiares e histórias próprias. Até então, porém, Lucille mantivera com vigor todas as suas reminiscências, assim como as chaves da casa, e Edith se sentia bastante isolada.

Lucille prosseguiu:

— Nossa mãe mandou trazer este piano de Leipzig. Ela o tocava às vezes. Nós a ouvíamos através do piso. — Ela reprimiu outra emoção. — Era assim que sabíamos que ela tinha voltado ao país.

Aquilo parecia tão triste. Uma mãe não correria para os filhos de braços abertos para apertá-los? Talvez tocar fosse a maneira especial de anunciar sua volta, como um código secreto entre os três. Sua própria mãe ao piano era uma espécie de código: *Não tenham medo. Eu estou aqui.*

Edith sentiu compaixão por Lucille naquele momento. Claro que ela seria possessiva em relação a Thomas. Eles só tinham um ao outro. Devia ser difícil para Lucille ficar de lado. Edith estava esperando coisas demais, cedo demais.

Lucille fez um gesto para uma grande pintura de uma senhora mais idosa, que não sorria, com uma pele que parecia couro esticada sobre um rosto fino, semelhante a um crânio. Ela possuía os olhos mais frios que Edith jamais vira, e sua boca estava retesada numa linha irritada e severa. Lucille pareceu hesitar quando as duas olharam para o quadro, mas logo se recompôs.

— Mamãe — disse ela.

Edith ficou abalada. A mulher mais parecia uma avó ou uma tia solteirona. Thomas dissera que a mãe deles havia falecido quando ele tinha apenas 12 anos, quase a mesma idade que ela tinha quando sua própria mãe morrera. E sua mãe era jovem e bonita.

Até o cólera. Agora eu sei como ela ficou. Eu a vi.

E também vi algo noite passada.

Pronto. Ela havia falado. Admitido. Uma sombra pousou sobre Edith.

— Ela parece... — arriscou Edith, sem ter ideia de como proceder para manter a cortesia.

— Horrenda? — perguntou Lucille, amarga. — Sim.

Edith se aproximou da pintura e leu numa plaquinha de bronze presa na moldura: LADY BEATRICE SHARPE. Em seguida, notou o enorme anel de granada no dedo indicador da ressecada mão esquerda. Era o anel de noivado que Thomas lhe dera. Estava na mão dela agora. Sim. Um anel idêntico. Isso a perturbou.

— Thomas queria tirar o quadro. Mas eu não — continuou Lucille. — Gosto de pensar que ela está nos vendo lá de cima. Não quero que ela perca nada do que fazemos.

Aquilo era um sorriso malicioso? Lucille sorria para a pintura como se a mulher de aparência má e ela estivessem dividindo uma piada só delas.

— Acho que este é meu cômodo favorito da casa — disse Edith, tanto para mudar de assunto quanto porque era verdade.

— O meu também. — Lucille sorriu por um instante, mas era um sorriso mais caloroso do que aquele que ela havia dirigido ao retrato da mãe. — Eu lia todos os livros que encontrava. De entomologia, especificamente.

— Sobre insetos — completou Edith.

— Sim, insetos. Jean-Henri Fabre. Nada nos insetos é aleatório. E eu admiro isso. Eles fazem o que é preciso para garantir sua sobrevivência. Até sua beleza e sua elegância são apenas meios para garantir que sua espécie...

— Estes livros são todos seus? — perguntou Edith rapidamente. *Qualquer coisa para ela parar de falar de como as mariposas comem as borboletas*, pensou.

— Mamãe escolheu a maioria. Mandou trazê-los de longe. Ela tinha dificuldades de locomoção. Por isso, o mundo precisava vir até ela.

Thomas não havia mencionado nada a respeito disso, mas a verdade é que ele fora bastante circunspecto ao falar dos pais. Edith havia presumido na época que ele não queria trazer um assunto tão indelicado à tona logo após a morte de seu pai. Os ingleses eram muito menos diretos que os americanos. Era preciso saber ouvir as sutilezas. Edith não se importava. Ela podia ouvir Thomas falar o dia inteiro. Talvez, conseguisse arrumar um jeito mais discreto de mencionar suas experiências na casa. Talvez se conseguisse fazê-lo falar sobre lendas e histórias de fantasmas da casa, ou de seu passado... Sobre quem tinha morrido ali, e como... e por quê.

Enquanto considerava isso, deu uma olhada em alguns dos títulos das dezenas, quiçá centenas de livros, recordando como fizera o mesmo no consultório oftalmológico de Alan. Havia lhe ocorrido algumas vezes escrever ao velho amigo, mas não parecia correto. Agora tinha certeza de que ele tivera esperanças em relação a ela e, assim, ele era — havia sido — o rival de seu marido por seus afetos. Não seria adequado se corresponder com essa pessoa, não importando o lugar que ela ocupara em sua vida pregressa. Seria desleal.

E, no entanto, Edith queria que a etiqueta fosse diferente...

— *Oratório de um peregrino* — leu ela na lombada de um dos volumes.

Lucille conteve um sorriso largo.

— Parece bastante virtuoso, não parece? — Ela fez uma pausa, como que para dar um efeito dramático. — Já ouviu falar de ilustração *fore-edge*?

Edith meneou a cabeça, e Lucille pegou o livro.

— São imagens que ficam escondidas na borda de um livro, dissimuladas cuidadosamente na forma de um padrão, até que as páginas sejam arqueadas assim...

Ela arqueou a lateral do livro de modo que ele se curvou, revelando uma pintura colorida de um casal japonês em *flagrante delicto* — realizando atos sexuais. Edith ficou desconcertada.

— Minha nossa. Todos os livros...? — Os livros que a *mãe* de Thomas tinha pedido?

— Certamente isso já não abala você — disse Lucille. — Agora que você e Thomas...

Edith balançou a cabeça. Ela realmente estava começando a se sentir próxima de Lucille. Era bom ter outra mulher para conversar.

— Não, não. Ele foi muito respeitoso em relação ao meu luto. Nós até viajamos em cabines separadas.

Lucille pareceu se animar com isso. Ou talvez ela achasse divertido.

— Quanta consideração — comentou ela pausadamente. — Bem, minha querida, com o tempo tudo vai se ajeitar.

Essas palavras, se verdadeiras, eram reconfortantes.

Serão minha canção de ninar, pensou Edith, e sorriu para Lucille. A outra mulher, porém, tinha voltado a tocar, e, assim, não viu o sorriso. Edith olhou de novo para o retrato de Lady Beatrice Sharpe, e ficou muito grata que uma mulher de aparência tão amarga não tivesse sobrevivido para ser sua sogra, por mais cruel que fosse pensar assim.

CAPÍTULO 14

Lucille continuou a tocar, e Edith, voltando ao quarto, descobriu que Thomas havia se vestido e saído. Ela colocou um de seus vestidos favoritos, um de veludo verde com apliques em abóbora, e ajeitou o cabelo. Era inconveniente, para dizer o mínimo, não poder contar com uma aia. Edith pensou em sua casa. Annie já tinha um novo emprego; todos os empregados dos Cushings já tinham. A residência da família dela logo seria vendida, assim como tudo que havia dentro dela.

Queria ter guardado meus livros ilustrados, pensou. Talvez ela pudesse escrever ao Sr. Ferguson a tempo de impedir sua venda.

Edith se acomodou diante da máquina de escrever para trabalhar em seu romance, mas o dia sem Thomas era desolador, e ela se distraía com facilidade.

Quando o crepúsculo chegou, Edith olhou pela janela e viu seu marido com Finlay e alguns homens da cidade aos pés de sua colheitadeira. Ela sabia o que estava olhando. Crescera perto de aparatos similares. Havia na verdade muitas máquinas no terreno, realmente enormes, a torre de mineração se elevando acima de todas. Ela conseguiu distinguir a broca e a colheitadeira, as diversas esteiras transportadoras, uma colocada ao lado de um forno para assar argila, transformando-a em tijolos brilhantes, como aquele que Thomas havia exibido na sala de reuniões de seu pai. O caos industrial não combinava com o quintal da mansão antiga. Uma mixórdia. Porém, as aparências enganam. O caos reinava na casa. A disposição do equipamento era na verdade muito eficiente e lógica, e renderia os melhores resultados assim que as novas camadas de argila pudessem ser extraídas.

Thomas era um visionário, um homem capaz de ver as coisas que os outros não viam. Edith recordou a si mesma que ele a amava, que era seu marido e que seu dever era protegê-la. Iria falar com ele. Talvez conseguisse dar sentido a suas visões lhe perguntando sobre a história da casa.

Alertada pelo rugido de seu estômago, Edith desceu até a cozinha e petiscou um pouco de pão com geleia enquanto preparava alguns sanduíches, pegando um pouco de pão de centeio já um pouco seco, presunto e queijo. Seu estômago não melhorou muito, e ela estava começando a sentir dor de cabeça, por isso preparou um pouco do terrivelmente amargo chá de espinheiro-ardente. Resoluta, colocou tudo numa cesta e saiu.

Flocos de neve caíam delicadamente do céu cinza como aço. O ar estava gelado, e ela sabia que seu chá quente seria muito bem-vindo. O cão caminhava com vigor, saltando em montinhos de neve e pulando para fora deles. Edith observava Thomas trabalhando concentrado no modelo em tamanho real da máquina que demonstrara em Buffalo. Se seu pai não tivesse exagerado tanto querendo protegê-la, certamente teria financiado a invenção.

— Edith, minha querida — cumprimentou-a Thomas. Ele estava tentando conectar uma parte da máquina ao restante dela. A julgar por sua expressão frustrada, não estava conseguindo. — O que está fazendo aqui?

— Eu queria ver você — respondeu ela. — Preciso conversar com você.

Thomas olhou da máquina para ela. Finlay parecia estar alimentando o motor.

— Claro, claro — disse Thomas.

— Não sei por onde começar. — Edith respirou fundo. — Thomas, por acaso alguém morreu nesta casa?

A resposta dele foi um sorriso confuso.

— É claro que sim, meu amor — respondeu ele. — Que pergunta é essa? A casa tem centenas de anos. Eu diria que muitas almas passaram por ela.

— Entendi — disse ela, com paciência. — Mas estou falando de mortes específicas. Mortes violentas.

Thomas hesitou.

— Agora não é uma boa hora, Edith. Esta geringonça do inferno não quer funcionar. É um fiasco absoluto. Ficamos trabalhando nisto a tarde inteira.

Thomas voltou ao trabalho. Ela, porém, não se deixaria deter.

— Será que podemos conversar um pouco, Thomas? — perguntou Edith, num tom mais urgente. — Eu trouxe alguns sanduíches e um pouco de chá.

— Chá? Você fez chá?

A expressão de Thomas se alterou um pouco, e ele voltou ao trabalho. Edith se lembrou de um comentário que ele fizera ainda em Buffalo — de que os americanos não tinham ideia de como fazer um chá decente. Tinha algo a ver com ferver a água ou com preparar bem a infusão das folhas.

— Que lata você usou?

— O quê?

— Que lata você usou? — repetiu ele. — A vermelha ou a azul?

— Ah, não sei. Não é tudo igual? Chá é chá. — Bem, exceto se você for inglês, pensou ela.

— Tente de novo, Finlay — pediu Thomas ao homem.

Finlay alimentou o motor a vapor e girou uma válvula. A máquina chacoalhou. Algumas engrenagens giraram um pouco, mas depois tiveram um espasmo violento. Edith se lembrou da torneira da banheira e, apesar de tolhida em seu desejo de falar com o marido, cruzou os dedos para que aquela enorme balbúrdia terminasse bem. Thomas segurou uma válvula e ficou presa.

Funcione, funcione, disse ela à máquina.

O chacoalhar aumentou dez vezes; mesmo assim seu marido não soltou. Jatos de água quente e de vapor começaram a sair da costura entre os canos, e em seguida da própria válvula. Thomas continuava decidido, tentando bravamente impedir que a máquina se desfizesse em suas próprias mãos. Edith conseguia ver que ele estava se machucando. Contudo, Thomas permanecia resoluto. Seu rosto estava ficando vermelho por causa do esforço. Então um gêiser de vapor silvou violentamente, atingindo a mão de Thomas; ele recuou imediatamente, seu rosto pálido retorcido de agonia enquanto gritava.

Com a ajuda de Finlay, Edith levou Thomas até a cozinha. A argila vermelha que o cobria parecia sangue, e Edith lutava para permanecer calma à medida que imagens de seu pai morto rodopiavam em sua mente. Mesmo quando a mão direita de Thomas foi limpa, a pele ardia, carmesim, por causa das queimaduras.

Como em muitas casas rurais inglesas, os Sharpes tinham uma despensa com unguentos e remédios, e Edith aplicou com zelo a medicação que lhe trouxeram para cuidar do marido. Ela se lembrou da cozinheira da Mansão Cushing ter mencionado que na Irlanda as pessoas usavam mel para queimaduras. Em sua mente, ela via as formigas em cima da borboleta durante o passeio no Delaware Park, e afastou essa imagem macabra da mesma forma.

— Isso deve resolver — disse ela a seu paciente amado enquanto terminava de enfaixar a mão dele.

— Minhas mãos estão ficando ásperas. Seu pai aprovaria — comentou Thomas em tom de lamúria.

Ela anuiu com a cabeça, em silêncio. Será que Thomas fazia ideia do tamanho de sua aflição quando ele se feriu? A ansiedade que lhe custaria se continuasse trabalhando diretamente em sua invenção?

Ele estava tão preocupado que seria difícil levar a conversa para o assunto que queria discutir: visões. Mortes. Fantasmas.

— A máquina nunca vai funcionar — resmungou ele. — Nunca. Por que eu fico me iludindo?

— Você não deveria perder as esperanças.

Ela tinha de lhe dar apoio, não importando os temores que sentia. Edith acreditava em Thomas, e, quando a própria fé dele em si mesmo fraquejasse, ela deveria ajudá-lo.

— Esperanças? — Ele suspirou. — Edith, a esperança é o mais cruel dos sentimentos. Eu normalmente tento manter distância dela.

E fecha os olhos para as coisas que não quer ver, pensou ela.

Thomas se sentou ao seu lado. Como sempre, a proximidade dele desviou sua atenção ao atiçar uma chama em si.

— Mas agora alguma coisa mudou em mim. — Thomas a observou. — Por que eu trouxe você para cá? — Ele examinou o rosto de Edith. — Com quem você se casou, meu amor? Com um fracassado.

— Você é tudo que eu tenho.

Dominada pelo amor que sentia por ele, Edith o beijou. Ela o sentiu se retesar, como normalmente fazia — ciente do luto dela —, e então ele... *relaxou*. Entregou-se. Ela estava conseguindo penetrar em sua reserva.

Thomas se afastou, ansioso para voltar ao trabalho.

— Os homens vão embora ao cair da noite; estamos correndo contra o tempo, logo começará a nevar.

Os dois se levantaram e caminharam para a saída. Edith disse a si mesma que naquela noite faria Thomas falar com ela.

Saíram da cozinha e chegaram ao vestíbulo.

— Logo não vamos poder fazer nenhum progresso — continuou ele. — Aí você vai descobrir por que chamam este lugar de "Colina Escarlate".

Edith ficou imediatamente petrificada.

— O que você disse? — perguntou ela, tensa.

— A Colina Escarlate — respondeu ela. — É como chamam este lugar. Os minérios e a argila vermelha saem do chão e mancham a neve. Ela fica totalmente vermelha. Por isso... "Colina Escarlate".

Edith ficou parada em choque enquanto Thomas saía. Houve um espasmo em seu estômago, de novo.

Eu fui avisada, pensou ela. *Duas vezes.*
Mas aqui estou.
A Colina Escarlate.

A coisa observou o irmão sair de perto da noiva. Em seguida ele parou no vestíbulo, por ter ouvido um barulho, e se virou.

Sim, uma sombra... e um barulho... mas não havia ninguém à vista. Afastando-se, ele foi embora.

Ninguém que *ele* conseguisse ver, ao menos.

CAPÍTULO 15

Flores num túmulo, na neve. Os pertences dos Cushings foram empacotados, mas, para Alan, a sensação era de que o fim ainda não havia chegado.

Alan colocou seu buquê aos pés do mausoléu dos Cushings, perguntando-se se os mortos repousavam em paz. Nem mesmo uma morte serena teria impedido o pai de Edith de cuidar dela, de protegê-la, se por acaso fantasmas existissem. Alan se lembrava do quanto Edith, criança, tinha insistido que o fantasma de sua mãe a assombrara pouco depois de sua morte horrenda. Edith ficara quase histérica, e Alan havia fingido acreditar nela.

Porém, ele fora o único. O pai dela tinha acalmado a filha temerosa lembrando-a de que ela possuía uma imaginação "fértil", nutrida pela Sra. Cushing com uma dieta constante de contos de fadas, que elas liam juntas. Fantasmas não existiam, insistira ele, e lhe comprara livros com temas mais sensatos, como gerenciamento do lar.

— Mas eles existem — dissera ela a Alan, enquanto faziam juntos lunetas de mentirinha com as mãos em seu "covil de piratas" na macieira do quintal dos fundos. — Mamãe veio aqui. Eu sei que veio. — Edith tremia, seu rosto se contraindo até ela quase chorar. — E ela dava tanto medo!

Ele ouvira, concordara e tentara fazê-la feliz. A mãe dele o havia advertido que Edith poderia tentar chamar atenção para si mesma com histórias loucas e doenças inventadas por pura tristeza. A família dela estava agora "desequilibrada". A mão amorosa da mãe estava ausente, e meninas necessitavam de uma influência maternal forte para se tornarem moças sensatas.

— O estrago talvez seja grande demais — especulara a Sra. McMichael, e Alan, preocupado, tentava fazer o que podia para que sua companheira pirata sarasse. Havia até secretamente brincado de tomar chá com ela e suas bonecas, para sua imensa vergonha.

Sua irmã, contudo, ria de Edith, e tinha contado a todas as amigas a história de fantasma dela. As meninas às vezes eram tão cruéis; na escola e na igreja — por toda parte, agora que ele pensava bem —, Eunice e as outras ficavam espreitando Edith, só para pular na frente dela gritando: "Bu!"

Elas a torturavam e a perseguiam; por fim, um dia, perto de completar 11 anos, Edith foi falar com Alan.

— Sobre mamãe, Alan, acho que eu estava errada.

Por anos ela não mencionou mais aquilo. Ele quase esquecera o assunto por completo. Então Edith iniciou seu romance, e Alan percebeu que ela apenas enterrara a lembrança. Ele havia lhe mostrado aquelas imagens de visitas espectrais como um estratagema para abordar o assunto, mas, àquela altura, ela já estava enamorada de Sir Thomas Sharpe. Ainda assim, Edith perscrutara as imagens com muita concentração, e Alan se perguntava o que tinha passado na cabeça de Edith.

Se você pudesse voltar dos mortos, disse ele a Carter Cushing, *me diria como morreu? Por que escreveu a Sharpe um cheque com uma quantia tão vasta um dia antes de ir embora deste mundo?*

Seus questionamentos foram interrompidos pelo ruído de passos na neve. O Sr. Ferguson havia chegado.

— O senhor gostaria de falar comigo? — perguntou o advogado idoso, enquanto eles erguiam os chapéus um para o outro. Em seguida, ele examinou o túmulo. — Talvez o fim de tudo não tenha sido completamente ruim. Edith parece ter encontrado a felicidade, o senhor não acha?

Para Alan, era claro que Ferguson estava testando o terreno.

— Não tenho nenhuma notícia dela — respondeu.

— Eu tenho. Ela me pediu para que transferisse todos os seus fundos para a Inglaterra.

Ela vai entregar a fortuna a Sharpe, percebeu Alan com um sobressalto. O que, como mulher casada, naturalmente era sua prerrogativa. Contudo, ele tinha certeza de que isso era errado. E perigoso.

— O senhor vai mesmo? — perguntou ele.

— Cada centavo. — Ferguson tentava permanecer neutro, mas para Alan era claro que ele também estava perturbado. — Mandei os documentos e só estou aguardando a assinatura dela. Edith parece estar investindo tudo naquelas minas de argila do marido. Não tenho opção além de obedecer.

Com a franca admissão de Ferguson, Alan decidiu ser mais direto.

— A maneira como Cushing morreu. O impacto em sua cabeça. Ele tinha creme de barbear na bochecha. Provavelmente estava de frente para o espelho. Isso é incompatível com o ferimento na diagonal ao bater no canto da pia.

Alan fez uma pausa, porque agora entraria no território da acusação.

— E seu último cheque foi feito para Sir Thomas Sharpe, na mesma noite em que ele anunciou sua partida. O senhor estava lá. Na noite em que Edith lhe deu um tapa.

Algo mudou no rosto de Ferguson; ele estava se despojando do ar de imparcialidade e baixando a guarda, como Alan fizera.

— Posso fazer uma confidência? — começou Ferguson, aproximando-se. — Antes de Cushing morrer, ele contratou um homem de Nova York, um tal Sr. Holly. É muito difícil rastreá-lo. Ele escava fatos desagradáveis, frequenta lugares inadequados para um cavalheiro.

— As bochechas do advogado começaram a enrubescer. — Temo que eu mesmo tenha usado seus serviços algumas vezes. Porém, o simples fato de que Holly se envolveu me faz pensar.

Alan estava determinado.

— O que o senhor está tentando dizer?

— Veja bem, doutor, Cushing não era nenhum tolo. E ele gostava do senhor. Sempre falava no senhor como alguém digno da confiança dele. — Ferguson aguardou um instante e, em seguida, acrescentou enfaticamente: — E, com toda a franqueza, da filha dele.

Alan ficou comovido, mas dividido. O mistério estava longe de desaparecer. Era ele quem deveria persistir em desvendá-lo?

— Eu adoraria visitar Edith — arriscou Ferguson. — Porém, estou velho e cansado. Uma viagem como essa pede um homem mais jovem que eu.

Ele olhou de esguelha para Alan, que fez que sim com a cabeça. Estavam de acordo, então. Ali mesmo um pacto fora firmado.

Ao qual Alan não faltaria.

CAPÍTULO 16

O INVERNO CHEGOU, os dias passavam, e uma estranha sensação de liberdade tomou conta de mim. Até recomecei a datilografar meu romance, inspirada pelos segredos que Allerdale Hall parecia esconder.

Algo havia mudado em Thomas, e Edith estava contente. Ela sabia que ele estava recusando seus afetos por causa de seu luto, mas um homem tinha... necessidades, e isso ela entendia. E apreciava. Queria ser esposa dele em tudo. Ela queria aquela intimidade para si. E então, talvez, pudesse lhe falar das coisas assustadoras que vira e ouvira — ainda que elas não estivessem mais aparecendo. Tudo tinha acabado.

E só por que eu as vi não significa que tenham efetivamente existido, ou que ainda existam, pensou ela. *Ou que algo possa ser feito em relação a elas.* Como Thomas havia observado, a casa tinha séculos. Muitas pessoas morreram ali; algumas daquelas mortes inevitavelmente teriam sido violentas. Ele e sua irmã pareceram fazer pouco-caso da sombra que ela viu ao chegar a Allerdale Hall. Parte de Edith ainda era a menininha que tinha confidenciado o terrível encontro com o fantasma da mãe a seu amigo, e virado motivo de piada.

Alan me mostrou aquelas fotos. Não estou certa se ele acreditava nelas. Talvez, porém, ele só as visse como fenômenos científicos. Presenças que perduram, memórias. Ele falou de uma "oferta", de um convite à comunicação. Mas ele estava falando daquilo mesmo ou da necessidade de se colocar num estado mental que abriria os olhos, numa posição especial de receptividade?

Estou vendo coisas que realmente existem?

Hoje Edith estava vestida em cetim dourado. Seus cabelos estavam muito parecidos com o penteado que usara na noite do baile na casa dos McMichaels. Ela parou um momento antes de dar um passo para dentro do elevador, e em seguida entrou e baixou a alavanca. Enquanto subia, Edith examinava a casa. Talvez a estrutura estivesse libertando seus fantasmas exatamente como mariposas e moscas pareciam surgir das rachaduras nas paredes. A casa, assim como respirava, talvez estivesse apenas exalando histórias antigas e venenosas, que não tinham nada a ver com o mundo moderno.

O elevador parou com um solavanco. Da mesma forma como quando desceu ao fosso da mina, uma experiência mais horripilante, o piso da gaiola não parou no nível do andar. Ela teve de descer um degrau. Sentia-se quase tonta; estava no ponto mais alto da casa que ainda era acessível. Parecia terrivelmente errado acomodar as crianças ali. Como Lucille falara? "Confinados." Como prisioneiros.

Mas não havia dúvida de que tinha chegado à ala das crianças. O papel de parede mofado, pintalgado, mostrava um garotinho que parecia estar caindo — João e Maria? As mariposas onipresentes se agarravam aos desenhos de flores e não se afastavam quando Edith se aproximava delas.

O primeiro quarto em que entrou estava coberto de poeira e descuidado. Um berço e uma caixa de brinquedos ocupavam um canto perto da janela. Um quadro-negro e uma carteira de estudante a faziam se lembrar de seus primeiros dias aprendendo o alfabeto ao pé da mãe, antes de ter idade suficiente para ir à escola com as outras crianças. Muitas outras mariposas tremeram, coladas às paredes e ao teto, manchando-o de um marrom profundo. Elas se moveram e voaram, passando perto de sua cabeça. Debaixo de uma claraboia ficava uma cadeira de rodas de vime. Quando Edith virou a cabeça, partículas de poeira pareceram se amontoar na cadeira, acumulando-se e formando uma figura; ela olhou de novo e a ilusão se desfez.

Edith ouviu o ruído de uma broca e seguiu o som até um quarto escuro mas admirável, cheio de engrenagens, relógios e maravilhas mecânicas. Autômatos de todo tipo saudavam seu olhar — palhaços, uma senhora de vestido francês tocando cravo. Um cavalheiro de peruca com uma flauta nos lábios. Um patinho engraçado.

E, de costas para Edith, lá estava ele, Thomas, sempre um inventor industrioso, refinando o protótipo de sua máquina de mineração, já que a neve impedira qualquer trabalho no modelo em tamanho real. Ainda com esperanças, então. Ele estava com um cobertor de lã sobre os ombros, acabando com as suspeitas de Edith de que seu inabalável marido inglês era imune ao frio.

— Você gosta, Edith? — perguntou, sem olhar para ela.

— Acho maravilhoso. — Ela ergueu as sobrancelhas. — Mas como você sabia que eu estava aqui?

Thomas se virou com um sorriso conquistador.

— O rangido do piso, uma mudança na luz. É fácil sentir quando não se está sozinho aqui dentro.

Edith se sentiu outra vez tentada a falar das coisas que ele não havia visto, mas que ela, sim. Porém, conteve-se. Em vez disso, apontou para o conjunto de criações incríveis.

— Você fez tudo isso?

Ele inclinou a cabeça.

— Eu costumava fazer brinquedos para Lucille, bugigangas para ela ficar feliz.

Thomas, que lindo!

— Vocês ficavam sozinhos? — perguntou ela. — Aqui? O tempo todo?

— Papai estava sempre viajando. A fortuna da família não se perdeu sozinha. Papai realmente precisou se esforçar.

Ela lhe concedeu aquele momento de rancor, pois o compartilhava. A casa havia se deteriorado tão rapidamente; o livro que folheara ainda em Buffalo com as ilustrações dali não era tão antigo. A manutenção de uma casa como esta precisava ser constante; alguns anos sem cuidados e ela começaria a mostrar a idade; algumas décadas seriam como se uma doença a houvesse devastado. Allerdale Hall estava realmente morrendo, e Edith se perguntava se mesmo sua fortuna poderia salvá-la.

No entanto, apesar de tudo, aquele cômodo parecia um quarto feliz, e seu ocupante parecia verdadeiramente alegre por vê-la assimilando todas aquelas informações. Thomas ficava por perto enquanto ela analisava a figura de um cavalheiro de rosto branco com cabelos pretos pintados, com um losango arlequinal vermelho em volta de seu olho esquerdo e duas canecas douradas nas mãos.

— Este é o mágico — anunciou ele. — São necessários cinquenta e oito movimentos precisos para que ele faça seu truque. Para que ele pareça humano. Para que ele encante a plateia.

Então Thomas puxou uma alavanca e o bonequinho fez um número em que passava as canecas por cima de uma bolinha dourada. Encantada, Edith acompanhou a bola passando por baixo das canecas até que *pop!* ela apareceu na boca do boneco, que fingiu deixá-la cair numa das tigelas. É claro que havia outra dentro de uma das canecas, mas Edith riu do engenhoso feito de prestidigitação. Thomas sorriu para ela e tocou seus cabelos. Uma tristeza a esta altura familiar percorreu seu rosto, seguida de uma fome masculina.

— Você é tão diferente — murmurou ele, ainda a tocando. Estudando-a, como se a memorizasse.

— Diferente de quem? — perguntou ela, meiga.

Ele piscou, saindo de seu devaneio.

— De todo mundo, ouso dizer.

E então... finalmente, finalmente, ele a beijou com paixão verdadeira. Pele na pele, lábio no lábio, passando por sua bochecha, por sua testa, por seu pescoço.

Algumas pessoas diziam que mulheres não sentiam desejo, não do jeito que homens sentiam. Porém, se Thomas o sentia mais que ela agora, Edith não entendia como ele pôde se conter esse tempo todo. Porque ela o desejava por completo. Não conseguia respirar de tanto que o desejava. Era uma dor, uma necessidade insaciável que vinha se acumulando no espaço que Thomas mantinha entre os dois. Edith se via rompendo o casulo da inocência, pronta para voar para os braços dele, para o seu coração, e ele para sua carne, para se juntar a ela e *estar* com ela. Esquecer a morte, a tragédia e a perda. Ela era esposa dele, e era tanto seu dever quanto seu privilégio transformá-lo com sua devoção e com seu amor.

Thomas colocou as mãos nos seios de Edith, que estavam erguidos pela armação do espartilho, e ela se curvou para trás arquejando.

— Edith — disse ele, com esforço —, você ainda está de luto e...

— Não. É o momento. É o momento — insistiu ela.

Ele afastou as ferramentas e os mecanismos da mesa de trabalho e empurrou Edith para ela, cobrindo seu rosto e seu colo de beijos. Ela sabia que Thomas a queria; ergueu a saia enquanto ele se movia para fazer deles um só corpo. Ela o acomodou, ah, sim...

Então Thomas parou e de súbito se afastou dela. Ele parecia quase... *assustado*.

— Qual é o problema? — perguntou ela, sentando-se.

— Ouvi um barulho — disse, afastando-se dela. — Achei...

— O quê? — Enquanto esperava a resposta dele, Edith saiu da mesa. — Você achou o quê?

Então Lucille entrou no quarto. Ela carregava uma bandeja de chá. O bule cloasonado era muito bonito.

— Eu esperava encontrá-los aqui — disse a irmã de Thomas, com todo o afeto que aparentemente conseguia transparecer. — Fiz chá para vocês.

Os ingleses realmente adoravam chá. Edith ficou olhando para Lucille, que depositou a bandeja e lhe entregou uma xícara fumegante. Havia uma colher no pires dela, não no dos outros, e Edith imaginou que a ideia era que se servisse de açúcar. Lucille não comentou a bagunça no chão. Por excesso de delicadeza, perguntou-se Edith, ou por desinteresse?

Thomas estava desorientado. Rearrumando as roupas, evitando seus olhos, Edith achou que ele parecia estar com vergonha. Talvez estivesse preocupado por tê-la colocado numa situação embaraçosa. Se Lucille tivesse entrado no quarto pouco depois... Ele era um verdadeiro cavalheiro.

Porém, Edith preferia que ele tivesse arriscado.

— É gentil demais de sua parte — disse Edith a Lucille.

— Ah, não se preocupe. Eu ouvi o elevador. Estava precisando de companhia. — Ela fez um gesto para a tigela com cubos de açúcar. — Um ou dois?

Como me sinto mal.

Edith despertou, seu estômago se contorcendo de náusea. Ela sentira um pouco de enjoo indo de Nova York para Londres. Aquilo era dez vezes pior.

— Thomas? Thomas? — murmurou ela com urgência.

A luz do luar revelou que estava sozinha. Edith acendeu uma vela no castiçal de prata apressadamente e observou, abalada, a mancha de sangue em seu travesseiro, ao lado de sua boca. Ela tocou os lábios.

Ouviu o farfalhar de seda.

No ar, a fragrância de:

— Jasmim — disse ela. Não seu próprio perfume. Ela usava essência de rosas.

Seu cachorro rosnou.

E subitamente ela soube, sem a menor dúvida, que havia algo no quarto. Havia alguma coisa com eles.

Ou alguém.

Mas ela não via nada. O *boudoir*, enquanto o examinava com prudência, parecia o mesmo de sempre. Na cama desarrumada, as marcas de seu corpo. E, além disso, os indícios de que Thomas estivera na cama. Sua xícara de chá, vazia. Ao lado da lareira, uma taça de vinho tinto bordô pela metade. De Thomas, presumiu ela. Um livro. Queria saber o que ele estava lendo, porém, de repente, teve medo de atravessar o quarto para ver.

Ela *sentiu* aquilo, sentiu os olhos nela, quase um carinho na nuca. Edith ficou com os nervos à flor da pele. Suas bochechas e sua testa formigavam; seus lábios ficaram anestesiados. Aquilo estava atrás dela? Ao lado dela?

Podia tocá-la?

Edith se perguntava se, caso alguém tirasse uma fotografia do quarto naquele momento, a imagem revelaria um rosto esticado e borrado encarando-a, face a face. Ou um cadáver escarlate a suas costas, acariciando seus cabelos, despejando uma chuva de pétalas de rosas fantasmagóricas, cantarolando uma canção de ninar. As imagens entravam e saíam de foco como num caleidoscópio: lápides decaídas abandonadas por séculos, os mortos sem descanso se erguendo com as brumas da charneca, e alguma coisa ali, agora mesmo, algo feito de fome, anseio e amor não correspondido. De fúria, vingança e uma maldade que precisa ser satisfeita.

Ela estava se sentindo tão mal; estava delirando?

Ou estava morrendo, e, portanto, era capaz de se comunicar com os mortos de Allerdale Hall? Era por isso que conseguira ver sua mãe? Uma doença oculta a vida inteira?

Por que estou sangrando? Por que estou tão doente?

Sombras causadas pela luz da lua atravessaram as cortinas; o vinho na taça de Thomas havia ondulado?

Rastejando, pé ante pé, deslizando. Havia uma pressão furtiva na barra de sua camisola? Tinha alguém tentando levantar uma mecha de seus longos cabelos soltos?

A tensão que a pressionava era insuportável. Revirava seu estômago; agora ela sentia uma dor de cabeça aguda. Se uma força invisível estava tentando contatá-la, Edith também deveria realizar um esforço. Uma imagem de seu coelhinho de pelúcia lhe veio à mente. Coelhos e moças doentes podiam morrer de susto.

Ela engoliu em seco e estendeu a mão. Do que mesmo Alan falara? De fazer uma oferta, um convite.

Faria o convite.

— Se você está aqui, comigo... — começou.

Quase parou por puro medo. Mas não pararia. Edith não podia ficar ali para sempre; assim como fora compelida a identificar o rosto massacrado do pai, ela superou seu pavor e agiu.

— Dê-me um sinal — pediu ela claramente. — Toque minha mão.

Nada aconteceu, apenas o som da respiração dela e os ganidos baixinhos do cachorro. O quarto, porém, ainda *continha* algo, e Edith estava presa com aquilo ali. Ela se inclinou, ainda mais nauseada.

E aguardou.

Nada. Seus ombros relaxaram, mas ela não sentiu nenhum alívio, absolutamente nenhum.

Muito bem, então, pensou ela, *talvez isto seja só minha imagina...*

Então algo tomou a mão dela e a puxou para o chão. Com força e violência inacreditáveis. O impacto a fez perder completamente o fôlego, pontinhos amarelos explodiram em sua visão. Se tivesse tido tempo de resistir, seus esforços teriam sido inúteis, tamanha era a força daquilo. A vela se apagou.

Tremendo, Edith ficou de pé e se esforçou para acendê-la de novo. *Tem alguma coisa aqui. Ah, meu Deus, não há dúvida...*

Gritos de dor — agudos, horrendos — vieram do banheiro. Sem hesitar um segundo, Edith correu para a porta e a escancarou. Absolutamente vazio, breu, nada, e então...

Lá.

Na banheira.

Pesadelo.

Insanidade.

Submerso, parcialmente visível acima da água escarlate, que ia até a borda.

Putrefato, quase irreconhecível como cadáver humano — um contorno borrado, transparente e então sólido, em pedaços, soltando tufos de vermelho, rastros que pareciam fumaça subindo assim como a outra *coisa* fazia, o outro *cadáver*; sangue coagulado borbulhando; mortos, mortos, mortos; olhos mortos, boca morta, podre, aberta; mãos com a pele se retesando sobre falanges, articulações, ossos. Agarrando as laterais da banheira em que estava mergulhada, a cabeça pendendo para a frente. Edith estava paralisada de terror.

O crânio — sua cabeça estava partida com a lâmina de um cutelo firme e profundamente enfiado no osso. Edith conseguia ver o cérebro vermelho, os fragmentos de ossos, os vermes rastejando no sangue.

Edith não conseguia emitir nenhum som; só conseguia observar, apenas ver. *Eu estou vendo isto. Eu consigo ver isto.*

Então a figura horrenda tremeu e se moveu. A água carmesim transbordou quando a figura se levantou. Seu rosto — o de uma *mulher* — e seus seios caídos estavam cobertos de sangue.

E Edith sabia quem era.

— Ah, meu Deus, não! — gritou ela.

Edith disparou porta afora até o corredor.

— Thomas! — gritava ela. — Thomas!

Reverberando pelas passagens, uma voz que não era deste mundo silvou:

— Você! Fora daqui, agora!

A coisa da qual ela escapara era a coisa para a qual estava correndo agora a toda velocidade. Estava na outra ponta do corredor: uma bruxa nua e vermelha com um cutelo no crânio. Os olhos dela estavam ensandecidos de ódio e loucura. A coisa apontou um dedo esquelético para Edith.

— Edith! Fora daqui, agora! — rouquejou ela.

Edith recuou, dando voltas quando chegou à escada, e esbarrou em Thomas enquanto ele virava num canto. Seu salvador, seu protetor. Em segurança agora, em segurança. Ela se jogou nos braços de Thomas, soluçando.

— Edith, Edith, o que foi? — perguntou ele, abraçando-a.

Edith se recuperou. Olhou ao redor com medo, vendo... nada. Sabendo agora que ela poderia estar ali, ainda ali, vindo atrás dos dois, naquele exato instante. Recusando-se a ser vista. Aquilo a agarrara.

Aquilo poderia matá-los.

— Aquela coisa, aquela coisa horrível! — Ela chorou.

— Sua mão parece gelo. — Ele tocou a testa de Edith. — Você está com febre? Olhe para mim.

E, quando ela olhou, Thomas ficou boquiaberto. Ele devia ter enfim percebido o quanto estava aterrorizada.

— O que houve, pelo amor de Deus?

— Eu vi uma mulher — disse ela, e emendou logo, antes que Thomas pudesse contradizê-la: — Não uma sombra, não um truque de luz. Carmesim, e tomada pelo ódio. A cabeça dela estava aberta; uma ferida horrenda, escancarada.

A pele de Edith estava elétrica, como se tentasse rastejar para fora do corpo. Seus joelhos estavam moles, e ela teria caído se ele não a estivesse segurando. Precisava tirá-lo dali, levá-lo para longe.

Thomas estava atordoado, mas ela continuava.

— O rosto dela era distorcido, retorcido, mas eu a reconheci. — Edith olhou fixamente para o marido, querendo que ele prestasse atenção nela de verdade. Que visse em suas palavras o que ela vira com os próprios olhos. — Era a mulher do retrato. Era sua mãe.

Ele permitiu que Edith o arrastasse para longe do corredor, até o sofá diante da lareira enorme, onde sombra nenhuma poderia ficar à espreita. Lucille apareceu com chá; Edith tremia, quase perdia o controle de novo, mas precisava desesperadamente botar tudo para fora. A única impressão deles era de que Edith estava doente e não dizia coisa com coisa. Nada do que ela descrevia os impressionava.

— Havia tanto ódio nos olhos dela. E inteligência. Ela sabia quem eu era. E ela quer que eu vá embora.

Edith lançava as palavras em total sofrimento, em choque, desesperada pela ajuda deles. Os sussurros cadavéricos ainda chegavam aos seus ouvidos, como uma concha sussurrando viagens amaldiçoadas e marinheiros afogados. Horrores ainda por vir.

— Isso é bobagem, minha querida — disse Lucille para acalmá-la. — Você não vai a lugar nenhum. Você teve um pesadelo. Você estava sonâmbula. — Ela serviu uma xícara do líquido quente e amarelo.

— Mas temo enlouquecer se ficar aqui. — Ladeada pelos dois únicos familiares que tinha no mundo, Edith sentiu que ia cair de novo na histeria.

— Você está imaginando coisas — insistiu Thomas. — Amanhã vamos dar uma saída. — Ele falava com Edith como se ela fosse criança. — Vamos até o correio. O ar fresco vai fazer bem a você.

Ao correio? Mal conseguia acreditar no que Thomas estava dizendo. Ela havia cruzado um *oceano* para estar ali com ele.

— Não, eu quero ir *embora* — exigiu ela. E, em seguida, para o caso de ele não ter entendido direito, acrescentou, rogando: — Para longe daqui.

Suas mãos tremiam. Lucille tinha ajudado a firmá-las para que pudesse tomar seu chá, obrigando-a a manter a xícara nas mãos. Dando-lhe apoio para que não desmoronasse.

— Edith, não existe outro lugar para ir — disse ela com delicadeza, como alguém que fala com um louco. — Agora, sua casa é aqui. Você não tem outro lugar para ir.

A coisa observava a irmã fitar o irmão. Ela estava com medo. Ele também.

Que brincadeira é esta?, indagava o olhar dela.

Que brincadeira, de fato?

Claro que havia algo no chá para fazer a noiva dormir. Depois de ela cair no sono, os dois discutiram no corredor, suas roupas escuras se movendo no azul-escuro da noite como duas mariposas negras.

— O que ela está fazendo? — sussurrou a irmã, furiosa. — Como é possível que ela saiba?

— Eu não falei nada — jurou o irmão.

Isso assustou ainda mais a irmã.

— O que ela está tentando fazer, Thomas? — Como se fazer a pergunta diversas vezes fosse resultar numa resposta diferente.

— Eu não sei — respondeu o irmão. — Ela está muito abalada. Amanhã vou ao galpão pegar as peças da máquina. Vou levá-la comigo. Para tomar um pouco de ar.

— Faça isso — concordou a irmã. — Tire-a daqui. — Ela olhava para ele fixamente. — E, assim que os últimos documentos forem assinados, quero acabar logo com isso.

As coisas se moviam em volta deles, *através* deles, mas eles não as viam. Porém, como observara a noiva, só porque eles não conseguiam vê-las, não significava que elas não estavam lá.

Através de um espelho, em enigma; era uma vez...

CAPÍTULO 17

As MANHÃS EM Cumberland eram muito diferentes das de Buffalo. A lama misturada com neve era sulcada pelas rodas das carroças, e as casas não passavam de choupanas. Telhados de sapê não eram incomuns, e o céu em meio aos flocos de neve era de um marrom e um cinza sombrios. Alguns prédios de tijolos permaneciam obstinadamente de pé, mas suas paredes eram pontilhadas de musgo e manchadas de fumaça. Havia um pub chamado Red Hand; suas janelas estavam embaçadas e, quando a carroça deles passou com um solavanco pela porta do estabelecimento, Edith sentiu o cheiro gorduroso de carne fervida e repolho.

— É muito mais agradável na primavera — comentou Thomas.

Ele franziu o cenho e voltou a prestar atenção em alguns desenhos esquemáticos num caderno em seu colo. Thomas não falara muito durante a viagem, e ela tinha sido incapaz de envolvê-lo numa discussão séria sobre o horror do cadáver massacrado da mãe dele mandando-a ir embora de Allerdale Hall. Condescendente como Lucille, ele sugeriu que não havia sido nada além de um pesadelo. Em seguida, veio com a teoria ridícula, na qual algumas pessoas supostamente acreditariam, de que pão de centeio estragado podia causar alucinações. Nos últimos tempos eles estavam comendo pão de centeio, não estavam? Ela usara um pouco para fazer os sanduíches dele.

— Sim, e *você* não teve alucinação nenhuma — retorquiu ela.

— Bom, de repente eu já estou acostumado — argumentou ele. E logo lhe lançou um olhar. — Você está trabalhando em seu romance?

Thomas sabia que sim. Ele havia lido alguns trechos em voz alta apenas poucos dias antes e os achara realmente maravilhosos. Agora, então, estava partindo para o argumento "é só a sua imaginação tão vívida" — era isso mesmo? Talvez Edith *não* tivesse visto um cadáver grotesco chamando seu nome com a voz estridente. Pão de centeio, nervos, aquela casa enorme e decadente...

Aquela mulher no elevador. Ele e Lucille estavam completamente desinteressados... Talvez os dois tivessem visto coisas que não sabiam explicar e não queriam me assustar com a verdade. Mas, se conseguem enxergá-las, e agora sabem que eu também consigo, não seria mais razoável que admitissem isso para mim?

Thomas, porém, recusava-se a continuar discutindo o assunto, e ela finalmente desistiu. *Ninguém é mais surdo que aqueles que não querem ouvir; ninguém é mais cego que aqueles que não querem ver*, disse Edith a si mesma. Sobre assombrações na majestosa casa deles, era impossível convencer Thomas a considerar qualquer ideia além da de que ela mesma se assustara.

Então vou provar a ele, jurou ela.

A neve caía mais depressa e ficava mais espessa. O depósito dos correios fervilhava com carroças carregando e descarregando pacotes e engradados antes da tempestade iminente. Finlay aguardou Thomas enquanto ele indicava a Edith os fundos do depósito, onde havia uma pequena agência. Ela precisava enviar uma resposta à mais recente atualização de Ferguson.

Enquanto contava algumas moedas para pagar pelos selos, o funcionário da agência anotava seu nome e seu endereço.

— A senhora então é Lady Sharpe? — perguntou ele. — Com licença, temos aqui algumas cartas para a senhora. Uma delas chegou esta manhã mesmo.

Ele desapareceu um instante, e depois voltou com alguns envelopes. Ao entregá-los a ela, explicou:

— Duas delas são jurídicas, cartas registradas de seu advogado, e outra veio lá da Itália.

Edith franziu o cenho levemente perplexa, examinando o carimbo da carta italiana: Milão.

— Não é para mim — informou ela ao homem.

— A senhora é Lady Sharpe, não é? — Ele apontou para o nome e para o endereço escritos à mão no envelope. — Lady E. Sharpe?

Ela assentiu.

— Mas eu não conheço ninguém na Itália.

— Com todo o respeito, cara senhora, parece evidente que conhece. É só abrir e verificar.

Ele parecia um tanto insistente demais, por isso ela simplesmente levou as cartas sem abri-las. Do lado de fora, a tempestade anunciada chegara, e, ao procurar por Thomas, a perspectiva de voltar para Allerdale Hall era ainda mais desconcertante que antes. Edith nunca mais queria botar os pés naquele lugar horrendo, e viajar naquela tempestade era mais do que ela poderia aguentar.

Encontrou Thomas e Finlay no terminal de carga. Thomas mostrou a Edith com orgulho o conteúdo de diversas caixas de madeira, ao passo que Finlay diligentemente as carregava e as colocava na carroça.

— Isto é um controlador de válvulas — explicou Thomas, mostrando-lhe uma peça brilhante. Filha de engenheiro, ela reconheceu sua função. — Mandei fabricá-la separadamente em Glasgow. Isso pode fazer toda a diferença. Pense em coisas boas, Edith. As Minas Sharpe podem reabrir se esse negócio cooperar.

Thomas riu e a abraçou, e ela segurou firme suas cartas. Ele estava tão empolgado com suas peças mecânicas que Edith não queria mudar de assunto lhe mostrando a estranha carta da Itália.

Ao menos foi isso que disse a si mesma. Como Thomas não acreditava nela, uma fenda se abria entre os dois. Achara que teria a simpatia dele, mas só o que conseguiu foi um escárnio delicado. O casamento decretava que duas partes viravam um todo, porém, naquele momento, ela se sentia distante de Thomas. Tinha a sensação de que não poderia levar seus temores ao marido esperando obter alívio. Então precisava se armar contra eles, da forma que conseguisse.

— Olhe só a tempestade — disse ele, ansiosamente. — Está vendo? Bem na hora. Em poucos dias não vamos conseguir sair de casa.

Essa ideia a horrorizava. Não havia nada neste mundo que quisesse menos.

O agente dos correios o ouviu e se aproximou com deferência.

— A tempestade está piorando. Sugiro que o senhor passe a noite aqui, Lorde Sharpe. Temos um pequeno quarto no andar de baixo, se o senhor quiser.

Thomas olhou para Edith, que concordou feliz. Ela faria qualquer coisa para evitar a tempestade.

E para ficar longe daquela casa.

Era *mesmo* um quarto pequeno, exatamente como o homem advertira, mas era quente e aconchegante, com uma colcha humilde na cama e uma lareira acesa. Para Edith, era o quarto mais maravilhoso em que ela já estivera, incluindo os hotéis elegantes onde ficaram em Londres.

Agora eles estavam deitados na cama, ainda de roupas, e ela se sentiu um pouco tímida diante da perspectiva de se preparar para dormir de maneira mais íntima. Eles ainda não tinham ficado *juntos*.

O gerente do depósito havia lhes trazido chá, um pouco de caldo e pão, e Edith, faminta, devorou tudo. Presumindo que teria de se ocupar na viagem de volta, já que Thomas teria as novas válvulas e engrenagens para examinar, ela trouxe consigo seu manuscrito. Ele o notara e pediu para lê-lo. Edith ficou tanto lisonjeada quanto um pouco envergonhada. O manuscrito incluir fantasmas só serviria para reforçar nele a crença de que ela imaginara a visita horrenda do fantasma de sua mãe. Porém, Thomas parecia insistir bastante em ler as novas páginas, e começou a lê-las em voz alta:

— "Uma casa antiga como essa torna-se, com o tempo, uma coisa viva. Ela pode ter tábuas no lugar dos ossos, janelas no lugar dos olhos, e, postada ali, solitária, pode pouco a pouco enlouquecer. Ela começa a se aferrar às coisas, mantendo-as vivas quando elas não deveriam mais viver entre suas paredes. Coisas como lembranças, emoções, pessoas."

Thomas fez uma pausa e prosseguiu.

— "Algumas delas são boas, outras são ruins... e outras... outras nunca deveriam ser mencionadas de novo."

Ele deu um beijo na testa dela.

— Isto é muito bom. Estou contente por ver que você ainda está trabalhando. E este rapaz, este "Cavendish", seu protagonista, ele não tem medo de nada? Não tem nenhuma dúvida?

Edith olhou diretamente para ele.

— Claro que tem. Ele é um homem assombrado.

— Bem, eu gosto dele. Tem algo de sombrio. Mas ele consegue ir até o fim?

Edith deu de ombros.

— Isso só depende dele.

— O que você quer dizer? — Thomas deu um sorriso um tanto perplexo para ela.

— Os personagens falam com você. Transformam-se. Fazem escolhas — respondeu ela.

— Escolhas — ecoou ele.

— Sobre quem vão se tornar.

Ele ficou em silêncio. E em seguida fez um gesto para o quarto.

— Isto aqui é péssimo, lamento dizer. Mas ao menos é quente.

Edith se aproximou dele, com a esperança de, assim, fechar a fenda.

— Gosto muito mais.

— Mais do quê? — perguntou ele.

Thomas certamente sabia do que ela estava falando.

— Do que da casa.

Ele pensou um momento, e em seguida riu. Quase parecia um menino, com suas preocupações sendo levadas para longe.

— Mas *é* muito melhor, não é? Eu também adoro sair.

— Sair de Allerdale Hall? — insistiu ela. Edith queria que ele falasse isso. Que percebesse que era uma possibilidade real. Seria incrivelmente importante para ela.

— Sim. Sair de lá. — Thomas suspirou. — Tenho a sensação de que consigo respirar.

Eles se abraçaram, e Edith apoiou a cabeça no peito dele. O coração de Thomas batia forte, e logo se acelerou. Talvez sua proximidade estivesse mexendo com ele.

— Você poderia vender a casa. — Edith cruzou os dedos em sua mente, querendo que ele considerasse a possibilidade que os libertaria. Sair daquele lugar úmido, assustador, e viver no mundo vasto e ensolarado.

— Vender? Impossível. — Ele ficou em silêncio por um instante, como se reconsiderasse. — Do jeito que está, não vale nada.

As esperanças dela aumentaram. Thomas *estava* realmente pensando a respeito do assunto.

— Então simplesmente largue a casa. Feche a porta e vá embora. Por que não? — Todo o dinheiro que eles haviam planejado gastar para restaurá-la poderia ser investido nas operações nas minas. Ou em viajar pelo mundo. Thomas poderia contratar gerentes, assim como o pai dela fazia com os projetos que estavam longe demais para que ele os supervisionasse pessoalmente.

— Temo que isso também seja impossível — retrucou Thomas. — É tudo o que temos: nosso nome, nosso legado, nosso orgulho.

— Eu deixei tudo que *eu* tinha — retorquiu ela, ainda que num tom muito delicado. Edith queria que ele entendesse seu ponto de vista. Era uma discussão bastante séria. — Tudo que eu era. Deixei para trás. — Ela esperou que isso fosse assimilado, e então prosseguiu: — Poderíamos viver em outro lugar.

— Em outro lugar? — Thomas parecia sinceramente desconcertado, como se a ideia nunca lhe tivesse ocorrido antes.

— Em Londres, em Paris — tentou-o ela.

O rosto dele se abrandou, adquirindo uma expressão de devaneio, vendo o futuro deles de maneira diferente.

— Paris. Paris é maravilhosa, é verdade.

— Em qualquer lugar que você quiser. — E em seguida Edith pensou na carta e acrescentou, conduzindo-o: — Milão...

Ele se sobressaltou.

— Por que você está falando de Milão?

— Ou Roma — protegeu-se ela, mas agora sabia que Milão era importante. O que *havia* na carta? — Você já foi à Itália?

— Fui. Uma vez. — Então o ânimo de Thomas se alterou. Tornou-se sombrio. Como se outra vez Allerdale Hall pesasse sobre ele.

— Mas não posso abandonar Lucille. E a casa. A casa é tudo que somos. Nosso legado, nosso nome.

Ele ficava repetindo a mesma coisa o tempo todo.

— O passado, Thomas. Você está sempre olhando para o passado — murmurou ela. — Você não vai me encontrar nele. Eu estou aqui.

Ele disse baixinho:

— Eu também estou aqui.

Isso, Thomas. Isso.

Querendo que seu amor por ele o fizesse ouvir, Edith teve a ousadia de ir para cima de Thomas. Seu vestido se agarrava a seu corpo, e seu desejo por ele a enchia de coragem enquanto o beijava e se movia sinuosamente contra o seu corpo. É verdade que ela era casta mas também era a esposa daquele homem. Assim, beijou-o apaixonadamente e o envolveu em seus braços; e sentiu sua resposta. Thomas a desejava igualmente.

Não, mais.

Como na oficina de Thomas, a paixão dos dois se inflamou. Aparentemente sem dar atenção a sua mão queimada e enfaixada, ele colocou Edith de costas e desamarrou as calças, deixando-as cair para tomar posse do corpo dela; Edith se abriu para ele, e logo Thomas lhe dava estocadas — *enfim, enfim* — e o prazer era indescritível.

Ah, Thomas, meu amor...

Eles eram um. Por fim fazendo amor. E, enquanto a felicidade a levava às estrelas, ela acreditava que tudo ficaria bem. Eles se amariam e viveriam.

Longe de Allerdale Hall.

De manhã, o mundo era novo. Houve mais beijos, mais amor e chá chinês, e pão fresco ainda quente do forno. A luz do sol dava à cidade um brilho encantador; a neve, mesmo caindo, era delicada.

Edith não se importou muito com a viagem de volta; ela e Thomas conversaram o tempo inteiro. Agora eles estavam juntos, todas as barreiras foram derrubadas e as coisas seriam diferentes. Eles *iriam* embora. Eles *viajariam*.

Thomas a beijou quando a ajudou a descer em frente à casa, embebendo-se na visão dela, separando-se com relutância para ajudar Finlay com as caixas. Caminhando para dentro da casa, ela ergueu os olhos para a abertura no teto e observou os flocos de neve cintilarem enquanto desciam flutuando, macios como penas. Edith tirou o chapéu.

— Lucille! — Ela cumprimentou a cunhada. — Lucille!

Não houve resposta, mas Edith conseguia ouvir um estrépito na cozinha. Eles haviam comido pão e tomado chá horas atrás, e algo mais substancioso seria bom. Algo para afastar o frio da longa viagem pelo campo. Até aquele chá amargo.

Carregando alguns pacotes — coisinhas que comprara, como luvas mais quentes e um cachecol —, ela entrou na cozinha vazia e os colocou na mesa. Uma panela estava no fogão sem ninguém cuidando dela. As batatas dentro dela queimavam, soltavam fumaça, e Edith a tirou do fogo.

— Voltamos! — anunciou ela em voz alta.

Em seguida Lucille se aproximou da outra ponta da cozinha, com o rosto retorcido e pálido, com olheiras.

— Onde vocês estavam? — Sua voz estava fatigada. Ela se mexia como um dos autômatos de Thomas, como se cada músculo em seu corpo tivesse sido estendido ao limite.

— Ficamos presos por causa da neve — respondeu Edith. — Nós...

— Vocês não voltaram ontem à noite! — gritou Lucille. Ela pegou a panela e a bateu na superfície de madeira da mesa.

Edith ficou assustada.

— Eu... Nós...

— Era para vocês terem voltado a noite passada — insistiu Lucille.

— Passamos a noite no depósito — explicou Edith.

Lucille diante dela apenas piscava. Em seguida, começou a raspar a comida, que estava arruinada, do fundo da panela para colocá-la nos pratos.

— Vocês *dormiram* lá?

A perturbação dela era desconcertante. Lucille não podia estar realmente surpresa por Thomas ter enfim afirmado seu privilégio como marido, e, no entanto, ela quase parecia achar que devia ter sido consultada a respeito.

— Passamos, sim. Qual é o problema, Lucille? Ele é meu marido.

Porém ela não se deixava apaziguar.

— Estou falando sério. Por acaso você acha que isso é uma piada? Que tudo se resolve com um sorriso? Eu quase morri de preocupação!

— Preocupação...

— Com vocês dois na tempestade! — gritou Lucille.

É claro. Como a própria Edith, Lucille conhecia a tragédia. Os pais dela morreram. Ela sabia que coisas ruins poderiam acontecer com as pessoas com quem ela se importava. Apenas quem sentira essa dor entendia aquele medo. Edith havia experimentado.

— Eu não sabia se vocês tinham se envolvido em algum acidente. Eu estava completamente sozinha. Completamente sozinha. E eu não posso ficar sozinha...

A casa rangia. A argila se infiltrava a partir das fendas entre a parede e o teto. E Edith achava que talvez soubesse outra razão para Lucille estar tão incomodada — Lucille ficara sozinha na casa depois que aquela aparição monstruosa a ameaçara. Talvez ela também tivesse sentido algo. Talvez até visto alguma coisa. Ela estava extenuada.

Edith queria que Thomas observasse o estado de sua irmã. *Precisamos sair desta casa. Todos nós.*

— A casa — repetiu Lucille, como se tivesse lido os pensamentos de Edith. — Ela está afundando. Piora a cada dia. Precisamos fazer algo para impedir isso.

Não. Precisamos desistir dela, pensou Edith. *Este lugar horrível não tem como ser recuperado.*

Edith se sentiu súbita e profundamente tonta. A cozinha entortou, esticou-se e se tornou um borrão... e o rosto de Lucille foi junto.

— Preciso me sentar — avisou ela. — Não estou me sentindo bem.

Havia gotículas de suor em sua testa, e ela não conseguia focalizar a visão. Era como se a casa inteira ondulasse para fora da existência e voltasse, perdendo-se de si mesma, esquecendo-se de permanecer sólida.

No que eu estou pensando?, questionou-se ela. *Nada disso faz sentido.*

— Vou preparar um chá para você. Vai ficar pronto rapidinho.

Lucille parecia mais serena. Ela se ocupava enquanto o estômago de Edith se revirava. Seu olhar se voltou para o chaveiro de Lucille, que, é claro, deveria lhe ter sido passado. A irmã de Thomas tivera ciúmes demais para entregá-lo. Talvez estivesse se sentindo suplantada.

Edith notou um nome gravado em uma das chaves: ENOLA. O mesmo do baú no fosso. *Havia* um mistério. Será que tinha havido uma Enola Sharpe? Uma parente? E uma carta endereçada a E. Sharpe fora entregue a ela, *Edith* Sharpe, no depósito. Edith pegou as cartas e as repassou até encontrar a que vinha de Milão. Não havia prenome, só a inicial. Será que havia muitas E. Sharpes na família? Se sim, parecia-lhe um pouco estranho que ninguém tivesse mencionado.

Enquanto Lucille enchia a chaleira, Edith furtivamente tirou a chave do chaveiro e o devolveu à mesa. Em seguida, colocou a carta no fundo da pilha, para poder trabalhar a sós no quebra-cabeça.

Foi atingida por outra onda de tontura, e a cozinha girou. O estômago de Edith parecia afundar. Ela havia ficado tão feliz na cidade com Thomas que minimizara o quão horrível era aquele lugar. Conseguia sentir as paredes encharcadas de argila se fechando sobre ela; não conseguia mais se imaginar tomando um banho naquela banheira, nunca mais.

Ao colocar a chaleira, agora cheia, no fogão, Lucille viu as cartas de Edith e examinou a de cima.

— Veio dos Estados Unidos?

Edith assentiu debilmente com a cabeça, e Lucille, com audácia, pegou a carta e leu o envelope.

— Do seu advogado — disse ela, parecendo contente. — Você devia lê-las. Descanse um pouco. Vou preparar um chá para você. Ele vai resolver tudo.

Seu sorriso era forçado, e Edith se perguntava se algum dia Lucille gostaria dela de verdade. Agora, porém, não tinha como pensar nisso. Estava se sentindo mal, tão mal que, por mais amargo que fosse o chá de espinheiro-ardente, a perspectiva de beber algo para aliviar seus sintomas era muito atraente, para dizer a verdade.

Entretanto, a perspectiva de voltar para seu quarto não era, nem um pouco. Mesmo assim, que escolha tinha? Como Lucille dissera, aquela era a casa dela.

Ao menos por enquanto.

A coisa observava.

No banheiro de azulejos verdes de Allerdale Hall, a bola de borracha vermelha rolou para baixo da banheira; o cachorrinho gania e se curvava, tentando se enfiar debaixo do fundo curvado da banheira. A bola permanecia desesperadamente fora de alcance. Ele ajustava a cabeça, observando-a com o desejo de uma criança que olha a vitrine de uma loja de brinquedos no Natal.

O cão se sentou nas patas traseiras e começou a latir com entusiasmo, cheio de empolgação.

E a bola rolou de debaixo da banheira.

Em seguida, ela voou pelo ar, para fora do banheiro. O animal escorregava na madeira e avançava ruidosamente atrás da bola, latindo. Ele seguiu a bola até o quarto e estava prestes a se lançar embaixo da cama para pegá-la quando escorregou até parar por completo. Colocou as orelhas para trás, mostrou os dentes, e começou a rosnar.

No banheiro, uma aranha descia do teto em direção à banheira. Ela pousou na borda de porcelana, e depois deu um salto até o meio. Começou a tecer sua teia como uma velha virgem em sua roda de fiar. Do ralo, surgiu uma mosca indolente, zumbindo ao acaso, e começou sua espiral rumo à teia. Moscas eram pragas do verão; não era para elas aparecerem em tempo de neve. A aranha faminta continuava tecendo, de olho no prêmio, trabalhando fervorosamente para completar sua armadilha a tempo de pegar a mosca. No quarto ao lado, o cão ganiu, e sua senhora, doente, ficou mais doente.

A mosca que deveria estar morta e o cão que deveria estar morto na casa que deveria estar morta, e a noiva, que logo estaria morta.

A coisa observava com aprovação, apreciando a complexidade — e a fragilidade — da vida.

CAPÍTULO 18

Alan entrou no saguão do hotel e sentiu fantasmas ao redor. Ferguson dera a Edith a notícia da morte do pai ali, talvez com o assassino de Cushing ao lado. Ele visualizou sua pobre amada despencando da exaltação do amor para a desolação da perda num breve momento. Alan não conseguia imaginar a sensação. Ele também se perguntava o que ela estava fazendo sozinha num hotel com Sir Thomas. Annie, a empregada, dissera que sua senhora havia recebido um grande maço de papéis datilografados em casa de manhã bem cedo, e que logo depois saíra com pressa. Annie tinha encontrado uma carta escrita com uma letra muito bonita entre as páginas e estava louca para lê-la. O único problema era que Annie não sabia ler.

Foi só quando o Sr. Ferguson chegou à Mansão Cushing para dizer à Srta. Edith que seu pai falecera que Annie soube que sua jovem senhora tinha saído para se encontrar com um homem. Desacompanhada.

Tudo havia sido tão precipitado, tão tumultuado. Alan não era exatamente apático, ainda que imaginasse que esta fosse a opinião de Edith. Ele nunca teria comprometido a reputação dela nem a arrastado para longe de tudo o que conhecia três semanas após seu pai ter sido assassinado com um porrete. Pronto, ele formulara o pensamento, e era nisso que acreditava.

— E o senhor tem certeza de que é este o endereço deles? — perguntou Alan ao gerente do hotel, vendo as informações escritas.

— Sir Thomas e Lucille Sharpe. Sim. Em Cumberland, senhor.

Ele imaginou que só isso bastava quando se era um aristocrata.

— Obrigado.

Ele se sentou num canapé redondo e fez cálculos mentais para ver quando poderia viajar para lá. Depois de um breve intervalo, um homem — mais jovem do que Alan esperara — aproximou-se, determinado.

— Sr. Holly? — perguntou Alan. O homem que obtinha informações para Carter Cushing. Como Ferguson dissera a ele, Holly era um homem difícil de localizar.

— A seu serviço, senhor. — O Sr. Holly era deferente, mas não servil.

— O senhor trouxe a cópia das informações?

— O senhor trouxe o dinheiro? — retorquiu ele.

Alan lhe entregou um substancioso maço de notas, que Holly colocou no bolso. O homem se aproximou, falando em tom conspiratório.

— O Sr. Cushing, que Deus o tenha, era um cliente leal e honrado, senhor. — Ele se aproximou. — Sinto-me obrigado a pedir um motivo satisfatório para sua investigação, porque não divulgo as informações de um cliente, mesmo depois de seu falecimento.

Alan permaneceu resoluto diante do que era obviamente uma extorsão.

— Sr. Holly, eu já lhe paguei. Este é o primeiro motivo. O segundo motivo é que o bem-estar de uma pessoa que me é cara pode estar em jogo. E, por fim, temos o fato de que vou socá-lo diversas vezes até o senhor agir segundo o combinado.

Holly considerou brevemente os argumentos e em seguida lhe passou uma pasta.

— Estas são as informações mais recentes que obtive.

Holly também lhe entregou uma pasta de couro cheia de recortes de jornal, que Alan abriu. Holly chamou atenção para a primeira página.

— Agosto de 1879. As pessoas sabiam que Lady Beatrice Sharpe era muito cruel com os filhos. Só que ninguém ousava fazer nada a respeito. Aí vem isso. Na primeira página. Verdadeiramente macabro. Aquele sangue todo.

Alan teve um choque de repugnância com um desenho a caneta de uma mulher massacrada. Ela estava deitada com a cabeça para a frente. Um machado ou alguma espécie de faca afiada havia cortado sua cabeça em duas. A vítima era Lady Beatrice Sharpe, viúva de Sir James William Sharpe, baronete. Sir James morrera dois anos antes num acidente de caça.

Ele leu a notícia; o assassinato tinha ocorrido na banheira do segundo andar de Allerdale Hall — a principal residência da família Sharpe. O novo lar de Edith. Aquela mulher teria sido sogra de Edith se estivesse viva. As únicas outras pessoas na casa na época do assassinato eram Thomas, que tinha 12 anos, e Lucille, que tinha 14. Contudo, o jornal tomava o cuidado de dizer que eles não eram suspeitos. Os filhos foram inocentados, então?

Sir Thomas havia revelado esse segredo à noiva antes do casamento? Aquele escândalo horrível o tinha influenciado da mesma maneira que a morte da mãe de Edith a influenciara? Edith era extravagante, romântica e possuía uma imaginação fértil. Mas e um garotinho que aparentemente tinha sofrido nas mãos da mãe, e em seguida a perdido num violento assassinato?

Alan simplesmente não conseguia acreditar que Carter Cushing permitisse que alguém remotamente ligado a um crime tão hediondo pudesse estar na mesma cidade que sua amada filha, e menos ainda que fosse convidá-lo para jantar sob seu próprio teto.

— Cushing sabia disso? — indagou Alan.

— Não — respondeu Holly. — Levei algum tempo para conseguir estes recortes. A única informação relevante que consegui entregar ao Sr. Cushing foi este documento civil aqui. Porém, ele bastava para impedir o prosseguimento de qualquer relacionamento entre Sir Thomas e a Srta. Cushing. — Ele fez uma pausa para ver se Alan estava acompanhando. — Em outras palavras, uma informação que teria impedido que eles se casassem.

Alan *não* estava acompanhando. Ele entendia o significado do documento civil. Era claramente uma peça jurídica inglesa, não americana.

— Por quê?

Holly apontou para a parte importante do papel.

— O senhor não está vendo? Porque Sir Thomas já é casado.

CAPÍTULO 19

Sozinha no quarto, com o chá que Lucille havia acabado de fazer em cima da mesa, Edith acalmou seu cachorro, que parecia incomodado com alguma coisa, e em seguida abriu a primeira das cartas recebidas. Era do Sr. Ferguson.

Cara Edith,

permita-me lhe informar que a primeira transferência dos bens de seu pai foi concluída. O restante demanda sua assinatura.

Cordialmente,
William Ferguson, advogado

Que bom, pensou ela, sentindo, no entanto, uma estranha sensação de alvoroço que quase podia ser chamada de pânico. Era isso que queria. Eram esses seus desejos. Porém, precisava admitir que a carta trazia uma sensação de conclusão que mexia com ela; Edith realmente deixara tudo para trás por causa de Thomas. Ela sentia saudades de Buffalo e de seus amigos. Sentia saudades da beleza de sua casa, dos empregados e de seus livros.
Eu não deveria ter pedido ao Sr. Ferguson que vendesse meus livros. Ela franziu o cenho. *Guardei tão poucas coisas de lembrança. Eu estava com tanta vontade de financiar a invenção de Thomas.*

Ela tossiu em seu lenço com monograma.

Um círculo de sangue apareceu e ela o fitou, horrorizada. *Outro.* Ah, meu Deus, seria tuberculose? Primeiro o pulmão infeccionava, logo se perdia peso e tossia sangue... e morria. A umidade e o miasma da casa poderiam ter provocado um ataque. Essa poderia ser a razão de estar se sentindo tão doente.

Edith precisava que Thomas a tirasse dali. Ela precisava de sol e ar limpo, não de podridão, decadência, brisas com odor de argila.

Nem de fantasmas.

Ela foi até a janela observar o marido enquanto ele e Finlay trabalhavam nas máquinas, que se projetavam em direção ao céu como uma confusão de pirâmides metálicas num oásis de neve. Thomas estava tão determinado, obcecado, trabalhava com tanto afinco, mas ainda não tinha nenhum resultado tangível. O pai dela lhe recusara o financiamento e depois os outros empresários interessados também perderam o entusiasmo. Se ele fosse bem-sucedido, não precisariam morar ali. Thomas tinha de ficar ali para supervisionar a construção e o aperfeiçoamento da máquina, mas, ah, se ela funcionasse, eles estariam *livres...*

A coisa observava.

A coisa observava a observadora.

A noiva estava tão absorta em seus pensamentos que não prestava mais atenção no cachorro, que fora para o meio da cama e seguia, seguia, o som de algo debaixo do colchão. Com o focinho pressionado contra os lençóis azuis, os olhos quase vesgos, farejando, perplexo. Ele não conseguia entender direito que não era algo dentro do colchão.

Era algo debaixo da cama.

A noiva continuou olhando pela janela.

E se a coisa saísse de debaixo do colchão e a pegasse pelo tornozelo?

* * *

Thomas nunca havia chegado tão perto de seu sonho. Quase sentia o gosto da vitória. E, uma vez que ela fosse obtida, ele seria uma nova pessoa. Empregaria dezenas de trabalhadores para restaurar Allerdale Hall, e os Sharpes voltariam a ser conhecidos por sua riqueza e por sua elegância. Thomas sabia que, quando ele ou Lucille iam à cidade, as pessoas murmuravam a respeito deles, escondendo as bocas com as mãos. Muitos celebravam sua decadência e não ficariam contentes em vê-los se erguer outra vez.

Não é culpa nossa, recordou a si mesmo. Seu pai tinha sido o flagelo do norte da Inglaterra, viciado em jogo, contratando prostitutas. Sua mãe, confinada à casa...

Sua mãe...

Ele não pensaria nisso. No que Edith dizia ter visto.

A neve caía delicadamente, cobrindo a paisagem árida com um branco perfeito. Finlay e outros trabalhadores da aldeia subiam na colheitadeira como formigas. A primeira tempestade de neve tinha passado, mas haveria outras. Logo estariam isolados do resto do mundo, e teriam de viver com o dinheiro de Edith até a primavera, sem nenhuma esperança de recuperar o investimento. "O investimento" se referia à máquina, é claro, e não à viagem aos Estados Unidos para buscar a noiva.

Ele planejara cortejar Eunice McMichael, mas houve... complicações. E, no momento em que conheceu Edith, ficou deslumbrado por ela, assim como uma mariposa fica atordoada e é atraída pela luz de uma vela. Edith era dourada como o sol, e Thomas não conseguia evitar voltar seu rosto para o dela.

Finlay puxava as alavancas no lugar de Thomas, que não as conseguia puxar por causa da queimadura. *Ah, tomara que funcione*, rezava Thomas, cruzando os dedos da mão incólume.

Quantas vezes fizera aquela prece? Quantas fortunas havia gastado? Tudo valeria a pena, se a máquina apenas funcionasse.

A máquina se agitou, estremeceu. Finlay olhou para ele, e Thomas assentiu de modo a encorajá-lo, indicando que deveria tentar de novo.

O homem puxou a alavanca outra vez. Thomas mordia o interior da bochecha. Uma pequena fantasia perpassava sua mente: a máquina funcionava, ele ia à Coroa, e registrava a patente. Com certeza seria ordenado cavaleiro, e eles não iam mais viver naquela pobreza humilhante.

Nada. Nenhum guincho de vapor da válvula de escape. Nenhuma engrenagem retinindo. Thomas estremeceu, e seu estômago se revirou. Ele não desistiria. Coisas demais dependiam daquilo. Ele fez um gesto para que Finlay tentasse de novo.

Os deuses eram gentis: com um tremor repentino, a máquina começou a funcionar. Thomas ficou completamente imóvel um instante, quase incapaz de compreender que ela estava funcionando. Estava tão acostumado à derrota que nem conseguia entender direito o sucesso. A neve roçou em sua nuca, e por um instante ele achou que ia começar a chorar. Vitória, enfim! Depois de tantos anos.

Finlay e os homens abriram sorrisos enormes e todos começaram a se cumprimentar. Thomas havia lhes prometido uma garrafa de gim e uma moeda de ouro se a máquina funcionasse hoje e cumpriria a palavra.

Preciso contar a Edith.

Em seu júbilo, Thomas não reparou que suas pegadas estavam manchadas de vermelho, pois a argila, brilhante, escoava pela neve. O vermelho borbulhava do subterrâneo e lançava uma luz vermelha na colheitadeira e na própria fisionomia tenebrosa de Allerdale Hall. Como se o mundo de Sir Thomas Sharpe estivesse coberto de sangue.

Como se a Colina Escarlate fosse se revelar muito, muito em breve.

Edith olhava da janela, seu temor da tuberculose se dissipando enquanto testemunhava o triunfo do marido. Ouviu o ritmo alucinante da máquina, viu o volante do motor, os homens celebrando e dando tapinhas nas costas uns dos outros. Thomas *não* era um fracassado; ela sempre soube. Tudo de que ele precisava era de capital suficiente para trabalhar; mais dinheiro — o dela — significaria uma oportunidade de aprimorar sua invenção, e ela assinaria imediatamente o documento de Ferguson.

Ela se sentou para assinar, colocando o documento em seu mata-borrão e se preparando para estrear sua nova assinatura: *Lady Edith Sharpe*. Iria mostrá-la a Thomas quando ele viesse ao quarto dividir as boas-novas, o que esperava que acontecesse a qualquer momento.

Cerimoniosamente, Edith pegou a bela caneta que seu pai tinha lhe dado e tirou a tampa. Sua mão ficou parada sobre o documento, e em seguida seus olhos captaram um canto da carta dirigida a *Lady E. Sharpe*. Edith pousou a caneta e estudou o envelope. O remetente italiano não fazia o menor sentido.

Talvez seja de Alan, em viagem pela Europa, pensou ela, afastando a pontada de saudade que sentia. Seria errado ter saudades de um velho amigo?

Pegou a espátula de cartas e cortou o envelope. Então, tirou a carta. Não era de Alan, afinal. Estava escrita em italiano — e não era dirigida a ela. Como tentara explicar ao funcionário do correio, a carta era para outra pessoa.

— Enola — leu ela em voz alta, perplexa. Ninguém jamais mencionara uma parente chamada Enola.

Edith tossiu outra vez no lenço e tentou traduzir o italiano. Havia estudado um pouco — muito pouco —, mas certamente era incapaz de traduzir a carta sozinha. Talvez houvesse um dicionário de italiano nas estantes da biblioteca.

Evitara deliberadamente aquele cômodo desde que o cadáver semidesmembrado de Lady Beatrice a havia mandado sair daquele lugar. Edith temia que, se olhasse para o retrato, o monstro vermelho flamejante sairia dele e a atacaria. Lembrava-se da energia com que aquela força invisível a tinha arrastado pelo quarto. Do veneno na ordem rouquejante para que ela fosse embora de Allerdale Hall.

Edith deu uma olhada no cãozinho bobo, que estava se enterrando nos lençóis. Em seguida, ela saiu do quarto e foi até a biblioteca.

Mariposas a inspecionaram ao entrar no enorme cômodo. Partículas de poeira giravam à luz azul do sol como se fossem pequenas criaturas com vontade própria.

Ela não olhou para o retrato de Lady Beatrice.

Mas teve a nítida impressão de que o retrato estava olhando para ela. De que seus olhos seguiam cada um de seus movimentos enquanto encontrava a prateleira de dicionários e pegava o de italiano. Não havia nenhuma imagem escandalosa na borda — Edith verificou —, então voltou ao quarto, onde o cachorro a recebeu abanando a cauda. Edith o segurou no colo e ia colocá-lo no chão quando o cachorro retorceu o pequeno corpo em seus braços e voltou para a cama dela.

Ela pegou a máquina de escrever que havia ganhado de Thomas e a tirou da caixa. E.S. As iniciais dela. Mas de Enola, também.

Ficou prestando atenção para ver se Thomas chegava. Certamente ele logo viria anunciar o sucesso do teste. Edith esperava que nada tivesse dado errado na segunda tentativa.

Determinada, abriu o dicionário e começou a caçar as devidas palavras em italiano e suas traduções.

A coisa observava.

A noiva estava tão absorta que não reparou na figura que rastejava furtivamente de debaixo da cama e se arrastava, um braço após o outro, para a porta semiaberta. O cachorro pulou da cama e subiu numa cadeira, como uma pessoa. A noiva sorriu para ele, que latiu empolgado. Assim, ela perdeu por completo o corpo monstruoso e distorcido que se arrastou para fora do quarto.

Totalmente encantada com seu amiguinho, ela voltou ao trabalho, e não percebeu quando a porta, rangendo, fechou-se.

Edith ajeitava os óculos enquanto continuava traduzindo a carta. Estava ficando com um pouco de dor de cabeça. O cachorro inclinava a cabeça para o lado quando ela virava as páginas do dicionário.

Edith estava muito contente por ter sua companhia. Ela estava um pouquinho decepcionada por Thomas ainda não ter vindo procurá-la para comemorar a primeira viagem da colheitadeira. Porém, lembrou-se dos hábitos do pai: uma vez que ele tinha certeza de que um projeto estava caminhando bem, raramente separava um tempo para celebrar suas realizações. Em vez disso, imediatamente estabelecia um novo patamar e começava a trabalhar em melhorias. Talvez essa atitude tivesse sido o segredo de seu sucesso, e ela serviria igualmente bem a Thomas.

O cachorro latiu durante um tempo, depois voltou a latir, o que a deixou enervada. Ela olhou para trás mais de uma vez. Após algum tempo, conseguiu transcrever algumas linhas perturbadoras.

Por que, querida prima, você não responde minhas cartas? Minha pequena Sofia já está andando e falando, e ainda não teve notícias de sua tia favorita.

Desde que você conheceu esse homem, foi ficando distante, ausente. Suas únicas comunicações têm a ver com bancos e não são frequentes. Enola, escreva, por favor. Você tem uma família que te ama e que quer que você volte.

O que significa isso?, pensou Edith. Estava determinada a descobrir. Ela não podia negar que já estava desconfortável com a duplicação de suas iniciais no baú no fosso. Não iria esperar mais para investigar. Pegou a chave com ENOLA gravado e saiu do quarto. Sua cabeça latejava e as palmas de suas mãos estavam úmidas.

Ao passar pelo banheiro, teve a impressão de ouvir algo tilintar. Seu estômago se comprimiu. Edith foi adiante, obstinadamente. Ela não ficaria com a chave para sempre — ainda que ela fosse sua por direito. Lucille era possessiva com tudo... incluindo o irmão. Edith não conseguia entender por que Lucille queria continuar senhora de Allerdale Hall. Não podia haver uma sensação de dever cumprido, de orgulho pela posição, cuidando daquela casa.

Seu pulso se acelerou quando ela entrou no elevador e desceu, uma onda de vertigem aumentava sua inquietação. O que havia de errado com ela?

O elevador parou a cerca de meio metro do chão da mina. Talvez ele tivesse vontade própria. Cautelosamente, desceu e examinou com cuidado o ambiente. Mesmo ali caía neve. O frio e a umidade num lugar como aquele se infiltravam direto nos ossos. A argila era impermeável, sufocante. Estar no interior da caverna era como estar dentro do corpo de uma coisa ferida, vendo seus capilares, seus tendões, sua carne sem pele.

O som de água pingando ecoava na escuridão, e Edith pensou na paisagem inóspita e lúgubre do exterior. Examinou o túnel e os trilhos que os mineradores teriam usado para empurrar seus vagões de argila — criancinhas encurvadas, as mães exaustas e os pais, pálidos, de rosto magricela. A invenção de Thomas acabaria com essa miséria humana.

Certos trechos do fosso da mina eram escuros como uma tumba. Ela pensou na estátua que vira no quarto acima, que tanto parecia um mausoléu. *Será* que túmulos haviam sido perturbados pelos fossos de argila? Talvez os mortos corressem pelos corredores de Allerdale Hall porque, como ela, não havia nenhum outro lugar para eles irem.

Era essa a lápide da mãe deles? Talvez eles a tivessem resgatado. Apesar da aparente aversão de Lucille por Lady Beatrice, a ideia de que seus filhos poderiam ter preservado sua tumba agradava a Edith. Isso significaria que suas infâncias não foram tão horrendas. A dela tinha sido maravilhosa... só não durou muito.

Pelas informações que recolhera, Edith achava que o pai de Lucille e Thomas não estava em Allerdale Hall quando morreu. Não tinha certeza do que havia acontecido com ele, nem tinha perguntado. Agora parecia ridículo querer bisbilhotar. Como se aprender a história da família da qual agora fazia parte — e do pai de seus futuros filhos — fosse uma invasão da privacidade de Thomas.

Bem, agora ela estava ali, e, se isso era uma invasão... que fosse.

Ela reuniu toda a sua coragem e andou até o baú. As sombras se mexeram, enervando-a. Nada ficava parado naquela mansão inquieta.

Edith inseriu a chave na tranca, que abriu com um clique, o som reverberando pelo espaço vasto e gelado.

Ela ergueu a tampa e percebeu que o baú também funcionava como uma mesa de viagem, limpa e organizada, contendo papéis e pastas perfeitamente empilhados. Edith selecionou um pacote e examinou seu conteúdo. Dentro havia uma carta de um banco. Em Milão. Endereçada a um nome que ela reconheceu:

— Enola — murmurou. — Sciotti. — Edith entendeu. — Enola Sharpe. Lady Sharpe. E. Sharpe. E. S.

Ela olhou outra vez a gaveta. Havia três envelopes, cada qual com um carimbo de cancelamento do selo. As datas eram: 1887, 1893, 1896. Ela os pegou. E:

— Um fonógrafo.

Edith se lembrou dos cilindros de cera que encontrara no armário, que não tinha nada além deles, na noite da primeira... assombração. Pronto. Tinha enunciado a palavra — mesmo que sem falar.

Assombração.

Quem queria que ela os encontrasse?

Edith pegou o fonógrafo. Não era pesado como havia esperado, e ficou contente com isso. Ela o pôs de lado e começou a fechar o baú quando...

Tap. Tap. Tap.

Era o mesmo som de antes e causava o mesmo efeito: calafrios percorreram sua espinha, e Edith se preparou para mais uma visita assustadora. Como na primeira vez, o som vinha dos tonéis. Ela baixou o fonógrafo e começou a andar na ponta dos pés pelo chão cheio de poças na direção deles, com a audição atenta, esforçando-se para escutar além das batidas de seu coração que ecoavam em seus ouvidos. Ele saía do último tonel. Assim como os outros, a tampa estava fechada com cadeado.

Quando ela se aproximou, as batidas cessaram.

Edith olhou em volta e viu uma pedra maior. Erguendo-a, bateu-a no cadeado. Uma, duas vezes. Ele se rompeu. Ela o tirou e abriu a tampa.

O tonel estava cheio de argila, fresca e maleável, espessa como mingau. Ao se inclinar por cima dele, Edith acidentalmente deixou a chave cair lá dentro, e ela afundou. Aflita, pensou um instante, e em seguida tirou a blusa e enfiou o braço no líquido, que era mais ralo do que ela imaginava. Assustada, inclinou-se mais, afundando até o ombro, respirando o odor de terra que se alastrava por seu nariz e por sua garganta. O esforço era extenuante, e ela estava ficando nervosa. Seu corpo inteiro formigava; seu rosto estava gelado, mas enrubescido de calor. As batidas no tonel haviam parado quando ela se aproximou; mas e se encontrasse... *algo*...

Edith começou a ficar sem coragem. Mesmo assim, precisava recuperar a chave. Se Lucille soubesse que ela a pegara...

O quê?, pensou ela, num desafio. *Eu sou a senhora desta casa. Por direito, todas as chaves me pertencem.*

Mesmo assim, ela precisou de toda a sua coragem para continuar procurando. E se alguma coisa a agarrasse e a puxasse para dentro? Ou viesse por trás dela e a empurrasse...

Pronto.

Seus dedos envolveram o que devia ser a chave. Ela tirou o braço da argila. Abrindo a mão, fitou a palma aberta. Sim. Era a chave.

Seguindo o som da água pingando, Edith descobriu um cano quebrado e se lavou com vontade. Era difícil tirar a argila dos dentes da chave, porém conseguiu. Examinou-se, pegou de novo o fonógrafo, e correu para o elevador. A alavanca resistia, mas ela subiu.

A noiva não viu o esqueleto distorcido que flutuava para a boca do tonel aberto. Ossos vermelhos como sangue. Mandíbula escancarada, contorcida num ganido sem som. Olhos vazios encarando, perscrutando. Flutuava sobre lembranças e horrores.

Flutuava só com a vontade.
Tap, tap, tap.
Como as teclas de uma máquina de escrever.

Thomas havia chamado Lucille ali fora para dividir sua alegria. Agora, ali estava ela, tão nervosa e empolgada quanto ele. A sorte deles dependia do sucesso da colheitadeira, e a máquina passara a fazer menos barulho depois que Thomas fez ajustes e a trouxe à vida. Era esse, porém, o verdadeiro teste — ver se ela ligaria e funcionaria sem ajustes constantes.

Enquanto Lucille olhava, Thomas mandou Finlay reiniciar a máquina. O carvão queimava; a água fervia; a pressão do vapor fazia tudo funcionar. Os vários componentes do motor se moviam com a precisão de um autômato; a corrente da colheitadeira que levava os baldes subia e descia com perfeição. Era um objeto de verdadeira beleza, e os componentes mecânicos reluziam sob o sol fraco de inverno.

O júbilo de Thomas não tinha limites.

— Eu sabia! Eu sabia! — gritava ele. — Conseguimos! Podemos reabrir a fábrica na primavera! Podemos recomeçar. Lucille! *Podemos recomeçar!*

Thomas percebia que ela estava sinceramente comovida quando lhe deu um abraço apertado. Depois de todas as dificuldades, de todas as decepções, agora havia vitória, orgulho... Ele *não* era um fracassado.

— Ah, se ao menos Edith pudesse ver — falou ele. As palavras saíram de sua boca antes que percebesse o que dizia.

Lucille se afastou. Ela olhou para o irmão sem acreditar.

— Edith? — A voz dela tremia. — *Eu* fiz isso com você. Por você. *Eu* fiz!

Ele a envolveu nos braços outra vez, tentando recuperar o momento, voltar atrás. Mencionar Edith naquele momento que a vida deles estava mudando fora algo idiota. Em nenhum momento, mas nenhum mesmo, ele teve a intenção de ferir Lucille.

Nem Edith, pensou ele, ensandecido, entrando em pânico. *Nenhuma das duas.*

— Claro que fizemos — apaziguou ele. — Fizemos isso juntos. Só nós.

— Lady Sharpe — disse Finlay. — Precisamos de mais carvão para testar o motor a vapor.

Edith agora é Lady Sharpe, pensou ele, mas esse pensamento também era melhor não ser revelado.

— Você se importa? — pediu Thomas à irmã, que, como senhora de Allerdale Hall por todos esses longos anos, mantinha um controle cerrado de suas provisões. — De nos dar um pouco mais de carvão? — Thomas se perguntava se Edith havia notado que o único cômodo da casa regularmente aquecido era o quarto deles.

Rigidamente, Lucille pegou o chaveiro, ferida, a incerteza evidente em seus movimentos. Ela olhou para baixo a fim de selecionar a chave da caixa de carvão. Ficou boquiaberta, e, sem dizer mais uma palavra, correu em direção à casa.

A coisa observava os olhos da irmã se arregalarem de horror. Observava-a disparar para longe do irmão e correr para a casa. A coisa sabia o que ela sabia: que faltava uma chave. Que alguém a pegara. E, enquanto a irmã corria para confrontar a culpada — pois quem mais poderia pegar a chave? —, a ladrazinha inocente saía do elevador e dava alguns passos. Foi só então que ela percebeu que suas botas estavam cobertas de argila vermelha. Enquanto a irmã gritava "Edith, Edith, Edith!" de algum lugar distante da casa, ela as tirava com as mãos tremendo e as carregava, junto do fonógrafo de E. S., pelo corredor, rumo a seu quarto.

A irmã se precipitava escada acima. Ela estava furiosa, fora de si, em pânico.

A noiva singrou para o quarto nupcial, escondeu as botas e o fonógrafo embaixo do canapé e se deitou nele cobrindo as roupas com um lençol. Ela fechou os olhos, fingindo estar dormindo, mas a coisa conseguia ver o peito dela se erguendo, seus braços tremendo.

Então ela disse, meio grogue:

— Aqui.

A irmã entrou no quarto, lutando para recuperar o fôlego sem deixar transparecer que esteve correndo. Uma seriedade nascida da astúcia sobrepujou a violência de sua expressão.

— Eu queria pedir desculpas pela maneira como agi hoje de manhã — disse a irmã, como se seu único interesse fosse a paz entre as duas. E, em seguida, perguntou: — Querida, você está se sentindo bem?

Igualmente dotada para o teatro, a noiva gemeu e se virou, débil. A irmã pousou o chaveiro e pôs a mão sobre a testa dela, para verificar sua temperatura. Deu uma olhada no documento que o advogado da noiva a mandara assinar.

Ela não tinha assinado.

— Eu estava sentindo um pouco de enjoo — murmurou a noiva. — Só isso. Você se importa de me trazer um pouco de água gelada?

— Claro, claro — respondeu a irmã. Uma atriz consumada.

Deixando deliberadamente as chaves no quarto, ela foi até a cozinha para bombear um pouco de água. Seu rosto estava lúgubre, inflexível.

A noiva então colocou a chave de volta no chaveiro, e se reacomodou no canapé.

A irmã voltou com a água. Entregando-a à nova esposa do marido, ela disse com delicadeza:

— Vou deixar você descansar. Logo vai se sentir melhor.

Depois, ela pegou as chaves. Uma rápida olhada revelou que a chave com o nome ENOLA tinha reaparecido.

Que a noiva a devolvera furtivamente.

Que havia pedacinhos de argila vermelha no piso do elevador.

E que a irmã *sabia*.

* * *

A noite caíra no dia do maior triunfo de Thomas, e ele tinha ido ao quarto de Lucille para discutir tudo que havia acontecido naquela grande ocasião. O quarto da irmã era um viveiro com suas colônias de insetos vivos e uma cripta para os muitos infelizes que ela escolhera matar e exibir. Vastas fileiras de ferramentas, pregos e facas se estendiam por quase todas as superfícies planas, e armários de vidro continham quinquilharias bizarras, como uma cabeça encolhida de Bornéu, um boneco vodu da cidade americana de Nova Orleans e fetos de animais disformes suspensos em formol. A cama de Lucille, porém, permanecia livre de suas inclinações bizarras e estava sempre limpa e perfumosa. Ela guardava as melhores roupas de cama que jamais passaram por Allerdale Hall e as borrifava com ervas para mantê-las perfumadas.

A irmã dele alimentava todas as suas paixões idiossincráticas.

Naquele momento, ela encarava Thomas enquanto conversavam. A animação de Lucille naquela noite não era habitual, ela estava agitada como ficava antigamente, do jeito ruim, mas, quando ele lhe perguntava o que havia de errado, ela não dizia. Os olhos de Lucille cintilavam com carência e pavor, e Thomas se lembrava de tudo que ela fizera por ele. Do que ela tinha suportado por ele. Precisava permanecer ali por ela. Era o pacto deles.

— Só para mim, Thomas — disse ela. — Diga que me ama.

Ele a fitou.

— Algazarra e alvoroço — começou, e ela sentou-se, deliciada.

Algazarra e alvoroço,
o gatinho foi pro fosso.
Mas quem pôs o coitadinho?
Esse foi o João Magrinho.
Quem tirou o coitadinho?
Esse foi o Zé Gordinho.
Que menino mais malvado,
Fazer mal a um coitado,
bicho bom e companheiro,
mata os ratos do celeiro.

Esses rituais deles pareciam *esquisitos* agora. Ao longo do tempo, passando juntos quase todas as horas de vigília até... bem, até não passarem mais, eles criaram seus próprios ritos e cerimônias, sonharam outras vidas: com festas, com amigos e com o Natal. Durante os tempos difíceis, eles fizeram de tudo para confortar um ao outro, para manter a sanidade um do outro.

Ele não tinha mais certeza se isso havia funcionado.

Thomas estendeu as mãos e ela deslizou para seu abraço enquanto ele a conduzia numa valsa. Chopin pairava em sua memória, e ele se viu outra vez pensando em Buffalo. Era tão diferente daqui. Não era tão frio, nem tão escuro, nem tão morto.

Por que tirei Edith daquilo tudo? Por que fui adiante?

Ele fazia sua bela irmã de madeixas escuras rodopiar pelo sótão, dando voltas enquanto mariposas revoavam em torno deles. Suas fadas negras, como ela costumava chamá-las. Lucille tinha cultivado gerações de mariposas a fim de lhes dar a mesma tez de fuligem dos corvos.

Lucille olhava nos olhos dele, e Thomas conseguia sentir que ela urdia seu feitiço ao seu redor. Que idade ele tinha quando se entregara pela primeira vez? Ela possuía uma força de vontade incrível, muito maior que a dele. Isso era tanto uma bênção quanto uma maldição. Lucille os mantivera vivos. Agora começariam a prosperar. Ela havia arquitetado o plano e, afora alguns percalços, ele estava correndo bem.

Eles dançavam. Lucille era sua parceira perfeita. Quando dançavam, a vela que eles segurassem juntos nunca se apagava.

Um-dois-três, um-dois-três...

Na escuridão, uma *danse macabre*.

CAPÍTULO 20

NO OCEANO ATLÂNTICO

Alan usava um casaco de pele de castor pesado por cima de suas roupas de noite e estava de cartola na amurada do transatlântico. O jantar magnífico havia terminado, mas, na verdade, ele não tinha comido muito. Estava se mostrando uma péssima companhia para as refeições, disso estava certo: circunspecto, cismado, taciturno. Uma jovem senhorita e sua mãe estavam à caça de um marido adequado, e ele tinha certeza de que fora riscado da lista na noite anterior. Mesmo que tivesse conseguido encantá-las, a óbvia decepção das duas ao saber de sua profissão havia beirado o cômico.

Alguns dos homens da primeira classe estavam se reunindo para tomar vinho do Porto e fumar charutos no *fumoir*, mas ele não tinha estômago para conversa e estava muito cansado. Desde o embarque, na noite anterior, o tempo adquirira uma nova urgência:

tendo determinado que talvez nem tudo estivesse bem com Edith, ele não podia esperar para estar ao lado dela.

Alan olhava para a água escura correndo bem abaixo, recordando sua primeira viagem à Inglaterra, para fazer faculdade de medicina. Na volta para casa ele meditara sobre a natureza das visões e estudara algumas das fotografias de arrepiar os cabelos que tinha comprado de um colega de classe. Os médiuns realizavam sessões por toda a Inglaterra — e muitos deles eram denunciados como impostores. As pessoas queriam desesperadamente acreditar na vida após a morte, em que seus amados continuavam a existir.

Porém, aquilo que havia conversado com Edith era diferente. Não tinha tanto a ver com a permanência de sua existência, mas sim com a de sua *expressão*. Uma emoção, uma presença, continuamente repetida, mas despercebida pela maioria até que alguém com os meios mecânicos ou orgânicos tomasse ciência dela. Emanações reluzentes de ectoplasma também significavam esse tipo de manifestação. Ele também vira imagens desses fenômenos. Porém, um espírito com volição e propósito era uma entidade completamente distinta, não era?

O ar ártico pinicava o rosto. Enquanto se distraía sem pensar com a parte de trás das luvas, Alan sentiu o aroma de fumaça de charuto na brisa gélida.

— Tem tanta coisa abaixo da superfície — disse uma voz áspera perto de seu ombro.

O sotaque britânico pertencia a um distinto cavalheiro talvez dez anos mais velho que ele, também trajando um casaco de pele, com um chapéu em estilo cossaco enorme que cobria sua cabeça. Dava para notar que ele tinha um tórax largo por baixo do sobretudo, com bochechas coradas e uma barba pontuda grisalha. O homem fez um gesto para uma grande montanha de gelo flutuando na água. Ela parecia perigosamente próxima, mas eles passaram por várias naquela noite, mais ou menos a mesma distância.

Alan ergueu a cartola, mas não disse nada. O homem definitivamente recendia a conhaque.

— ... do iceberg — continuou seu companheiro de viagem. — Estima-se que aquilo que vemos acima da superfície seja um décimo da massa do iceberg. Tem mais noventa por cento abaixo da linha d'água, estendendo-se por todas as direções.

Quando o homem deu uma baforada em seu espesso charuto, lágrimas se acumularam em seus olhos — por causa do ar frio ou da fumaça? Ou será que ele estava embriagado com a bebida?

— Tenho certeza de que estamos navegando perto demais — confidenciou ele, nervoso. — Se rasparmos no iceberg, ele vai abrir um buraco no casco. — Apoiando-se na amurada, ele baixou os olhos para o mar negro e oleoso e estremeceu. — Que lugar terrível para morrer.

— Mas com certeza o capitão sabe o que faz — retorquiu Alan, desejando acalmar o coitado.

O homem resmungou.

— Só espero que Deus saiba. — Colocou a mão dentro do casaco e puxou um frasco prateado. Desenroscando a tampa, ele a ofereceu a Alan. — Conhaque Napoléon. O melhor.

— Obrigado senhor, mas devo recusar — objetou Alan. — Esta é uma experiência única, e não quero que meus sentidos estejam embotados.

— É só assim que consigo aguentar. — O homem bebeu um gole e manteve o frasco aberto na mão. — Meu Deus do céu, tem mais desses malditos icebergs à frente.

De fato, uma família inteira deles, grandes e pequenos, reluzia ao luar. Conduzir o navio em segurança entre os icebergs seria um desafio singular. Estava claro pela expressão do cavalheiro que ele estava começando a entrar em pânico. Alan decidiu distraí-lo o máximo que podia.

Ele estendeu a mão.

— Meu nome é Alan McMichael. Correndo o risco de soar condescendente, já cruzei o Atlântico nesta época do ano, e tudo terminou bem.

— Entendo. — O homem conseguiu dar um leve sorriso e inclinou a cabeça como que reconhecendo a gentileza de Alan. — Meu nome é Reginald Desange. — Sua expressão não se alterou enquanto ele observava os icebergs.

— O senhor termina a viagem em Southampton? — inquiriu Alan, tentando outra vez reatar a conversa.

— Tenho negócios em Londres — respondeu Desange, afastando o olhar do horizonte e olhando diretamente para Alan pela primeira vez. — E o senhor?

— Estou indo a Cumberland — respondeu Alan, e o homem fez um esgar.

— O clima no norte da Inglaterra é assustador nesta época do ano. O termo ideal é "horripilante".

Alan sorriu, resignado.

— E mesmo assim eu preciso ir.

— Seria rude de minha parte perguntar o que o senhor vai fazer lá?

Era um pouco ousado, mas Alan percebia que a distração estava fazendo o homem ficar mais calmo, e, para dizer a verdade, ele próprio também apreciaria um pouco de distração. Alan se permitiu pensar por um instante em Edith e em todos os seus lindos livros e sonhos.

— Bem, eu sou Sir Galahad, e jurei resgatar uma dama em apuros. — Ele deu de ombros, envergonhado de sua tentativa poética. Era um homem de ciência, não um autor imaginativo como Edith.

— Em Cumberland? — O homem parecia incrédulo.

— Sim.

— Lá o senhor não vai achar nenhum castelo. Mas acho que li sobre algumas ruínas romanas. Mineração, algo assim. Existe uma mina antiga naquela região...

Alan assentiu.

— De fato, meu destino está relacionado à mineração de argila.

O homem ergueu uma sobrancelha.

— Agora me lembro. Algumas ânforas de vinho no Museu Britânico, muito vermelhas, foram doadas pela família que hoje é dona de uma mina moderna que fica bem ao lado da mina romana.

Ele olhou de relance para Alan, que percebeu que não deveria falar mais por temer revelar a identidade da senhora em questão. Não queria causar um escândalo.

— Que interessante — disse ele, insipidamente.

O inglês percebeu que Alan encerrara seus pronunciamentos sobre o assunto. Colocou o frasco de volta no bolso e deu uma batidinha de leve na amurada com a mão enluvada.

— Bem, Sir Galahad, desejo-lhe sorte em sua demanda. E o exorto a se agasalhar bem para sua jornada ao norte.

— Obrigado pelo conselho — respondeu Alan. — Certamente vou segui-lo.

O homem inclinou a cabeça.

— O senhor é uma pessoa razoável. Por que não vem comigo beber um drinque de verdade no Grande Salão?

O ar noturno estava cortante, e Alan sentiu que obtivera uma vitória ao aliviar a forte ansiedade daquele homem. Apesar de não ter certeza de que mais conhaque faria bem a seu novo companheiro, Alan disse:

— Eu ficaria honrado, Sr. Desange.

CAPÍTULO 21

EDITH AGUARDAVA, COM o coração na mão, que Thomas viesse para a cama e logo adormecesse. Seu cachorro estava inquieto, ficava mudando de lugar, acordando-a sem perceber algumas vezes quando ela começava a pegar no sono. Seu estômago se revirava e sua dor de cabeça tinha piorado. Seus olhos coçavam e sua boca estava seca como algodão.

Acreditava que ele estivesse na oficina no sótão, mexendo em seus modelos de mineração. Era difícil para Edith estimar a que horas Thomas viria para o quarto, mas e daí? Ela não era prisioneira. Podia ir e vir como quisesse.

Assim, ela se esgueirou para fora da cama, pegou a caixa do fonógrafo e foi para o corredor. Esfregando os braços para afastar o frio, olhou temerosamente para cima e para o outro lado do longo e elaborado corredor com seus arcos com mainéis. A luz da lua tingia o ar de um azul desolador. As mariposas que se empoleiravam nas paredes eram na verdade sombras no papel. Edith quase enxergava rostos humanos, e até letras formando palavras que ela não conseguia distinguir bem.

Era ali o elevador? Era melhor ela começar a trabalhar ou perderia a oportunidade. Cautelosamente, aproximou-se do armário de roupas de cama e encarou a porta por um bom minuto antes de reunir coragem para abri-la. A caixa de cilindros de cera ainda estava ali dentro. Edith agora aceitava a possibilidade de que havia recebido uma orientação sobrenatural para encontrá-los. Com que propósito, ainda não estava claro. Ela também tinha passado a acreditar que nem Thomas nem Lucille conseguiam ver esses fantasmas ou espíritos ou o que quer que fossem. Os dois não faziam ideia de que eles estavam ali.

A menos que Lucille seja melhor atriz do que eu suponho. Ela certamente não consegue esconder o fato de que me vê como uma intrusa.

Edith pegou os cilindros e foi pé ante pé até a cozinha. Com cada barulho, cada alteração e cada rangido da casa, seu estômago dolorido tinha um espasmo. Poderia haver algo ali com ela. Alguma coisa que poderia estar atrás dela, ou escondida debaixo da mesa.

Sob a luz do luar, ela arrumou os cilindros para serem tocados pelo fonógrafo e examinou o punhado de envelopes tirados do baú com suas letras desbotadas:

Pamela Upton, Londres, 1887. Margaret McDermott, Edimburgo, 1893. Enola Sciotti, Milão, 1896.

A memória dela voltou ao primeiro e fatídico encontro com Thomas. Carter Cushing tinha olhado diretamente para ele e falado: "O senhor já tentou, sem sucesso, levantar capital em Londres, em Edimburgo e em Milão..."

Sua garganta se contraiu, e ela quase perdeu as forças, mas colocou a agulha no cilindro e ouviu:

— Não aguento mais. — Quem falava era uma mulher com sotaque italiano. — *Sou uma prisioneira. Se pudesse abandoná-lo, eu abandonava. Se conseguisse parar de amá-lo, eu parava. Ele vai acabar comigo. Calma, calma...*

E então, quando a gravação cheia de chiados terminava, vinha o arrulhar e os queixumes de um bebê. Ela piscou, atordoada.

Não vi bebê nenhum aqui. Aquelas coisas no sótão... Achei que eram de Thomas e de Lucille. Mas será que outra criança morou aqui? Edith olhou de novo a data. *Teria 4 anos agora.*

Ela pensou na bola de borracha vermelha. Poderia ter pertencido a uma criança, não a um cachorro. Isso faria mais sentido, porque os Sharpes não eram proprietários de um cachorro.

Naquele dia, na banheira, quando ela e o cachorro brincaram de bola, e a bola tinha voltado sozinha... e ela ouvira algo no quarto... *Será que era uma criança?*

Talvez houvesse algo de errado. Algo de errado com *a criança*. Talvez fosse a mãe quem estivesse falando, e a criança fosse tão doente ou deformada que a mãe ficava ao lado dela em vez de abandoná-la. Talvez ela tivesse morrido e deixado a criança sozinha aqui, e Lucille tivesse escondido esse fato de Thomas.

Ou talvez Thomas saiba. E se esses autômatos que ele fez são para uma criança, e não para Lucille quando ela era pequena?

Um tanto trêmula, Edith tirou o cilindro da agulha e colocou outro. Depois outro, e ainda um quarto. E, quando terminou...

Não.

... tudo em seu coração e em sua alma parou ao menos por um minuto inteiro. Edith simplesmente não podia acreditar no que ouvira. Não que não quisesse. Ela não era capaz.

Era uma vez...

Era um conto de fadas maligno. Como o Barba Azul, com seu castelo assombrado e o único quarto em que sua esposa era proibida de entrar.

O quarto com a chave proibida. Thomas lhe dissera que nunca entrasse no fosso da mina de argila.

O baú de Enola Sciotti estava naquele fosso.

Era uma vez:

Ali viveram três mulheres. A primeira se chamava Pamela, a segunda Margaret e a terceira Enola. Elas não se conheceram. Cada uma delas havia se apaixonado por Sir Thomas Sharpe e largado tudo para se mudar para Allerdale Hall e ser sua esposa.

Como eu, pensou Edith.

E todas foram felicíssimas no começo, muito amadas. Em seguida, ficaram doentes. Foram ficando cada vez mais débeis, sem conseguir sair de Allerdale Hall. Sofreram terrivelmente. Choraram. Amaldiçoaram o nome de Thomas. Tentaram alertar outras com essas gravações... ou ao menos deixar uma marca no mundo: *Eu estive aqui. Eu fui assassinada.*

Ah, meu Deus, pensou Edith. Ela começou a tremer da cabeça aos pés. Seu coração ribombava; sua cabeça latejava. Uma sensação semelhante a pregos afiados se movendo por suas veias percorria seu corpo. O medo gélido e o temor mais profundo que jamais conhecera a envolveram com braços invisíveis e a levaram para o interior daquele cômodo escuro e maligno em que não era para ela entrar. Isso não podia estar certo. Não poderia ser este o segredo de Allerdale Hall que essas aparições de ossos vermelhos queriam que ela visse.

Não podia ser, porque era horrível demais.

Não Thomas.

Tremendo, Edith foi passando as fotos empilhadas que havia encontrado nos envelopes e as relacionou com as vozes nos cilindros. Todas traziam Thomas e uma das três mulheres, sorrindo orgulhosamente.

Pamela Upton, de 1887, era magra e estava sentada numa cadeira de rodas com uma xícara de chá na mão. Edith sentiu um espasmo ao examinar a cadeira. Não era a que ela tinha visto na ala das crianças no sótão?

A foto de Margaret McDermott era datada de 1893. Ela era um pouco mais velha que Pamela, e um pouco mais velha que Thomas, que estava ao lado dela. Margaret já estava ficando grisalha, mas era aquilo que se pode chamar de "bem-apessoada", num chapéu de palha. Ela segurava uma xícara de chá.

Espere, pensou. Ela voltou à foto de Pamela Upton. Ela também estava tomando chá. Na mesma xícara?

Sim.

E era a mesma xícara que Lucille usava para lhe servir o chá.

Edith sentiu um aperto extremamente forte na garganta. Estava à beira de explodir em gritos; com sua absoluta força de vontade, sentou-se na cadeira e viu a cunhada naquela mesma cozinha manuseando a chaleira. Viu as folhas de chá na infusão no bule. Viu a xícara na bandeja que lhe foi servida.

Tudo naquele dia, no primeiro dia, quando Thomas lhe falou das frutinhas de espinheiro-ardente. E insistiu para que ela tomasse o chá. E ficara longe dela, afirmando respeitar seu luto, quando na realidade ele não queria fazer amor com uma morta.

Não, eu tenho de estar errada. Estou só cansada e assustada.

— Eles colocam veneno no chá — sussurrou ela nitidamente, forçando-se a encarar isso, a acreditar nisso. No chá *dela*.

Seu estômago se contraiu fortemente. Edith sentiu o amargor no fundo da boca e o odor da bebida queimou seu nariz quando ela absorveu o horror repulsivo daquilo; fora assassinada. Não conseguia contar as muitas xícaras que consumira desde que havia chegado a Allerdale Hall. Edith recordava agora com clareza acachapante a maneira como, quando havia feito sanduíches para ela e para Thomas, ele perguntara qual lata de folhas havia usado — a azul ou a vermelha? Lembrava-se de sua expressão cautelosa, que obviamente mascarava o temor real diante da perspectiva de beber uma única xícara. Ele próprio já servira uma xícara para ela? Será que havia bebido sua morte deliberadamente preparada por ele?

Ela se forçou a passar para a foto seguinte. Pela data, sabia que aquela era Enola Sciotti. Também com chá... e ao seu lado estava o lindo cachorrinho que agora pertencia a ela, Edith.

Edith se lembrou do que Lucille dissera assim que chegaram à Allerdale Hall depois do casamento: *O que essa coisa está fazendo aqui?* Eles fingiram não o reconhecer. Mas achavam que tinha morrido. Que todos os indícios da italiana... da *esposa* italiana... haviam sido apagados.

Thomas o soltara na charneca, esperando que a natureza seguisse seu rumo. Ele não havia se importado nem um pouquinho que o cão morresse de fome, ou caísse de uma ravina, ou se afogasse num rio gélido. Aquele doce cãozinho viera a ela magro e semicongelado. *E Thomas tinha deixado isso acontecer.*

Mais nervosa, ela se obrigou a ver a foto seguinte:

Enola.

Segurando um bebê recém-nascido.

Tinha de ser o bebê da gravação, aquele que Enola havia acalmado enquanto ele chorava. Mas não havia nenhuma criança de 4 anos escondida nesta mansão enorme, havia?

Existem lugares da casa que não são seguros. Lucille dissera isso. Que não eram seguras para quem?

Não, pelo amor de Deus, pensou Edith, e o ambiente em torno começou a girar. *Todos os indícios apagados... Eles não fariam uma coisa dessas.*

Mas fariam.

E fizeram.

Fizeram.

A última foto era do bebê sozinho.

E claramente morto.

Seus olhinhos fechados, a boca flácida, as bochechas pálidas.

Edith engasgou, tossiu. Uma gota de sangue escapou de seus lábios e atingiu a imagem do bebê. Por um instante seu terror foi grande demais para que fizesse qualquer coisa. Ela não conseguia pensar nem se mexer. A mente de Edith simplesmente se recusava a ligar os pontos do que sua alma sabia. O que eles tinham *feito...*

Tentou sentir alguma esperança; recordou a si mesma que eles não foram capazes de matar um cachorrinho, mas...

Aquelas eram, a seu modo, gravações espectrais, imagens espectrais. Imagens de além-túmulo, contando-lhe suas histórias.

Dizendo-lhe para ter cuidado com a Colina Escarlate.

— Não posso mais ficar aqui — disse ela em voz alta, para forçar seu caminho de volta ao mundo dos pensamentos. — Não posso.

Carregada de energia, ela guardou os envelopes na caixa do fonógrafo e escondeu tudo num armário. Então pegou seu casaco no cabide e o colocou sobre a camisola. Engolindo a histeria com soluços, lutando contra um pânico avassalador, Edith foi aos solavancos até a porta da frente e a abriu.

A neve se acumulara muito alto na porta. Pelo menos meio metro. Ela cambaleou ao sair, engolindo o medo, tão anestesiada que não sentia o frio. Mas, ao se aventurar ali fora, o luar refletiu na neve, e Edith tropeçou, em choque.

A neve estava de um vermelho vivo, estendendo-se até o portão; aquela casa de loucos estava cercada por um anel escarlate, como um fosso de sangue fresco.

O círculo vermelho se estendia ao longe, e ela se sentia muito mal — muito *envenenada* — para se arriscar ali. Estava presa. Era como Lucille dissera: ela não tinha mais lugar nenhum para onde ir. Lugar nenhum, e eles iam matá-la, exatamente como as outras.

Thomas, pensou ela, *ajude-me*. Seu campo de visão foi preenchido pelos profundos olhos azuis dele, tantas vezes tristes, assombrados. Será que ele nunca a havia amado?

Não acredito nisso. Não acredito, pensou. Aquela noite, no depósito, quando eles conversaram sobre uma nova vida...

Quando fizemos amor. Era amor. Era. Era. Ele me amou. Ainda me ama. Mas que importância isso tinha? Era um assassino. E ia matá-la.

Edith se lembrou da noite em que eles dançaram. Thomas tinha ido aos Estados Unidos por causa de Eunice, não dela. Por que mudara de ideia?

Alan, pensou ela. *Alan, me ajude*. Ele lhe dissera que agisse com cautela. Teria sido ainda mais incisivo com a irmã, e a possibilidade de ter interferido sem dúvida havia poupado Eunice de um destino infernal.

Cuidado com a Colina Escarlate. A mãe voltara do túmulo para avisá-la. Agora ela sabia. E não tinha dado ouvidos.

Porque não *sabia*.

Edith se afastou da porta, curvando-se num acesso de tosse. Ela expeliu sangue, vermelho como a neve. Como se a própria Allerdale Hall estivesse envenenada, jorrando, numa hemorragia, seu sangue vital debaixo de uma lua fria e indiferente.

— Ah, não, não... — implorou ela.

Precisava ir embora. Precisava fugir. Precisava sair dali.

Porém, em vez disso, ela desmaiou naquele instante.

LIVRO TRÊS

A COLINA
ESCARLATE

"Tudo o que vemos e que parecemos não passa de um sonho dentro de um sonho."

— EDGAR ALLAN POE

CAPÍTULO 22

Uma luz amarela se derramava sobre o rosto de Edith, e ela abriu os olhos para a derrota. Estava de volta ao quarto que dividia com Thomas, enfurnada debaixo de cobertores que envolviam suas pernas com firmeza. Lucille estava ali, esperando, segurando uma bandeja de café da manhã. Quando viu que Edith tinha acordado, sorriu, plena de uma doce preocupação.

— Edith? — disse ela, com alegria. — Edith! Querida! Encontramos você perto da porta. Você está melhor?

Mal, muito mal. E em perigo mortal. Edith tentou se levantar. O quarto balançava insanamente. Mesmo em seu estado semidelirante, sabia que não podia revelar nada. Sua vida dependia da ignorância deles. Ela ainda não assinara o documento que transferia sua fortuna, e precisava fazê-los acreditar que tinha essa intenção. Eles precisavam mantê-la saudável o bastante para segurar uma caneta e rabiscar sua assinatura. Para escrever a Ferguson e lhe dizer para entregar a Thomas cada centavo que estava em seu nome.

E *então* eles a matariam.

Mesmo assim, a náusea extrema e as cólicas superavam sua capacidade de sofrer em silêncio.

— Preciso ir à cidade... falar com um médico — declarou ela, com a voz arrastada.

— Claro, claro — acalmou-a Lucille. — Mas temo que a neve nos tenha deixado isolados. Talvez amanhã ou depois.

Lucille se sentou e lhe estendeu uma colherada de mingau, tentando Edith como se faria com uma criança.

Aquele bebê, aquele pobre bebê, pensou Edith, e meneou a cabeça. Ela não vira as fotos de um bebê noite passada? Sua mente estava embotada. Confusa. Tão exausta. Precisava ir embora dali.

Para longe da Colina Escarlate.

Preciso me recompor. Preciso conseguir pensar com clareza. O coração dela batia num ritmo irregular, e temeu sofrer um ataque cardíaco.

— Agora você precisa comer, querida. Precisa ficar mais forte. — Lucille tentou dar um pouco de mingau a Edith de novo. — Eu cuidava de mamãe nesta cama. Também posso cuidar de você, meu bichinho.

Edith ouviu, mas não fez nenhum movimento de que iria comer. Sem se deixar deter, Lucille deixou a tigela de lado e serviu uma xícara de chá a Edith.

— Você sabia? Papai detestava mamãe. Ele era um bruto. Quebrou a perna dela. Quebrou com um pisão.

Edith ficou boquiaberta, em choque. Ela nunca tinha ouvido falar nada daquilo. Será que Lucille estava inventando? Com que propósito?

— Ela nunca ficou exatamente curada. Ficou de cama muito tempo. Eu cuidava dela. Dava comida. Dava banho. Penteava os cabelos. Eu a deixei melhor. Vou fazer igual com você. Vou deixar você melhor.

Mantenha a calma, recordou Edith a si mesma. Mas ela estava com ainda mais medo. O legado dos Sharpes incluía uma violência e uma loucura profundas com as quais ela jamais sonhara. Se o que Lucille acabara de lhe dizer era verdade, não admirava que os mortos vagassem pelos corredores e que o chão sangrasse.

Lucille estava prestes a dizer mais alguma coisa quando Thomas entrou no quarto empurrando uma cadeira de rodas de vime. Edith ficou de cabelo em pé. Era *aquela* a cadeira de rodas em que Pamela Upton estava sentada na foto. Com Thomas. Segurando a mesma xícara que Lucille usara para lhe preparar várias xícaras de chá de espinheiro-ardente. Inúmeras xícaras. Queimando suas vísceras, torturando-a, matando-a.

— O que é isso? — perguntou Edith, com a voz esganiçada.

— É só para ajudar você a se locomover — respondeu ele, falsamente alegre. Mas Thomas não conseguia convencer. Seu sorriso não chegava aos olhos, e ele hesitava. Voltou-se para a irmã. — Vou cuidar de Edith — avisou ele. — Pode deixar tudo aqui.

Lucille lhe lançou um olhar de desafio, mas ele se manteve inabalável. Ela recuou, levantando-se e dando um beijinho amoroso na testa de Edith enquanto colocava a xícara mortal entre as mãos dela.

— Logo você sai desta cama — arrulhou Lucille. — Eu garanto.

Ela se retirou imponentemente do quarto. Quando Thomas se sentou, ele tirou o chá das mãos de Edith.

— Não beba isso.

A esperança cresceu dentro dela como os ventos congelantes que impulsionavam o ar pelas chaminés e faziam Allerdale Hall respirar. Thomas não queria lhe fazer mal. Por isso, ele iria poupá-la. Iria. Mas estava se sentindo tão *mal*...

E talvez fosse por essa razão que ele havia tirado o chá dela. Não porque hesitasse, mas para impedir que ela morresse antes de transferir o dinheiro.

Mesmo assim, ele lhe deu o mingau muito delicadamente. Com carinho. Um marido amoroso cuidando de sua jovem esposa doente. O mingau era bem doce, com manteiga e açúcar.

— Simplesmente coma — insistiu ele. — Você precisa ficar mais forte.

— Preciso ver um médico — rogou ela.

Uma sombra atravessou o rosto dele, e em seguida seus olhos se iluminaram. Thomas parecia... transformado. Como se um peso terrível tivesse acabado de ser retirado de seus ombros. Tudo nela esperava. Tudo rezava, até as unhas e os cílios.

— Finlay vai passar o inverno fora, mas eu vou abrir um caminho até a estrada principal. Para levar você à cidade.

Ah, obrigada, meu Deus, obrigada, meu Deus, pensou ela, num impulso rápido. *Thomas, continue me amando. Salve-me.*

— Sim, sim — disse ela com ansiedade, quase ensandecida em seu desespero. — Eu gostaria muito de ir. Só nós. Sozinhos.

Ele lhe deu outra colherada de mingau. E logo seu rosto se alterou de novo; Edith sentiu um medo terrível de tê-lo entendido mal... ou de que ele tivesse mudado de ideia.

— Thomas? — Ela lutava para manter o terror longe da voz. — O que foi?

— Essas aparições de que você falou — começou ele. Fez uma pausa. — Há algum tempo eu sinto a presença delas.

Edith o encarou, atônita.

— Mesmo?

Thomas inclinou a cabeça.

— No começo, no canto do olho. Furtivas, quase tímidas. Então comecei a senti-las. Figuras, de pé num canto escuro. E agora consigo senti-las, movendo-se e arrastando-se pela casa, observando-me. Prontas para se mostrar.

— Chegou a hora. Elas querem que você as veja — afirmou Edith. — Mas por quê? Quem são elas, Thomas?

Ele parecia olhar para algum lugar que ela não conseguia ver. Será que estava repassando sua vida com cada uma das mulheres que não tinha salvado? Que havia assassinado? Eram elas as aparições? Mas e o fantasma da mãe dele? Tão maligna, urrando para que Edith fosse embora?

— Elas estão ligadas a esta terra. A esta casa. Assim como eu — respondeu ele. — No devido tempo, vou contar tudo. Agora coma. Fique boa. Você precisa sair deste lugar maldito assim que puder.

Edith não sabia por que ele decidira salvá-la. Não sabia o que isso significava nem como iam resolver. Mas ela faria exatamente o que Thomas tinha pedido: comeria, melhoraria e iria embora. Mesmo que lhe custasse muito, porque estava muito mal, ela se obrigou a comer o mingau doce demais.

E Edith se forçou a não cair no choro enquanto seu estômago se comprimia e seu abdômen queimava.

A mão de Thomas tremia ao alimentar Edith, que parecia não reparar. Ela estava em péssimas condições. Quase morrera congelada na neve, e sua boca estava manchada de sangue. O veneno estava fazendo efeito. Ele rezou para que não fosse tarde demais. O fim era sempre atroz. Depois de Pamela, Thomas se habituou a nunca ficar em casa enquanto ocorria o processo. Ele fora cavalgar durante Margaret e tinha ido à cidade durante Enola. Lucille havia ficado com elas. Lucille garantira o resultado.

Depois de Edith comer todo o mingau, Thomas levou a bandeja para a cozinha. Lucille estava lá, andando de um lado para o outro, e ele se perguntava como tiraria Edith de lá sem a irmã saber. Ela o impediria, se pudesse. Eles teriam de preparar um plano cuidadoso.

Como posso fazer isso com Lucille?, pensou ele. *Edith vai contar para o mundo inteiro.*

— Ela sabe de tudo. — Os olhos escuros de Lucille reluziram enquanto ela lavava a xícara com violência. Estava perturbada. Thomas conhecia muito bem os sinais.

— Ela está doente — retrucou Thomas, com urgência. — Pode estar morrendo.

Lucille o encarou como se ele estivesse totalmente fora de si. Ela ficou tão abalada que por um instante seus lábios se moveram, mas nenhuma palavra saiu.

— Claro que ela está morrendo. Eu tomei todos os cuidados para isso — anunciou ela, observando-o como que para garantir que ele conseguia ouvi-la. Então ela prosseguiu rapidamente: — Ela roubou a chave do baú. — Lucille mostrou o chaveiro. — Está vendo? Ela devolveu, mas a chave está do lado errado. Ela também foi ao fosso da mina. E acho que parou de beber o chá.

Lucille enumerava os pecados que atribuía a Edith, ainda que tivesse sido Thomas quem impedira Edith de beber o chá. Ele tinha visto Lucille fazer tudo isso antes, em circunstâncias diferentes. Na época em que ainda tinham empregados, Lucille havia demitido sua aia por rachar uma xícara que ela própria deixara cair. A menina se defendera, insistindo que a senhora *sabia* que fora ela própria quem a havia rachado, e Lucille ainda obrigara a aia a pagar a xícara e *mais* alguns centavos para cobrir o custo do chá perdido como punição por sua insolência. Ela havia até acusado Finlay de não ter consertado as dobradiças da porta de seu quarto, dizendo que ficava abrindo a noite inteira. Ela o tinha "multado" por essa falta e o advertira de que, se isso acontecesse de novo, Thomas o demitiria.

Contudo, Thomas havia observado Finlay trabalhar na porta enquanto os dois conversavam sobre a colheitadeira. Ele devolveu o salário de Finlay, pedindo desculpas.

Thomas nunca questionava Lucille diretamente. Apenas agia sem que ela soubesse. Era isso que ele estava fazendo agora, com Edith. Porém ele nunca levara sua duplicidade a esses extremos.

Lucille voltou a andar de um lado para o outro, mais ligeiro, apertando os punhos.

— Isso não tem a menor importância agora. Coloquei o veneno no mingau. — Em seguida, ela começou a lavar os apetrechos do chá.

O coração dele parou. Por que não tinha considerado isso? Havia chegado a hora, então. Ele precisava dizer algo. Tinha de enfrentá-la.

— Lucille... basta.

Sua coragem quase fraquejou, mas ele foi adiante. Por anos tinha sido seu defensor, seu campeão. Ela suportara os ataques de fúria do pai, os abusos e as humilhações da mãe, tudo para poupá-lo. Lucille os salvara da fome. Fora ela quem o tinha incentivado a modernizar o processo de mineração e quem havia arquitetado o plano de se casar com as herdeiras. Por que não? O pai deles fizera o mesmo.

Os irmãos fizeram um acordo, jurando nunca se separar. E especificaram que matariam qualquer pessoa que tentasse separá-los. Ainda que Thomas tivesse apenas 8 anos quando o juramento foi feito, a lembrança daquele dia nunca o deixou. Essa lembrança o assombrou a vida inteira.

CAPÍTULO 23

ALLERDALE HALL, VINTE E CINCO ANOS ANTES

— Bando de malucos! — urrou Sir James Sharpe para os três homens ensanguentados que se encolhiam diante dele.

Thomas e Lucille se escondiam atrás da cortina da biblioteca, e Thomas espiava seu pai, um homem enorme e forte, assustador como um ogro, entre as frestas. Os cabelos pretos espessos e desgrenhados de Sir James combinavam com suas sobrancelhas. E ele estava usando seu traje de caça — casaco vermelho, calças e botas pretas grossas. Os homens não estavam sangrando, mas cobertos de argila vermelha.

Lucille estava mostrando a Thomas que, quando se curvava as páginas de diversos livros da biblioteca, como se fossem leques, dava para ver as figuras mais indecentes que se podia imaginar. Thomas ficou bastante curioso. Então o pai irrompeu no cômodo, trazendo os mineradores, e Lucille arrastou o irmão para fora de vista.

— Tentem aquecer os fornos com argila! — prosseguiu o pai. Ele batia o cabo do chicote de montaria na bota. *Tap, tap, tap.* — Grisu é um gás que se encontra em minas de carvão. E nas minhas terras não há minas de carvão.

— Mas, sinhô, aconteceu um troço — disse o mais velho dos três. Ele estava inclinado, curvando-se. — Um troço ixpludiu. Tem criança queimada.

— Pelo amor de Deus, homem, fale como gente. — Os *taps* viraram *tuaps* quando ele começou a bater o cabo com mais força na bota de couro.

— Com todo o respeito, Lorde Sharpe — disse o homem. — Foi nossos filhos que queimou, e a gente queria que a Lady Sharpe viesse, ou então quem sabe um médico.

— Como gente! — vociferou o homenzarrão. Seus olhos estavam em chamas. — E Lady Sharpe não vai cuidar dos seus fedelhos! Lady Sharpe é uma cretina, ela está lá em cima entupida de láudano, ela não serve de nada para ninguém, certamente não para mim.

— Então o médico, senhor — disse o homem brandamente. — Eles tão muito mal.

— Meu Deus! — berrou Sir James. — Saiam da minha casa! Vocês fizeram mal a seus filhos por causa da sua própria ignorância e agora querem roubar o meu dinheiro para corrigir o mal que vocês mesmos fizeram. Saiam já daqui, antes que *vocês* precisem de um médico!

Então ele começou a dar chicotadas no velho, que ergueu os braços para proteger a cabeça enquanto os outros dois o tiravam rapidamente dali. Thomas estava ao mesmo tempo horrorizado e empolgado; em sua satisfação, ele sacudiu a cortina — que despencou de uma vez só.

— Mas o que é isso? — gritou o pai.

— Ali embaixo — sussurrou Lucille para Thomas, debaixo dos panos, empurrando-o para uma namoradeira superestofada que repousava sobre pernas longuíssimas. — Agora!

Thomas saiu correndo, bem na hora que os passos pesados do pai se aproximaram. Ele se esgueirou para baixo da namoradeira e ficou espiando. Sir James começou a pegar o tecido cor de damasco e o lançou de volta ao chão quando descobriu Lucille embaixo dele. Ela ergueu o olhar aterrorizada; ele pegou o pulso de Lucille e a colocou de pé com um puxão. Os olhos dela estavam enormes. Seu rosto, de um branco cadavérico.

— O que você está fazendo? Que inferno, o que você...

E então a voz dele foi sumindo. Ele estava recurvado, encarando. Os livros. Ele os vira. Pegou um e o segurou por um instante. Em seguida, virou-se para olhar para Lucille, como se jamais a tivesse visto na vida.

— Sua *vadiazinha*! — exclamou ele, numa voz enérgica e furiosa. — O que deu em você?

Lucille ofegava.

— Desculpe, papai. Eu... Eu... — Ela começou a chorar. — Por favor, não me machuque. Sinto muito, sinto muito.

— Cadê o seu irmão?

— No quarto — respondeu ela rapidamente, sem desviar os olhos para Thomas.

— Ele viu isso?

— Não, não. Ele é um bom menino.

— E você é tão má que nem existem palavras. — O pai ergueu o chicote acima da cabeça. — Repita.

Ela se retraiu.

— Eu sou má — choramingou. — Por favor, papai.

— De novo.

— Eu sou má. — Lágrimas escorriam por seu rosto.

O chicote a acertou em cheio no ombro, e Lucille cedeu. Thomas prendeu a respiração.

Outra chicotada, e ela caiu sobre um joelho. Ele começou a engatinhar para fora e ela lhe lançou um olhar de aviso, dizendo:

— Não!

— *Não*? Você ousa dizer isso ao seu pai?

— Não, papai, quero dizer, eu não ouso!

Ele acertou as mãos dela com o chicote quando Lucille as usou para proteger a cabeça. Ela gritou:

— Por favor, papai!

— Você é tão má quanto a sua mãe. Ela não passa de uma vadia! Repita!

— Ela não passa de uma vagabunda! — gritou Lucille.

— Venha comigo então e diga isso na cara dela!

O pai baixou a mão, pegou um livro, e a puxou pelo antebraço. Lucille olhou na direção de Thomas e sacudiu a cabeça com vigor, mandando-o continuar escondido.

Ela chorava quando eles deixaram a biblioteca. Assim que achou que era seguro, Thomas se precipitou de debaixo da namoradeira e saiu na ponta dos pés. Ofegando de medo, ele se esgueirou pela escada e entrou no sótão, onde se sentou imóvel até as sombras saírem e as mariposas surgirem de seus esconderijos.

Ficou esperando Lucille, e estava muito triste por ela ter sido punida por algo que os dois fizeram. Porém, a verdade era que ele também estava muito contente por não ter sido pego. Sua vergonha conflitava com seu alívio.

Ele decidiu fazer um presente para ela. Ficou observando as mariposas que revoavam, e então cortou dois pedaços de papel preto de seu material de arte. Fez para a irmã uma mariposa com asas que abriam e fechavam quando se puxava um barbante que unia as asas a um fio nas costas.

Thomas mal havia acabado quando Lucille entrou cambaleando. Ela parecia horrenda; seus cabelos pretos apontavam em todas as direções e seus olhos e seu nariz estavam inchados de chorar.

— Ah, Lucille — gritou ele, lançando os braços em volta dela, que se crispou.

— Thomas, você nunca deve confessar que estava na biblioteca, ou as coisas vão piorar duplamente para mim. O papai acha que você é o filho bom, e, se ele descobrir que você não é, então eu vou ser punida por isso.

O lábio inferior dele estremeceu.

— Eu não sou o filho bom?

— Não — respondeu ela, triste. — Eu não teria sido castigada se você não tivesse pedido para ver os livros.

— Ver...? — Ele franziu o cenho. — Mas eu *não* pedi para ver os livros.

— Pediu, sim — retrucou ela, inabalável. — Não lembra? Você disse que a Polly tinha falado deles. E por isso a gente foi pegar os livros e eu mostrei para você como ver.

— Eu fiz isso? — Thomas estava perplexo. Polly era uma das empregadas, e ela era muito bonita, mas não conseguia se lembrar de nada do gênero.

— E o papai gosta mais de Polly do que de você. Ou de mim — acrescentou ela, amarga. — Ele vai culpar você e não ela por ser tão mau.

— Mas eu não... — começou ele, mas já sem muita certeza. Estava confuso. Suas bochechas estavam quentes e as palmas de suas mãos, úmidas.

— Esta mariposa é maravilhosa — murmurou Lucille, pegando o brinquedo que ele havia feito para ela. — Como você fez?

— Olha só, eu amarrei o barbante desse jeito, assim, quando você puxa para baixo, as asas abrem. — Thomas sorriu, esperançoso. — Fiz para você. Fiz porque fiquei muito triste por você ter apanhado. Então isso significa que eu sou bom. Não é, Lucille? Eu não sou bom porque fiquei triste?

Lucille meneou a cabeça. Ela fez a mariposa bater as asas.

— Papai disse a mamãe que quer tirar a gente de casa. Você vai para um colégio interno e eu vou para uma academia de moças na Suíça.

— Não! — Ele ficou aterrorizado.

— Não podemos deixar isso acontecer nunca. Vamos fazer uma promessa de que nunca vamos deixar que eles separem a gente.

— Prometo! — gritou Thomas. Ele ergueu a mão. — Prometo do fundo do meu coração!

Lágrimas prateadas escorreram pelas bochechas de Lucille.

— É só que... O seu coração é muito pequenininho. Você é meu docinho, mas o que pode fazer para impedi-lo?

— Cortá-lo em pedaços! — gritou. — Empurrá-lo dentro da mina e explodir a mina!

— Ah, Thomas. — Lucille sorriu com tristeza por trás das lágrimas. — Se ao menos você pudesse.

Dois anos depois, enquanto Thomas ficava de vigia, na madrugada anterior a uma grande caçada à raposa, Lucille cortou a correia da cilha da sela de caça do pai fazendo com que a tira quase se rompesse; ela tirou dois pregos da ferradura do cavalo. O pai foi arremessado e quebrou o pescoço. Thomas também percebeu que Lucille o drogara, para que sua queda fosse inteiramente garantida.

— Mamãe me ensinou — disse ela a Thomas, com doçura.

E, dois anos após isso, mamãe morreu.

Thomas se afastou de seu devaneio. Ela lhe dera corda muitas vezes, e ele havia agido como Lucille mandava, sempre, como um de seus autômatos. E tinha funcionado bem para eles. Para ele.

Agora, porém... as rachaduras estavam aparecendo na fundação. Os dois não estavam de acordo. Ao olhar para a irmã, e sentir sua energia se irradiando como o vapor que movia sua máquina, ele se sentia estranhamente tonto e bastante assustado.

— Precisa ser assim? Edith? Precisamos mesmo...?

Lucille virou o rosto para ele, incrédula, enquanto secava as mãos. Thomas viu em seus olhos castanhos a força de vontade suprema que havia garantido a Carter Cushing que ele próprio possuía. Lucille, porém, sempre fora a titereira por trás da performance elaborada.

— Sim, Thomas. Precisamos. E eu vou.

Ele, porém, não conseguia suportar. Edith não era como as outras. Aquelas mulheres amorosas eram como Eunice McMichael — encantadas com seu traquejo social, apaixonadas por seu título. Quando olhavam maravilhadas para ele, elas viam o Príncipe Encantado — como esperava que vissem. Eunice fora a mais deslumbrada de todas, fazendo as perguntas mais ingênuas, como o que ele usava quando visitava a família real, cujos membros ele jamais vira, e se possuía uma coroa.

Edith, porém, tinha visto um homem, e, aliás, um homem inteligente. Ele *era* inteligente. Ele *era* inventivo. Como o pai dela, a quem Thomas admirava profundamente. Como um americano, aquela nação de construtores, onde as pessoas eram definidas por suas realizações, e não pelo sobrenome. Edith tinha seus próprios sonhos. E desejava ajudá-lo a realizar os dele. Era Thomas quem havia ficado mesmerizado. Apaixonara-se por ela, e esse amor o estava mudando. Porém, ele podia *ser* diferente? Apertava-se um botão e ele representava — será que aquela mágica no andar de cima poderia realizar algum novo truque?

Não.

Mas eu posso. Eu tenho livre-arbítrio.

Era uma ideia assustadora.

Lucille leu a recusa no rosto dele, e *ele* viu o terror *dela*.

— Você não tem ideia do que fariam — declarou Lucille, com a voz esganiçada. — Seríamos tirados daqui. Presos. Perderíamos nossa casa... e um ao outro. Você seria enforcado.

Ela estava certa. Não seria enforcada. Raramente se executavam mulheres, e, de qualquer modo, ele aceitaria toda a culpa. Mas apenas se fossem descobertos. Somente se a história deles fosse contada. E onde estaria Lucille então?

Ela sempre teve razão. Sabia o que era melhor para eles. E ele devia tudo à irmã.

Mas podia lhe entregar a vida de Edith?

Thomas ardia por dentro, gelo e fogo, tentações puras, intenções poluídas. Ele visualizava o carmesim brilhante de sua linhagem correndo por suas veias; a aristocracia dava tanto valor ao sangue, e o dele transbordava de podridão. Era tudo o que sabia; tudo o que era.

Seus olhos se encheram de água; ele estava absolutamente perplexo. À deriva. Ah, Edith! Se ao menos ela soubesse o que eles enfrentaram. Ela entenderia, não?

— Nós ficamos juntos, nunca separados — entoou Lucille.

Esse fora o juramento deles nas longas noites de tormento; isso os ajudava a suportar a insanidade de ambos os pais. Ninguém na vida deles jamais tentara ajudá-los. Professoras e professores, sacerdotes e médicos viram a tristeza em seus rostos, o vazio em seus olhos, mas ninguém ousava abrir a boca. O pai deles era poderoso demais; a mãe, assustadora demais.

Ninguém, exceto Thomas, tinha visto as marcas do chicote e os hematomas no corpo da pobre Lucille. A mãe adorava castigá-la, nem mesmo se importando em descobrir de quem era a culpa antes de atacar a filha. Assim que a irmã confessasse qualquer infração que tivesse ocorrido, era como se as comportas da ira materna se abrissem.

Lucille sempre assumia a culpa: *Fui eu.*

E o pequeno Thomas ficava assustado demais para abrir a boca.

Agora, na cozinha, ele também chorava.

— Eu sei. Eu sei.

Lucille parecia tão pequena e assustada quanto ele naquela época, quando a deixava receber seus castigos. Quando ele não se manifestava. Quando não fora homem.

Ele tinha de ser, por Edith. Ela por fim trouxera luz àquela casa, ao seu mundo. À sua *alma*. Poderia salvá-la, ainda que não tivesse salvado Lucille.

Porém, amava a irmã; amava mesmo; ela fora seu mundo a vida inteira.

— Você não me abandonaria, abandonaria? — perguntou ela.

— Eu não seria capaz, não seria — respondeu, soluçando.

Ela beijou as lágrimas dele. Os dois se abraçaram, órfãos que poderiam ter sido libertados pela morte dos quase demoníacos pais, mas, em vez disso, eram assombrados até demais. Despojados de tudo, menos da escuridão. Tarde demais, tarde demais para a luz?

A coisa observava, a coisa exultava. A coisa os tinha onde queria.

E os miseráveis espectros que gritavam por justiça?

Inconsequentes.

E deliciosos.

Lá fora, o anel carmesim da neve crescia, um lodaçal movediço de argila sangrenta, os pecados dos Sharpes visíveis para todos.

Olhai, eu vos mostro um milagre.

Eu vos mostro o sétimo círculo do inferno.

CAPÍTULO 24

NEVAVA EM BUFFALO quando Alan iniciou sua viagem quase duas semanas antes.

Em Londres, disseram-lhe que a neve tinha atingido níveis recordes. Mas aqui, em Cumberland, a situação era pior — mais uma violenta nevasca em sequência fechara a maioria das estradas. Havia dias que não via outra pessoa.

Quando chegou ao depósito dos correios da cidade e desceu de sua carruagem coberta de neve, estava quase congelado. Apesar de ter crescido em Buffalo, Alan nunca havia sentido tanto frio. Ele queria poder ficar para comer algo quente e tomar um banho ainda mais quente, no entanto, nada poderia impedi-lo de chegar a Edith agora que estava tão perto. Desde quando Holly revelara que Sir Thomas Sharpe já tinha uma esposa, Alan vivia num perpétuo estado de temor por ela. Cushing sabia que Sharpe era um caçador de fortunas, mas tinha percebido que o inglês era bígamo? Sua suposta irmã, Lady Sharpe... era ela sua verdadeira esposa?

Deixando sua bagagem um momento, ele andou rigidamente até um homem que parecia um funcionário e disse:

— Eu gostaria de saber como chegar a Allerdale Hall.

O homem balançou a cabeça.

— De cavalo não dá para chegar lá. Nem há cavalos disponíveis. Fechamos durante o inverno.

Alan resmungou consigo mesmo.

— Dá para chegar lá a pé? — perguntou.

O homem fez um esgar e lançou um olhar significativo para a nevasca.

— São mais de duas horas pela estrada.

Alan ergueu o queixo.

— Então é melhor eu ir andando.

Ele fez os arranjos para o armazenamento de sua bagagem, mas decidiu levar a bolsa de médico. Cabeças se voltaram para ele quando o funcionário do correio escreveu um recibo, e os presentes franziram o cenho diante da ignorância obstinada do homem. Alguns murmuraram baixinho, mas ele ouviu o que diziam. Um americano, então, que não tinha ideia do que podia acontecer se o tempo ficasse *realmente* feio. Um homem de cachecol amarelo vistoso assentiu que alguém devia ir com ele, mas não se ofereceu para isso.

Irritado e bastante preocupado com a probabilidade de sua sobrevivência, Alan envolveu seu rosto com o cachecol, firmou o chapéu, e voltou para a nevasca. A neve caía mais forte, e, para piorar, também começara a chover granizo.

Um homem mais velho se arrastou atrás dele, de mão erguida, mas pareceu mudar de ideia. Atrás de Alan, a porta do depósito se fechou, e ele ficou completamente sozinho num mundo de gelo e neve.

Horas depois, lufadas de granizo acertavam Alan ininterruptamente enquanto ele cambaleava estrada afora.

> *"As árvores movei, agitai os arbustos;*
> *asas batei, vibram as vozes límpidas:*
> *ó tu, de Deus fiel cavaleiro e justo!*
> *Cavalga! Que o teu prêmio se aproxima."*

Ele fixou o rosto numa linha tênue e lúgubre. Se ao menos *pudesse* cavalgar.

Alan ficava recitando o poema de Tennyson sobre Sir Galahad o tempo inteiro para continuar seguindo. Estava coberto de suor congelado e com mais sede do que jamais sentira. E cansado. Tão, tão cansado. Para andar, ele precisava erguer o peso de uma boa quantidade de neve com a ponta das botas, e cada passo era um esforço. A neve continuava a cair, preenchendo, mascarando as pegadas que deixava para trás.

Não havia nada a fazer exceto seguir adiante, apesar da tentação de desabar naquela lama branca. Ele devia ter dado ouvidos ao homem no depósito, descansado e comido. Se Edith estava em perigo, que ajuda poderia lhe oferecer? Ela suportaria o fardo de sua arrogância. Que belo cavaleiro.

Seu pé direito rompeu a camada poeirenta e ele escorregou nos cristais de gelo. Alan tombou para a frente, os braços girando, deixando cair a bolsa de médico. Sua mão direita resvalou em um tronco fininho e ele segurou firme. Agarrou-o com a mão esquerda também e se endireitou.

Os músculos de sua coxa se enrijeceram, e ele fez um esgar, respirando precariamente. Então, Alan se deu conta de que seu apoio não era um tronco, mas o poste oco e desgastado de uma placa, com uma crosta de neve.

A parte de cima quebrara, por isso não havia indicação de qual teria sido seu propósito, só que o poste estava fincado diante de uma bifurcação na estrada. Alan franziu o cenho. Suas instruções para chegar a Allerdale Hall não incluíam interseções como esta. Um filete de ansiedade desceu por sua nuca; ele içou os pés da neve acumulada e levemente azul, examinando a parte chanfrada do poste. Em seguida, vasculhou com os olhos a área em volta à procura da placa em si, porém isso não revelou nada além de alguns gravetos finos e algumas pedras grandes. O uivo do vento criava um contraponto ao barulho dos passos na neve; hesitando, Alan descreveu um círculo ao redor do poste e tentou chutar alguns blocos de neve. Os três primeiros caíram, mas o quarto resistiu. Ele se ajoelhou e o pegou.

Com as pontas dos dedos ansiosas, ele foi desenterrando pouco a pouco os restos da placa de madeira. Ela havia ficado tanto tempo embaixo da neve que tinha começado a se decompor. Ele leu: — DALE — 5KM —. Isso significava, então, que Allerdale Hall estava a apenas cinco quilômetros? Uma hora, talvez duas, se mantivesse um ritmo constante.

E se ele fosse na direção certa. Deveria virar à direita ou à esquerda na bifurcação? Pela placa, não conseguia saber. Sua tentativa de segurá-la resultou no despedaçamento do úmido e fibroso resto em suas mãos.

Alan xingou e deixou os pedaços caírem, que foram levados para a neve por um vento forte e rude. Camadas de neve e lufadas afiadas como lâminas; ele não conseguia se imaginar lutando para abrir caminho por um quilômetro, quanto mais por cinco. Ou sete, se descobrisse que pegou a bifurcação errada.

Era uma figura humana que estava de pé diante dele? Alan piscava e piscava diante de um borrão espesso parado contra a brancura, e toda noite sem dormir no barco a vapor desabou sobre ele. Alan aguardou, cada molécula de seu corpo tremendo de ansiedade. Ele precisava de ajuda; se os mortos por acaso interferissem nas questões dos vivos, ele rezou para que fizessem isso agora. Ofegando de frio e cansaço, estava pronto para uma revelação.

Porém, era só o poste. Ele ergueu o queixo, sentindo-se tolo e desesperado. Havia tanta neve que estava com medo de afundar nela, já enterrara seus tornozelos e começava a se acumular em volta de suas canelas. Meu *Deus*, como estava exausto. Se ao menos pudesse deitar e recuperar as forças.

Se você deitar, nunca mais vai levantar de novo, disse a si mesmo, severamente. *Decida-se e ande, homem. Senão vai morrer aqui.*

Alan se virou para a esquerda, varrendo com os olhos um horizonte sem árvores... e então lhe ocorreu que para a direita se avistava uma floresta. Ainda que estivesse oculta pela forte nevasca, ele conseguia ver que a terra árida à esquerda se inclinava em formato de tigela. Não era natural; o restante da área consistia num mar de morros baixos. Ele pensou um instante. O que o Sr. Desange lhe dissera? Que os romanos haviam escavado outra mina na região. E que ela ficava ao lado de uma mina de uma família que explorava a atividade atualmente — era bem provável que fosse a propriedade dos Sharpes.

Então ele piscou. Será que estava vendo direito? Alan avançou cambaleando. Poças de sangue pontilhavam a neve. Ele se apressou para ver melhor.

Não, era argila. Claro que era argila. O tesouro carmesim brilhante que levara Sir Thomas Sharpe à fraude e talvez ao assassinato.

Para a esquerda, então.

> *"As árvores movei, agitai os arbustos;*
> *asas batei..."*

Alan retomou sua jornada.

Edith acordou, débil e hesitante, mas grata por ainda estar viva. Então seu estômago se contraiu em mil nós de uma dor que queimava. Com um grunhido, ela foi tropeçando até o banheiro e caiu de joelhos na frente da privada. Vomitou gotas de sangue, sentindo impiedosos espasmos de cólica no estômago até temer já não ter mais nenhum sangue.

Eu achava que ele havia me salvado, pensou. *Ele levou o chá*. Ele tinha jurado. Tinha prometido...

Ela, porém, estava pior do que nunca. A dor era maior do que conseguia aguentar. Estava completamente abalada por ele sequer ter considerado lhe fazer aquilo.

Que ele *tivesse* feito aquilo com outras mulheres. Ou melhor: que tivesse permitido que Lucille fizesse.

Edith voltou cambaleando para o quarto, perguntando-se se ele realmente dormira com todo o barulho que ela havia feito. Não era possível que Thomas tivesse deitado ali e a ignorado. Nenhum ser humano poderia ser tão cruel.

— Thomas — rouquejou ela. — Thomas, eu estou muito doente. Preciso de ajuda.

Ela puxou os lençóis. Não havia ninguém.

A cadeira de rodas, então; Edith se deixou cair na cadeira e começou a empurrar as rodas com toda a força que lhe restava. Ela não conseguia pensar além de sua necessidade imediata de ajuda. Matá-la era uma coisa, mas fazê-la sofrer daquele jeito?

As rodas guinchavam. Tinha de parar e recomeçar várias vezes. Ela mal havia chegado ao corredor, mas seu corpo estava banhado de suor; seus braços, tremendo, enrijeceram com o esforço.

Arrastando-se adiante, sentiu uma ameaça iminente: se alguém viesse atrás dela, não seria capaz de ir mais rápido. Era um alvo fácil. Mas isso ela fora o tempo inteiro.

Edith empurrou as rodas, consternada por estar cada vez mais enfraquecida. Ela não conseguiria colocar a cadeira dentro do elevador, e jamais conseguiria chegar ao fim da escada a menos que rolasse por ela abaixo. E que diferença faria? Não tinha como sair.

Porém, podia ir até a cozinha e colocar algo no estômago para absorver o veneno. Pão. Havia creme para o chá. Ela precisava de alguma coisa para aumentar sua força.

Ela precisava, precisava.

Onde estava Thomas? Será que ele a havia abandonado? Ela ousara acreditar que viveria. Agora que o veneno terrível enfastiava seus órgãos, Edith quase sentia vontade de morrer. Mas ela não daria essa satisfação a ele nem se permitia desistir. Será que ele e Lucille ainda estavam na casa? Era assim que matavam suas vítimas? Entupiam-nas de veneno e depois as deixavam morrendo sozinhas? Um covarde agiria assim.

Thomas agiria assim.

Por que prometer ficar do lado dela, e em seguida não fazer nada? Será que ele sentia prazer em provocar falsas esperanças? Talvez ele tivesse perdido a coragem.

Ou talvez ele estivesse lá fora naquele momento, limpando a estrada. Arreando a carruagem.

Ele precisa ir mais rápido, pensou ela. *Eu já não tenho tanto tempo.*

Edith não podia morrer ali. Ela não podia ficar presa, dando batidinhas para advertir a próxima noiva incauta.

A menos que eu seja a última. Com o meu dinheiro, Thomas vai ter o suficiente para a máquina dele. Uma raiva negra a inundou por ter imaginado o rosto jubilante de Thomas projetado sobre o corpo massacrado de seu pai. Era tão raro Thomas sorrir perto dela. Ele não tinha mascarado sua maldade com a mesma facilidade de Lucille. Ele não havia gostado de feri-la.

Lucille, porém, tinha.

Não vou dar a ela a satisfação da minha ruína. E, se Thomas tiver matado meu pai, eu não vou ter nenhuma piedade com ele.

Edith empurrava as rodas com dores no pulso. Talvez Thomas aparecesse logo para ver como ela estava. Ou talvez Lucille viesse. Essa ideia instou Edith a ir mais depressa, e ela se crispava à medida que o esforço dilacerava os músculos de seu estômago.

O corredor se estendia diante dela como o poço cinza-azulado sem fim de uma mina. Que flagelos se escondiam atrás dessas portas esta noite? Ela se preparou para simplesmente passar diante delas, avançando lentamente com seu corpo adoecido, esforçando-se para não se enervar com fantasias angustiantes. Seria impossível para Edith ficar mais assustada do que já estava.

Um sussurro flutuou pelo corredor. Ofegante, não natural. Ecoando de toda parte e de parte nenhuma.

Edith se contraiu quando sentiu um sopro de ar frio como um longo lamento. Sílabas esfumaçadas cingiam as cortinas e espalhavam as folhas negras esparramadas pelo chão. Teias tremiam como cabelos mortos.

Não havia ninguém adiante. Ninguém apareceu.

Era, então, um porta-voz dos mortos.

Edith avançou com a cadeira de rodas até uma friagem glacial que roçava com os dedos seu peito e afligia seu coração. As sílabas viraram palavras.

— *Lasciare ora. È necessario lasciare ora.*

Ela parou de empurrar e prestou atenção. Era italiano. *"ora"* significava "agora".

Havia algo nas escadas. Arrepios percorriam sua espinha como uma mão tocando as teclas de um piano. A coisa mudava de lugar. Edith não conseguia enxergá-la direito; ela pensou nas fotografias espectrais de Alan e se concentrou.

Crer é ver, disse a si mesma. *E eu creio.*

Então ali estava, pairando no ar: um fantasma escarlate. Era uma mulher coberta de sangue, segurando um bebê; seus cabelos longos ondulavam como se ela estivesse debaixo d'água. Tinha de ser Enola Sciotti. O bebê estava emaranhado em seus cabelos. A expressão em seu rosto era de receio extremo, como se ela tivesse mais medo de Edith que Edith dela.

Talvez fosse isso mesmo.

Reunindo todas as suas forças, Edith se ergueu da cadeira e andou em direção ao fantasma. Parecia estar acometida por uma dor física, mas, pela expressão em seus traços carmesim, sua agonia vinha da alma. Havia no rosto de Enola um pesar e uma ira tão profundos que Edith quase desviou o olhar. Tinha a sensação de que estava vendo muito mais do que devia, invadindo a privacidade da morta.

Enola Sciotti, que amara tanto Thomas Sharpe que havia deixado sua casa e sua família e se permitira ficar aprisionada ali.

Exatamente como Edith.

Eles mataram esta mulher e seu filho. Tiraram sua vida, uma xícara venenosa atrás da outra, e ela havia morrido vomitando sangue. Será que segurara seu pobre filhinho nos braços enquanto ele morria? Seria essa dor inimaginável o motivo de ela ter permanecido ali aqueles anos todos?

Como eles puderam fazer isso? Como?

Ela e Enola se encararam. Eram irmãs naquela loucura sórdida. Seus destinos estavam entrelaçados. Edith faria tudo o que podia para diminuir o sofrimento daquela mulher morta.

— Eu não tenho mais medo — declarou Edith. — Você é Enola Sciotti. Diga o que quer de mim. Diga-me o que você precisa. — *Confie em mim. Acredite em mim.*

Ainda flutuando, Enola a encarava. Em seguida, ergueu a mão e apontou para a passagem onde o fantasma de Beatrice Sharpe tinha aparecido uma vez e a mandara ir embora de Allerdale Hall. Edith entendeu que Enola queria que ela fosse para lá. Apesar de estar sem forças, começou a andar, e, então, o fantasma desapareceu.

Estava sozinha de novo.

Ela ouviu alguém cantarolando e reconheceu a melodia que Lucille havia tocado ao piano na biblioteca. Pungente, triste, mas ao mesmo tempo terna. Uma canção de ninar. Para o bebê morto?

O som espiralava pelo corredor, com seus traços azuis e suas mariposas esvoaçantes. A melodia parecia nunca ter fim; ocorreu a Edith o estranho pensamento de que os objetos atrás de todas aquelas portas foram rearrumados desde que ela havia tirado os cilindros. De que os objetos, quando vistos como um todo, podiam lhe contar uma história.

O que Enola queria tão desesperadamente que ela visse?

Edith seguiu o som escada acima até o sótão. Respirando fundo, empurrou a porta e entrou no quarto.

Thomas estava lá, de pé, com os braços em volta de uma mulher, seu rosto de perfil contra os longos cabelos escuros dela. O ombro nu dela estava ali para seus lábios, para seu toque, e seu rosto estava apaixonadamente enterrado próximo ao pescoço dela. Ela se agarrava a ele.

Quem era essa mulher? Uma amante?

A mulher no elevador. O segredo dele. Finalmente eu vejo quem é.

Thomas se mexeu num reflexo, virou-se, e, ao virar, a mulher se virou também.

Edith arquejou. Era Lucille.

E aquele era o quarto dela, transbordando de mariposas e coisas mortas, um abrigo para o segredo horrendo de Thomas: Lucille era sua amante.

CAPÍTULO 25

Thomas e Lucille ouviram Edith respirando fundo e se viraram como se fossem um só. Ela não conseguia acreditar; o rosto de Thomas era uma representação do pânico e da culpa.

Mas ele dizia algo?

Nem uma palavra.

Lucille avançou na direção dela; Edith se afastou, e em seguida deu meia-volta e tropeçou numa mesa de trabalho. Um kit de montagem virou, estrepitando; jarros rolaram e se quebraram, soltando mariposas e borboletas que cercaram Edith quando ela começou a correr.

Não pode ser. Eu não vi isso.

Lucille se aproximava.

O elevador. Era sua melhor chance de escapar. Ela apertou o botão e implorou para que ele viesse. Não adiantou de nada: Lucille a alcançou e a agarrou brutalmente pelo colarinho do robe e pelos cabelos. Edith sentia o furor ensandecido de suas mãos ao lutar para se soltar. Lucille, porém, era mais forte. Seu rosto se contorcia em ódio e cólera.

— Agora já está tudo às claras — disse Lucille, triunfante, virando-se para encará-la. As costas de Edith bateram na balaustrada do corredor. — Chega de fingir. Esta é quem eu sou. Este é quem ele é!

Então Lucille pegou a mão de Edith e tentou arrancar o anel de granada do dedo dela. A joia que atravessava as gerações da família Sharpe, valorizada pelos mortos. O metal raspava a carne de Edith e queimava como se estivesse derretendo.

Lucille puxava e puxava. Ela empurrou Edith até a beira do balcão; os calcanhares de Edith se arrastavam no piso decadente e ela pendia, próxima de cair. Olhou para o assoalho lá embaixo e se manteve inabalável para se salvar. Este não podia ser o fim. Enola Sciotti não a mandara para a morte.

A campainha tocou.

No mesmo instante, Thomas apareceu no corredor, a mão estendida para Lucille e Edith. Seu rosto estava pálido e inexpressivo, seus olhos estavam esbugalhados. Seus traços estavam contorcidos de medo — ele sentia medo por Edith ou por si próprio?

— Tem alguém à porta! — gritou. — Não faça isso!

Lucille possuía uma força incomum. Seu rosto sugeria uma determinação implacável. Edith resistia o máximo que podia, agarrando-a, mas não estava à altura de Lucille, e começou a fraquejar. Doente, desequilibrada, lutando pela própria vida enquanto a pedra vermelha capturava a luz, Edith por fim entendeu que o anel era importante para Lucille não por ser um tesouro da família, mas por causa do que ele significava — o casamento com Thomas.

— Eu sabia! — gritou Edith. — Eu pressentia isso o tempo todo! Você não é irmã dele!

Lucille enfim pôs o anel em seu próprio dedo e deu um tapa no rosto de Edith com uma força tremenda.

— Que adorável — escarneceu ela. — Eu *sou*.

Em seguida, Lucille empurrou Edith do balcão de costas. Ela caiu de cabeça, seu robe tremulando, como asas. Mariposas saíam do caminho e se precipitavam enquanto Edith despencava. Seria uma morte melhor, mais limpa, do que a que planejaram para ela. Ao menos havia se poupado do envenenamento.

Como se o tempo passasse mais devagar, Edith viu uma balaustrada, mas não pôde evitá-la e bateu nela com força. O ar foi expulso de seus pulmões. O assoalho se apressou em encontrá-la, e ela desabou nas tábuas apodrecidas. Um clarão de luz brilhante explodiu em sua visão com o impacto. Era a argila que escorria debaixo de seu corpo ou eram seu sangue e seu cérebro?

A campainha tocou de novo e de novo. O som irritante a deixava exasperada. Ou aquele som agudo estava dentro de sua própria cabeça?

Edith se esforçou para conseguir respirar, mas sem sucesso. Estava completamente vazia e, quando tentava inspirar, nada acontecia. Seu peito não se movia; o sufocamento a comprimia como uma mão sobre sua boca.

A campainha, de novo. Era real, não imaginária, fora, não dentro.

Encontre-me, salve-se, implorou ela a quem quer que tivesse chegado. *Venha agora. Por favor.*

Porém, o rosto de Lucille apareceu em seu campo de visão, os olhos dominados por loucura e vitória, e depois tudo ficou escuro.

No sonho de Edith, o sol brilhava num campo verdejante, e ela estava de mãos dadas com os pais. A mãe de um lado e o pai de outro. Mamãe baixava os olhos para ela e dizia:

— Thomas e Lucille nem isto tiveram. *Eles não têm lembranças felizes para lhes dar apoio.*

Quando reabriu os olhos, ela sabia que ainda estava sonhando. Alan McMichael a examinava concentrado, e ele não podia ser real. Ele estava lá em Buffalo... ou será que tinha ido para a Itália? Por que ela estava pensando isso?

A carta de Enola Sciotti, lembrou-se, e tudo voltou de súbito.

— Olá, Edith — disse ele calorosamente, mas num tom contido, profissional. — Não tente falar ou se mexer ainda. Você está sob forte sedação.

Alan, ouça-me, ah, meu Deus, pensou ela. Porém, Edith olhou em volta e percebeu que ainda estava em Allerdale Hall. Thomas e Lucille estavam próximos um do outro, observando. Dois abutres cercando a carniça. Deus do céu, o que eles fariam com Alan?

Ela tentou adverti-lo, mas conseguir fazer isso já seria demais. O rosto dele entrava e saía de foco; será que era um fantasma?

— É um impacto me ver, tenho certeza — declarou ele. Em seguida, voltou-se para Lucille e Thomas. — Perdoem-me por aparecer sem avisar.

Lucille sorria de forma afetada, a imagem de uma cunhada preocupada.

— Você caiu do céu, esta é a verdade.

— Cheguei ontem a Southampton. Eu deveria ter enviado um telegrama. — Ele envolveu os três com seu sorriso. — Porém, achei que fossem apreciar a surpresa.

Conte a ele, conte a ele, ordenava a si mesma, tentando sinalizar para Alan. Parte dela estava de novo com ele em seu covil de piratas no quintal dos fundos, e Edith estava tentando lhe contar sobre Enola Sciotti. E Eunice estava lá, rindo da cara dela.

Não, Eunice não.

Lucille.

— Não sabíamos o que fazer. É um milagre — disse Lucille a Alan. — Ela está doente. Delirante.

Edith olhou para baixo. Sua perna esquerda estava enfaixada, com uma tala. Alan devia ter feito isso.

— Ela falou comigo... — começou Edith.

— Quem falou com você? — perguntou Alan delicadamente.

— Minha mãe estava me dando um alerta — *Tinha* de fazê-lo entender. — A Colina Escarlate...

Quando estendeu o braço para ele, Alan voltou os olhos para a mão dela. Edith acompanhou seu olhar: observava seu dedo anelar, vermelho e inchado, de onde Lucille havia arrancado o anel.

— Ela está delirante, está vendo? — murmurou Lucille. — Pobrezinha.

Alan olhou para Lucille.

Ela está usando o anel. Veja o anel, implorou-lhe Edith. Porém, mesmo que visse, isso não significaria nada para ele. Alan provavelmente nem tinha reparado no anel na mão dela, ainda que tivesse começado a usá-lo assim que Thomas pediu sua mão. Homens não reparavam nesse tipo de coisa.

Lágrimas de medo e de frustração escorreram por suas bochechas, mas uma profunda gratidão também a percorria. Alan abandonara o trabalho, cruzara o oceano e fora em busca dela nas charnecas tempestuosas da Inglaterra para salvar sua vida, arriscando seriamente a dele. Edith não tinha compreendido sua impetuosidade nem a profundidade de seus sentimentos até agora, e sentiu um profundo remorso por não ter se permitido vê-las antes. Isso esteve ali o tempo todo, como o ar ao seu redor e o chão sob seus pés. Por causa de sua cegueira, Alan era como ela, uma borboleta para aquelas duas mariposas escuras devorarem. Se descobrisse o que estava acontecendo, iriam matá-lo. Se Thomas e Lucille o convencessem a deixá-la ali, ela seria morta.

— Aqui, beba. — Alan levou uma xícara de chá aos lábios dela. *A xícara.*

— Não, não, não, por favor, não — gritou ela, tentando afastá-la com a mão. Edith sentiu que ia desmaiar. Ela ia morrer. E ele também.
Alan...

Quando Edith recobrou a consciência, sua "cunhada" parecia absolutamente preocupada. Alan colocou seu equipamento de lado para refletir sobre o próximo passo.

— Só fico triste pelo senhor encontrá-la desse jeito — comentou Lucille. — Na verdade, apesar de ter sido criada na cidade, Edith se adaptou muito bem à vida aqui nas colinas. — Ela fez uma pausa e, então, disse: — O senhor ficará conosco aqui? Até a tempestade passar?

— Se a senhorita insiste — respondeu Alan, ainda que a etiqueta exigisse que ele recusasse ao menos uma vez, simbolicamente. Com certeza aquela não era hora de fazer cerimônia. — Porém... — Quando Lucille ergueu as sobrancelhas, ele soube que não podia revelar a terrível suspeita de que a queda de Edith havia sido premeditada. Realmente queriam que ele acreditasse que ela tinha despencado do andar mais alto? Era um milagre Edith ainda estar viva. Ele também, aliás, se suas suspeitas estavam corretas. — ... preciso de um momento a sós com a paciente — concluiu.

Lucille empalideceu, e Sir Thomas, nervoso, adiantou-se. Sua apreensão e sua culpa estavam escancaradas em seu rosto. Alan precisou de toda a sua força de vontade para não bater nele.

— Como? — perguntou Sharpe.

— Os senhores podem me dar um momento? — perguntou Alan num tom amigável e inocente. — Só mais um instante. Precisamos fazer o nosso melhor para ajudá-la.

Lucille puxou Sharpe pela manga.

— Vamos deixá-lo, então, Dr. McMichael — disse ela. — Com sua paciente.

Assim que saiu da vista do Dr. McMichael, Lucille ficou inquieta, subindo as escadas tão rápido que pulou metade dos degraus. Thomas foi atrás, quase paralisado de apreensão. Tudo estava fugindo do controle. Quando ele viu Edith cair...

Ele agradeceu à Providência porque as tábuas do assoalho estavam podres e porque a argila viscosa e brilhante havia amortecido sua queda.

— Aonde você está indo? — perguntou ele. Mas sabia aonde: ao sótão. Thomas ia atrás dela, como sempre fazia.

Lucille se virou para ele e o confrontou.

— Alguém precisa detê-lo. Eu só queria saber uma coisa, meu irmão. Vai ser você desta vez? Ou eu, como sempre?

Thomas ficou abalado. Nem conseguia nomear todas as emoções que se agitavam dentro dele — vergonha, horror, perplexidade. Ao chegar a seu quarto, Lucille vasculhou uma gaveta e tirou uma faca de aparência familiar. Ele recuou, e ela bufou.

— Foi o que pensei — vociferou ela.

Alan sabia que Edith já não tinha muito tempo. Ele tocou na bochecha dela, preocupado com a viscosidade. A mente dele estava agitadíssima, pensando nas diversas possibilidades de tirá-la dali o mais depressa possível. Aquelas pessoas deviam ter cavalos. Será que conseguia levá-la até o estábulo? Será que teria tempo de atrelar um cavalo a uma carruagem ou a uma carroça? Até onde eles iriam para detê-lo?

Eles farão o que for necessário, pensou ele.

Edith parecia um pouco mais desperta. Muito bom. Se ela pudesse ajudá-lo na fuga, melhor ainda.

— Edith, ouça bem. Eu vim tirar você daqui. Está ouvindo? Vou levar você comigo agora.

Edith o encarou, mas Alan não tinha certeza se ela conseguia entendê-lo. Ele verificou suas pupilas e em seguida seu pulso, e viu que ela lutava para recuperar o domínio de si.

— Socorro. Socorro — disse ela, arquejando. Estava ficando mais nervosa. — Eles são monstros. Os dois. *Alan.* Alguém precisa detê-los.

Ele tentava mantê-la calma.

— Ssshhh, ssshhh, eu sei. *Eu sei.* Não vou deixá-los machucar você mais, entendeu? Nós vamos embora. — Alan a pegou pelo braço. — Você tem sinais de envenenamento. Está debilitado. Por isso, precisa me mostrar que consegue ficar de pé.

De repente um cachorrinho aos pés de Edith latiu, dando-lhe um susto tremendo. Alan mandou o cão fazer silêncio, dando-se conta de que os Sharpes deviam tê-lo ouvido. O tempo havia acabado.

Eles começaram a andar, mas ela cambaleava, tropeçava.

— Silêncio — advertiu ele. — Logo vamos sair daqui.

Edith seguia em frente, hesitante, o que não era bom, por isso Alan a colocou nos braços e a carregou até o vestíbulo. Ela chorava em seu ombro, agarrando-se a ele. Deus do céu, havia chegado bem na hora. Se tivesse chegado tarde demais... Ele olhou para Edith, seus rostos a centímetros de distância, o beijo com que havia sonhado a vida inteira ao alcance.

— Vejo que as coisas já estão um pouco emotivas, doutor — declarou Lucille Sharpe de seu ponto de vista privilegiado no alto da escada. O irmão estava com ela, mas Alan percebeu imediatamente que era a irmã que ele devia temer.

Ele ergueu a guarda e assumiu uma postura de mais autoridade — um médico e amigo preocupado com sua paciente.

— Ela está exausta, dando sinais de anemia. Vou levá-la ao hospital imediatamente.

Lucille avançou como um animal selvagem espreitando a presa. Alan recordou a si mesmo que ela era muito perigosa.

— Isso não será necessário — comentou ela, com frieza.

Thomas Sharpe vinha atrás dela, com o olhar em Edith.

Alan a encarou um instante, considerando as opções. Aquela mulher não queria brincar de gato e rato. Muito bem, então.

— Será, sim. Vocês a envenenaram. Eu sei de tudo.

Ele colocou Edith no chão e pegou sua pasta com recortes de jornal. Mostrou à irmã e ao irmão o desenho horrendo que Holly mostrara a ele: uma mulher massacrada, deitada na banheira, com a cabeça aberta.

— Tenho certeza de que vocês se lembram disso. Primeira página do *Cumberland Ledger*. Lady Beatrice Sharpe assassinada na banheira. Um golpe brutal, quase partiu seu crânio em dois.

Ele fez um gesto para a legenda: *Assassinato bárbaro e chocante em Allerdale Hall*.

Edith ficou boquiaberta. Apesar de ele não querer perturbá-la, o impacto poderia incitá-la a agir.

— Nenhum suspeito jamais foi preso — continuou Alan. — Não havia mais ninguém na casa, só as crianças. A verdade era horrível demais para ser considerada.

Edith olhava para Sir Thomas como se nunca o tivesse visto antes na vida. E Alan suspeitava de que ela nunca o *tinha* visto mesmo. Não verdadeiramente.

— Você? — perguntou ela ao homem. O monstro. — Você fez isso?

O homem estava dominado pelo nojo de si e pela desolação.

— Pare, por favor!

— O senhor, Sir Thomas, só tinha 12 anos na época. Depois de ser interrogado pela polícia, foi mandado para um colégio interno. Quanto a Lucille, com 14 anos, a história não é tão clara. Educada num convento na Suíça, diz a notícia. Mas suspeito de que Lucille foi para *outro* tipo de instituição.

Lucille olhava furiosa para o irmão, que parecia estar num paroxismo de desespero. Ela semicerrou os olhos.

— O que você está esperando?

— Sir Thomas é casado, Edith. Seu pai obteve uma cópia da certidão. Porém, ele não teve forças para mostrá-la a você. Sir Thomas se casou com Pamela Upton...

— ... e com Enola Sciotti, *E.S.* — cortou Edith, gélida, seu peito subindo e descendo. — E Margaret McDermott. Ele se casou com as três e pegou o dinheiro delas.

— Edith — suplicou Sir Thomas. Mas o quê?, perguntava-se Alan. Perdão, na hora que ela o deixava? Ou absolvição, porque ele nunca a teria deixado?

Com ousadia, Alan tomou a mão de Edith e se afastou dos Sharpes. Ele estava resoluto, ainda que tremesse muito de leve, ciente do perigo intenso em que os dois estavam.

— Edith e eu vamos embora — anunciou ele, escancarando a porta.

A neve já formava montes, e Edith estava apenas de robe. Mas era melhor enfrentar os elementos lá fora do que ter certeza de morrer ali. Ele deu um passo...

... e Lucille avançou, esfaqueando-o na axila. A dor ardia como ferro de marcar. Edith gritou, caindo longe dele, e Alan arqueou para trás, a faca se projetando. Ele balançava, cambaleava para a frente, percebendo tarde demais que Edith não estava ao seu lado.

Em seguida ele viu um clarão branco quando Edith tentou alcançá-lo. Ouviu um baque e se virou: Lucille havia jogado Edith, grogue, na parede.

Não!, protestou ele, mas sem conseguir falar. Só conseguia ofegar. A ponta da faca, temia, tinha cortado o lobo superior do pulmão.

Não podia deixar Edith à mercê deles. Os dois iam cair em cima dela como cães raivosos e dilacerá-la. Alan lutava contra seu corpo que não se mantinha em pé. Ele sangrava bastante e sabia que ia entrar em choque. Seu pulso estava rápido, sua respiração, superficial, e estava ficando tonto. Edith chorava, gritava seu nome, mas soava como se estivesse muito distante, ou falando com ele debaixo d'água.

Tinha de fazer algo para salvá-la. A dor, porém, era excruciante, e ele mal conseguia pensar. Conforme caminhava, trôpego, para a entrada coberta de gelo, Alan ordenou a si mesmo que não tirasse a faca. Se uma artéria tivesse sido cortada, a pressão do metal poderia estar estancando o fluxo sanguíneo. Se ela fosse removida, poderia sangrar até a morte.

Não faça isso, não faça, pensou ele, mas sem conseguir impedir a si mesmo. Alan puxou a faca. Como temia, o sangue jorrou da ferida para os degraus. Tanto, mas tanto sangue; ele perdeu o equilíbrio e caiu pesadamente. A faca quicou na pedra. Ele não a ouviu estrepitando.

Tudo o que conseguia ouvir era Edith gritando seu nome.

E tudo o que conseguia ver era a assassina vindo em sua direção no meio de um inferno de neve escarlate.

CAPÍTULO 26

A COISA OBSERVAVA enquanto a irmã investia contra o herói. A coisa aspirava o ódio, o medo e a loucura; a alma dela estava tão envenenada quanto o corpo da noiva.

Talvez Allerdale Hall tivesse sido uma casa feliz, apinhada de crianças rechonchudas e pais prósperos. A coisa não se lembrava de tempos assim, e sua loucura dobrava, triplicava diante da ideia de que essas alegrias um dia preencheram aquelas paredes, sendo trocadas por tormentos.

Ela inalou a argila, a argila escarlate, e o anel se expandiu pela neve. Que todos se afoguem nela e andem para sempre pelo assoalho com as esposas mortas, com a mãe e com o bebê, com os pecados dos Sharpes sugando a vida da terra, a vida uns dos outros, *parasitas*.

Mariposas negras se alimentando de carniça e borboletas.

A mariposa da morte espreitava o herói, cada passo uma badalada de seus sinos fúnebres.

Enquanto Alan caía no chão, Lucille calmamente pegava a faca. Thomas vinha logo atrás, assim como o cachorrinho de Edith, latindo de empolgação. Alan se arrastou para trás, entendendo em algum nível que provavelmente estava morrendo, que certamente morreria se não fugisse, mas nada no mundo poderia fazer com que ele abandonasse Edith.

Porém, em vez de acabar com ele, Lucille segurou Edith e entregou a faca a Thomas.

— Você pode fazer isso! — gritou ela. — Suje as mãos um pouco!

Alan gritou:

— Não, Edith não pode morrer aqui!

Ele vira o olhar torturado de Sharpe e percebera que o louco realmente amava Edith. Esta era a única arma que Alan brandia naquele momento — um apelo a qualquer vestígio de alma que Sharpe ainda possuía, para salvar a mulher que ele amava.

Entorpecido, Sharpe olhava para a faca em sua mão, e Alan ousou ter esperanças de que havia conseguido se comunicar com ele.

— Você nunca fez nada por nós — cuspiu a irmã, com repulsa. — Olhe só para você!

— Edith é mais forte que vocês dois — interveio Alan. — Ela não pode morrer aqui.

Num acesso de fúria, Lucille empurrou Sharpe para a frente, na direção de Alan. Mudança de alvo, então, de Edith para ele. Bem. Que seja.

— Rápido! — gritou Lucille, com a voz esganiçada.

Alan se preparou, lamentando do fundo do coração não poder fazer mais por Edith. Perguntando-se se, porque a amava, por algum milagre seria capaz de salvá-la do além-túmulo.

Sharpe, carrancudo, sujo e ensanguentado, aproximou-se de Alan. Em nada lembrava o caçador de fortunas elegante, talvez ele mesmo uma vítima daquilo tudo, assim como a mãe que sua irmã havia assassinado. Ele exalava a medo.

— Ela não vai parar — sussurrou Sharpe para Alan. — A força de vontade dela é muito maior que a minha. Lamento muito. Vou ter de fazer isso.

Escondendo o que fazia da irmã, que permanecia a certa distância atrás dele, Sharpe se aproximou de Alan, e, para surpresa de Alan, encorajou-o a guiar a faca.

— Você, porém, é médico — acrescentou Sharpe. Ele respirou fundo. — Mostre-me onde.

Onde me esfaquear sem que o golpe seja fatal, traduziu Alan. *Poupando-me. Ele vai poupar Edith também, se puder.*

Então ele, Alan, *tinha* de viver. Porém não conseguia pensar direito. Ele era um único pulsar gigantesco de dor, sentindo suas entranhas se contorcerem.

Sharpe envolvia a mão de Alan em torno do punho da faca. Era o fim apoteótico do duelo no funeral de Cushing: naquele dia negro, ele e Sharpe se encarando, Alan deixando o campo de batalha, erguendo a cartola. Hoje as posições eram inversas. Sharpe estava completamente entregue. Se ele ao menos ousasse voltar a faca contra a irmã... mas não era corajoso o bastante para isso. Isso era o melhor que Sir Thomas podia fazer.

Enquanto ele hesitava, Alan imaginava o interior de sua cavidade abdominal. As tripas, os intestinos, o apêndice...

Aqui. Bem aqui. Aqui os danos vão ser menores.

Ele conduziu a mão de Sir Thomas alguns centímetros para a direita, fixou os olhos nos de Sharpe e acenou uma vez com a cabeça, quase imperceptivelmente.

O desgosto nos olhos de Sharpe era palpável.

E então Sharpe afundou a faca.

O cachorro latia freneticamente à medida que o herói se recurvava e desabava. A noiva caiu, chorando, enquanto o irmão se afastava do ato sangrento, desviando o olhar.

— Vocês são monstros! Os dois! — gritou a noiva.

A irmã quase deu uma risada.

— Que engraçado. Essa também foi a última coisa que mamãe disse.

A última.

A última dos Sharpes.

O fim estava próximo.

A casa sangrava um rio de sangue, uma ravina que se enchia para afogar as criaturas infelizes que se agitavam em seus últimos momentos na neve. Ela não tinha fundações; estava afundando, sim, no fosso da mina, satisfeita, furiosa e ativa. E tão insana quanto os próprios Sharpes.

CAPÍTULO 27

Finalmente.

Orgulho, alívio, alegria. Seu irmão, seu amado, sua alma gêmea arrebentara o casulo. Através do corte que tinha feito no corpo de McMichael, ele havia surgido como uma bela mariposa de asas negras. O coração dela ia às alturas enquanto o intruso americano desabava no chão, com o sangue esguichando por toda parte. Thomas havia se tornado adulto — finalmente, finalmente.

Por anos e anos, ela carregara o fardo, realizando todas as tarefas necessárias para protegê-los. Teve de aceitar a culpa de mimá-lo e protegê-lo, o que fez esse momento ser ainda mais doce para Lucille. McMichael viera salvar Edith, e Lucille tinha incitado Thomas a matá-lo diante dela, ato que certamente destruiria qualquer afeto que Edith ainda sentia por seu irmão. Aquela vadia havia testemunhado o assassinato e agora estava totalmente sozinha. Lucille não tinha dúvidas de que Edith Cushing jamais sairia viva de Allerdale Hall.

Edith também sabia disso. Aturdida como estava, fora fácil para Lucille contê-la e arrastá-la até seu quarto. Ela estava ali agora, torcendo as mãos.

Lucille nunca teria permitido que uma coisa dessas acontecesse com *ela*.

Mal conseguindo conter sua animação, ela observava Thomas arrastar o médico morto para o elevador. Veja como ele está confiante!

Aquele Thomas inseguro havia desaparecido; em seu lugar havia um *homem*. Tudo terminava com perfeição. Não haveria necessidade de outras mulheres assim que Edith assinasse os documentos que transferiam sua fortuna inteira para Thomas. E ela *iria* assinar.

Thomas puxou a alavanca e o elevador soluçou, depois iniciou sua descida para o fosso da mina, e para os tonéis, onde eles submergiram outras pessoas... inconvenientes. Pouco importava que Alan tivesse contado à cidade inteira seus planos de ir até ali. Lucille havia procurado um cavalo e uma carruagem e deduzira que o imbecil tinha *andado* até ali. No meio de uma *nevasca*. Ele merecera morrer.

E, falando em morrer...

Ela ainda estava com a faca, e aquele cachorro ridículo, que não parava de latir, ainda estava vivo.

— Vem cá, cachorrinho — chamou ela com doçura. — Vem só ver o que eu tenho.

O sangue só é escarlate enquanto está fresco, pensou Thomas, enquanto tentava deixar o Dr. McMichael o mais confortável possível dentro dos limites do fosso. *Se o sangue está marrom é porque não está mais correndo*. Havia um pouquinho de marrom misturado com o vermelho, e Thomas torcia para que isso significasse que ele não estava mais saindo porque estava ficando mais espesso... não porque McMichael estava morrendo.

Lucille não sabia nem tinha como saber que o homem ainda estava vivo. Ela perceberia que Thomas a havia traído... e então ela própria iria matar McMichael. Será que Lucille não percebia que o último ato de seu terrível Grand Guignol terminara?

Thomas olhou o homem nos olhos.

— Você aguenta?

McMichael assentiu com a cabeça, sem forças, e Thomas lhe entregou seu lenço. Como se aquilo de algum modo pudesse estancar o sangue que escorria. Era tanto. Thomas rezava para que o médico tivesse guiado bem sua pontaria e que seus ferimentos, ainda que horríveis, não fossem fatais.

— Preciso ir — avisou Thomas. — Lucille levou Edith para o quarto. Está com os documentos. Quando ela os assinar, vai morrer.

Thomas se sentia tão diferente, como se por fim tivesse se tornado um homem. Os fios do titereiro não estavam mais lá, e ele se movia por vontade própria pela primeira vez desde quando conseguia se lembrar.

Ele acrescentou:

— Vou tirar vocês dois daqui.

Coisas nos tonéis de argila se balançavam e batiam nos recipientes. Coisas debaixo das pedras iam de um lugar para o outro.

Uma coisa muito afiada reluzia.

E esperava para ser usada.

CAPÍTULO 28

O QUARTO DA morte.

Edith estava atordoada. Lucille batera nela diversas vezes e a arrastara até sua oficina, forçando-a a se sentar numa poltrona acolchoada enquanto ia pegar alguma coisa. Edith havia reunido força quase suficiente para fugir quando Lucille voltou graciosamente e deixou cair alguns papéis em seu colo.

— Não precisa ler, só assine.

Edith não se mexeu. Sabia que estava em choque. Thomas tinha esfaqueado Alan bem na sua frente.

Sinto muito, mas muito mesmo, Alan. Por favor, me perdoe. Ela queria chorar, mas ainda não podia. Devia permanecer viva.

Ela precisava deter Thomas e Lucille Sharpe usando quaisquer meios necessários. Alan não teria morrido em vão; era preciso impedir que aqueles monstros voltassem a ferir outra pessoa.

Gelado e úmido, o quarto de Lucille parecia uma cripta, repleto de cadáveres de insetos infelizes e de dezenas de mariposas negras semelhantes a morcegos. Mariposas vivas esvoaçavam pelo pó acumulado e pairavam acima da cabeça de Edith como uma coroa de espinhos negros empoeirados.

Edith baixou os olhos para a sentença de morte posta diante de si: os documentos de William Ferguson que transferiram todos os seus bens para Thomas. Em seguida Lucille entregou a Edith uma arma diferente: a caneta-tinteiro dourada que seu pai lhe dera. Quem quer que tenha dito que a caneta era mais forte que a espada não havia enfrentado uma louca com uma faca afiada e ensanguentada.

Edith segurou a caneta. Em sua mente, ela voltara a ser a pequena Edith, e a figura enegrecida de sua mãe se materializava diante do relógio de chão. Ela tremia, mais assustada agora do que estivera então.

— O que você está esperando? — perguntou Lucille com raiva.
— Agora você não tem mais razão de viver. Ele nunca amou você. Nenhuma de vocês. A única que ele ama sou eu.

— Isso não é verdade — retrucou Edith, tonta e sem alento. Thomas *tinha* tentado salvá-la. Ele queria mudar. Contudo, estava preso a uma valsa louca com esta casa e com aquela mulher, e não podia parar de dançar antes que a música parasse. Ele estava amaldiçoado, e a maldição ainda não havia sido quebrada.

E Edith ficou abalada por ter chegado à terrível conclusão de que a única maneira de quebrar a maldição era ele morrer.

Será que eu conseguiria, se fosse necessário?

A pergunta era irrelevante; primeiro ela precisava sobreviver a este momento com Lucille. Edith via a loucura em seus olhos e se perguntava como não a percebera antes, como ninguém percebera. Lucille não tinha ficado muito tempo em Buffalo, só o suficiente para preparar a armadilha para Edith.

Encarando Edith, enfurecida, Lucille pegou as páginas de seu romance. Com um movimento do punho, começou a alimentar o fogo com uma página do manuscrito após a outra. Era um gesto calculado para feri-la e nada mais.

— É tudo verdade, sem a menor dúvida — contra-atacou Lucille.
— Todas as mulheres que achamos, em Londres, em Edimburgo, em Milão...

— Nos Estados Unidos — recordou Edith.

— Nos Estados Unidos — concordou Lucille, como se estivesse fazendo um agrado a Edith, e ela própria não contasse.

Lucille continuou jogando as páginas no fogo. À medida que as chamas se erguiam para destruir a história de Edith, o ânimo de Lucille melhorava consideravelmente. Ela era sádica; estava gostando disso. Sem dúvida havia celebrado com júbilo a morte agonizante de cada herdeira.

— Sim, os Estados Unidos. Todas tinham o que era preciso: dinheiro, sonhos desfeitos e nenhum parente vivo. Foram todas mortas por misericórdia.

Não "todas *vocês*", observou Edith. Ela ainda não fazia parte das vítimas deles. Thomas dissera que ela era diferente. Edith havia achado que se tratava de um elogio originado do amor verdadeiro — que ela era especial por ser sua alma gêmea. Porém, a horrenda verdade era que simplesmente violava o padrão das presas que eles escolhiam: ela tinha um pai. Eles o mataram para que não tivesse um protetor, só um advogado que faria o que ela mandasse.

Eles não contaram com um amigo como Alan. Um homem que a amara a vida inteira, no qual não tinha prestado atenção, para o qual não teve olhos simplesmente porque ele sempre esteve presente. Seus olhos se encheram d'água, mas ela não chorou. Havia tanto para chorar, tantas mortes.

Alan havia duvidado da causa da morte do pai dela. Edith tinha observado seu desconforto e o colocara de lado. Ele insistira para que ela fosse cuidadosa; até isso ela havia ignorado. E o pai dela dera o dinheiro. Quem tinha sido o responsável, Lucille ou Thomas? O homem que a beijara com tanta paixão poderia ter assassinado seu pai com aquela selvageria toda?

— É isso que eu vou ser? É assim que você explica as coisas para si mesma? — perguntou Edith, desafiando-a. Ela estava inflamada de raiva. Como detestava aquela mulher.

— Eu fiz o que tinha de fazer.

Lucille não se arrependia de nada. Outra página, e mais outra. O número de páginas por si atestava o fato de que os sonhos de Edith não foram desfeitos quando eles a escolheram. Ela estava em busca de seu sonho de ser romancista com todo o coração.

E com o incentivo de Thomas. Aquilo havia sido genuíno; ele adorava ler a história de fantasmas dela. Thomas enxergara a si mesmo em Cavendish e seguia com interesse seu caminho para a redenção.

Para Thomas, não haveria redenção.

— E a italiana? — perguntou Edith. — Você matou o bebê dela.

Lucille ficou paralisada, a mão próxima da chama. Ela não olhou para Edith ao dizer:

— O bebê *dela*?

Edith, porém, viu a expressão sombria em seu rosto, seus olhos cheios de lágrimas. Então, em algum lugar do corpo de Lucille, *havia* um coração.

— Você não matou o bebê dela? — pressionou Edith, esperando perscrutar aquele coração, amaciá-lo.

— Não matei. Nenhuma delas deu para Thomas. Você não entende?

Edith não entendia. Nenhuma delas... mas ela, sim. E, se ele não era o pai...?

— Então? — perguntou ela.

O olhar de Lucille ficou distante, seus ombros se curvaram. Baixando os olhos, ela disse:

— Era meu.

Edith estava sem palavras. Será que ela estava dando a entender, será que na verdade ela estava dizendo...

— Ele nasceu errado. Devíamos tê-lo deixado morrer no parto. Mas eu... eu o queria. Ela me falou que podia salvá-lo. — A voz de Lucille ficou dura. — Ela mentiu.

— Não — sussurrou Edith.

Lucille dera à luz o filho do irmão? Edith achava que não poderia sentir mais nojo. Porém, esse segredo... todos os segredos deles juntos... enquanto Thomas estava com *ela*...

— Todo esse *horror*... por quê? Por dinheiro? Para manter a casa? Pelo nome dos Sharpes? Pelas minas?

Lucille ralhou com ela.

— Como vocês, americanos, são vulgares. Os casamentos eram por dinheiro, claro, o que entre pessoas como nós é totalmente aceitável, e até esperado, ao longo das gerações. Mas o *horror*?

E então a loucura tomou conta dela outra vez.

— O *horror* foi por amor.

Lucille foi até algumas gavetas fininhas e abriu uma, revelando um conjunto de instrumentos de dissecção reluzente e uma fileira de tesouras disposta em perfeita ordem. Ela tirou um bisturi bem fino.

— As coisas que fazemos por um amor como este são feias, loucas, cheias de suor e de arrependimento.

Ela foi em direção a Edith, que se esforçava bastante para não gritar.

— Este amor queima, mutila, vira do lado avesso. É um amor monstruoso, que transforma todos em monstros.

Ela avançou e pegou Edith pelos cabelos. Em seguida, cortou uma madeixa com o bisturi e se afastou, trançando-a com grande cuidado. Edith ofegava.

— Mas você devia tê-lo visto quando criança. — Ela suspirou. — Thomas. Era tão... tão *frágil*, como um boneco de porcelana. E eu não tinha nada para dar a ele. Nada. Só eu mesma.

Lucille abriu outra gaveta e colocou a madeixa trançada ao lado de mais quatro. Uma delas era grisalha e estava coberta de sangue. De Beatrice Sharpe, supôs Edith. Foi ela a primeira vítima de Lucille e Thomas? Ou a primeira que foram pegos matando?

— Você sabe quantas vezes fui castigada no lugar dele? Eu não conseguia tolerar que a pele clara e imaculada de Thomas fosse marcada por cicatrizes. Ele era impecável. Perfeito.

Lucille sorriu com a lembrança.

— Então, de todas as pequenas infrações, do chicote de montaria do meu pai e da bengala da minha mãe, eu o protegia.

Ela pegou um par de tesouras reluzentes de cortar ossos. Tantas coisas afiadas.

— E, quando ela nos descobriu... bem, eu o protegi também.

Ela matou a mãe. Foi Lucille. E agora ela está aqui comigo.

— Todo o amor que Thomas e eu jamais conhecemos veio de nós dois. E o único mundo em que esse tipo de amor pode viver é neste. Nestas pobres paredes. No escuro. Escondendo-se.

Edith mal ouvia. Ela estava olhando para a caneta-tinteiro, a única arma que tinha.

— Assine seu nome! Assine seu maldito nome! — esganiçava Lucille para ela.

Edith queria irromper em lágrimas, mas se esforçou para conter as emoções. Não os deixaria vencer. Não deixaria.

— Enquanto ainda tenho uma oportunidade... *você* matou sua mãe? E meu pai?

Que não tenha sido Thomas. Por favor. Ao menos isso.

E o sorriso confiante de triunfo lhe concedeu isso. Edith apertou a caneta com mais força.

— Um homem tão ordinário, tão condescendente. Porém, ele amava você. Você precisava ter visto a expressão de desespero dele quando esmaguei o rosto dele na pia...

Não!, gritou Edith em silêncio. Ela iria negar a Lucille aquele sorriso. Iria lhe negar a vitória, a vida.

Edith assinou o nome com um floreio, e Lucille tomou os papéis dela, examinando-os, exultante. Edith aproveitou a oportunidade: enfiou a caneta dourada no peito de Lucille. Ela a tirou e a enfiou de novo com toda a força, o arco do golpe encontrando o mesmo buraco. Sentia a ponta ir cada vez mais fundo. E outra vez, uma terceira. Mais fundo ainda.

Lucille cambaleou para trás. Pressionou a ferida, ficou boquiaberta com o sangue na mão.

— Ninguém me machuca! Ninguém!

As palavras saíam rasgando sua garganta. Lucille sangrava profusamente e seu rosto estava perdendo a cor. Será que ela estava morrendo? Simples assim?

A coisa observava.
Dê corda a ela, dê corda a ela...

Edith ficou de pé com um solavanco e se arrastou até a porta, caindo nas caixas de vidro, as tumbas de insetos; asas ressequidas de borboletas esvoaçavam.

Atrás dela, Lucille rasgou o vestido, abrindo a represa de uma cachoeira de sangue. Ela foi tropeçando até a pia e derramou água no ferimento, um buraco visível, que sangrava.

Quase desmaiou.

Coloque-a no chão e a faça girar...
O brinquedo favorito da casa ainda tinha alguns truques para fazer. E quilômetros a andar antes de dormir.

Edith não andou exatamente, mas foi desabando para a frente enquanto seguia em direção à escada, ciente de que Lucille ainda estava viva. As escadas eram íngremes, e ela sabia que não sobreviveria a uma segunda queda. Precisava viver. Precisava detê-los. Se pudesse ter incendiado a casa, ela a teria incendiado. Morreria ali dentro se isso significasse o fim de Thomas e Lucille.

Então Edith o viu se aproximando e tentou gritar. Thomas estendeu a mão num gesto de inocência, de rendição.

— Edith, espere! — gritou ele.

Ela só hesitou porque tremia demais para se mexer.

— Você não pode descer os degraus — disse ele. — Precisa usar o elevador. Venha comigo.

Em silêncio, ela ergueu a caneta, sua arma. O rosto dele se turvou.

— Você mentiu para mim! — lançou ela contra Thomas.

— Menti — confessou ele, abrindo os braços.

— Você me envenenou!

— Envenenei.

— Você disse que me amava!

— Eu amo.

O rosto de Thomas recuperou subitamente sua expressão, e Edith enxergou a verdade: ele realmente a amava. Ele havia amado e ainda amava.

Ela cambaleou e Thomas a segurou, envolvendo-a como se eles estivessem dançando uma valsa... uma dança da morte. Os candelabros noturnos estavam todos apagados. Ele atraíra não uma mariposa, mas uma borboleta para sua chama. Ela girava à beira da destruição.

— Vou levar você até McMichael — declarou ele rápida, séria e sinceramente. — Ele ainda está vivo.

Thomas assentiu com a cabeça como que para garantir que suas palavras estavam sendo registradas, e Edith se sentia devastada. Alan! Então Thomas encontrara um jeito de poupá-lo?

— Vocês podem sair pelo fosso da mina. Podem deixar Lucille comigo — prometeu ele.

Na última hora, um herói. Não um cavaleiro de armadura, mas alguém que enfim havia enxergado a luz. Quem tinha dito que o amor era cego?

Eles entraram no elevador, ela apoiando-se em Thomas. Estava quase no fim. Eles precisavam levar Alan a um médico o mais rápido possível, e a aldeia ficava muito longe. Porém, com Thomas do lado deles, as chances de Alan eram muito maiores.

Thomas olhou para a caneta no punho trêmulo dela e seu rosto se alterou de repente.

— Espere. Você assinou os documentos?
— Não me importo com isso — respondeu ela. — Venha conosco.
— Não. É a sua fortuna inteira — insistiu ele.

E Edith entendeu que Thomas acreditava que a irmã viveria mais que ele, e pilharia a riqueza dela, e em seguida a mataria. Seu medo a deixou assustada; naquela casa assombrada, Lucille era de algum modo indestrutível? Imortal?

— Vou pegar os documentos — avisou ele. — Vou acabar com isso. Fique aqui.

Ela não podia fazer muito para desobedecê-lo; estava cansada demais, e precisava descansar. Edith se encostou nos fundos do elevador e o viu sair correndo. Enfim, um homem renovado, uma alma redimida. E Alan vivo — eram misericórdias, bênçãos. A esperança era real. Ela se aferraria à esperança.

CAPÍTULO 29

Meu amor, pensou Thomas, ao entrar no quarto de Lucille. Ele viu seus espécimes entomológicos destruídos, o caos. Naquela casa decadente, Lucille catalogava espécies como um deus delicado; ele construía brinquedos. Ela preparava armadilhas; ele retirava as pombas feridas delas.

Como posso ter achado que isso estava certo?, perguntou-se. *Como eu não vi que nós somos monstros? Como eu poderia justificar meu amor por minha própria irmã?*

Dor.

Terror.

Tormento e crueldade, e nunca saber quando eles viriam. Abusos pelos quais criança nenhuma deveria ter passado, sem ninguém para impedi-los. Ninguém exceto Lucille, que sofrera pelos dois. Era o mínimo que ele podia fazer; ela tinha dito isso várias vezes. O que quer que Lucille quisesse, era o mínimo que podia fazer. O que ela queria era a reabertura da mina e o conserto da casa. O triunfo sobre o esbanjamento da fortuna, sobre a mácula em seu nome.

Ela o amava além de todo o bom senso; Lucille presumira que outras mulheres o amariam também. Elas amaram. E morreram por isso.

Lucille não estava no quarto, mas os documentos do banco, sim. Estavam todos espalhados pelo chão. Ele viu a página com a assinatura de Edith, transferindo cada centavo que possuía para Sir Thomas Sharpe, para seus herdeiros e para seus mandatários. Com a mão trêmula, ele deixou sua faca numa mesinha e começou a recolher as folhas. Ajoelhou-se, de cabeça baixa, como que pedindo que o universo aceitasse sua redenção. Em seguida, lançou os papéis ao fogo, numa oferenda ao destino.

Havia uma pilha de cinzas acumuladas na grelha. Muito papel já fora queimado, e ele se perguntava o que era.

Então Thomas percebeu o que eram, e seus dentes se cerraram. Era o romance de Edith, e ele só conseguia presumir que Lucille o tivesse queimado por pura maldade. As primeiras três esposas — Pamela, Margaret e Enola — foram bem-tratadas pelo irmão e pela irmã, haviam sido mimadas por eles enquanto bebiam suas xícaras de chá envenenado e definhavam. Lucille monitorava a correspondência delas e, claro, as únicas cartas que podiam chegar ao correio eram pedidos de dinheiro. Ninguém perguntava por elas, ao menos não que Thomas soubesse.

Graças a Deus Alan McMichael veio, pensou. Ele rezava para que o médico sobrevivesse. Um homem como aquele seria bom para Edith. É claro que ele, Thomas, a deixaria partir. O casamento deles era válido no sentido de que não era bígamo, como presumira Carter Cushing — pela simples razão de que Lucille havia assassinado Pamela Upton. Como o divórcio era muito incomum na Inglaterra e como eles não registraram a morte de Pamela, Thomas e Lucille se esqueceram de pensar no Registro Civil. Ele tinha se casado com Enola na Itália e com Margaret na Escócia. Poderia ser facilmente acusado de adultério incestuoso, no entanto era muito mais provável que Edith fosse libertada pela viuvez, pois ele *seria* enforcado. Se pudesse poupá-la do escândalo por quaisquer outros meios, certamente a pouparia.

Uma sombra saiu do canto, e, por um instante, Thomas achou que fosse um dos fantasmas que Edith tinha visto. Contudo, era Lucille, seu próprio fantasma negro, e seu corpete estava coberto de sangue. Os olhos dele se arregalaram com o impacto.

— O que você pensa que está fazendo? — perguntou ela com a voz trêmula.

Mais sangue encharcou o tecido. Thomas estendeu a mão para ela.

— Lucille, você está ferida.

Lucille brandiu a faca contra ele. Contra *ele*. Os olhos dela estavam agitados, mas seu semblante mostrava determinação. Ele conhecia aquele olhar. O que significava. Era um olhar que significava que ela poderia matar, e mataria. Mas *matá-lo*?

— Fique onde está. Você queimou os papéis?

— Ela vai continuar viva. Você não vai encostar nela.

Lucille ficou boquiaberta enquanto estendia a faca. O olhar dela parecia lhe causar um corte afiado, como se a lâmina tivesse encontrado seu alvo.

— Você está me dando *ordens* agora?

— Nós podemos ir embora, Lucille. Podemos ir embora de Allerdale Hall.

Eles podiam se libertar da terrível maldição...

— Ir embora? — ecoou ela, como se não conseguisse entender a palavra.

Thomas também não teria conseguido, antes de Edith falar a seu coração. De lhe dar esperança. A sensação que tinha era de estar olhando para o mundo deles através de olhos diferentes. Encarava sua irmã e companheira no pecado mortal e hesitava, tonto, emocionado e aterrorizado. Poderia haver redenção para os dois. Eles estavam à beira do precipício e, pela primeira vez na vida, Thomas entendia que podiam voar muito acima da Colina Escarlate. Asas não eram só para borboletas e mariposas. As gárgulas também poderiam tê-las.

— Sim — insistiu ele. — Pense nisso. Ainda temos bastante dinheiro. Nós podemos começar uma nova vida.

Ela ficou boquiaberta.

— Onde? Aonde iríamos? — Lucille o ouvia. Talvez acreditasse nele. Talvez considerasse a possibilidade de que ele estava certo. Que podiam fazer isso acontecer.

— A qualquer lugar. Podemos deixar a casa para trás.

— A qualquer lugar — repetiu ela, testando a ideia, tateando rumo à perspectiva como uma cega. Postando-se ao lado dele naquele precipício, desafiando a morte.

Thomas estava em júbilo. Eles estavam salvos. *Havia* esperança.

— Vamos deixar o nome Sharpe morrer com as minas. Vamos deixar esta casa afundar. Estes anos todos sustentando estas paredes podres. Ficaríamos livres, Lucille. Livres de tudo isso. Podemos ficar todos juntos...

— *Todos*?

Foi só então que Thomas percebeu o que dissera. E que tinha dito a coisa errada na hora errada.

— Você a ama?

A aflição no rosto de Lucille era um punhal em seu coração. Ele se lembrou de todas as vezes que ela apanhara com a bengala, que levara um tapa, encarando-o enquanto as lágrimas escorriam por seu rosto, suportando o golpe, amando-o. Havia mais dor no rosto da irmã agora que em todos aqueles momentos combinados. Thomas não queria feri-la. Porém, para libertá-la, para lhe dar uma vida, uma chance real, precisava ser cruel. Foi o mesmo que Carter Cushing havia exigido dele, e Thomas sabia, infelizmente, que era bom nisso.

Além disso, ele precisava apaziguar a raiva dela, por Edith e pela sobrevivência de Alan McMichael. Lucille enfrentara torturas nas mãos dos pais. O sangue em seu vestido não era garantia de que ela poderia ser impedida de fazer qualquer coisa que tivesse decidido. E isso incluía levar o plano deles à sua conclusão.

Matando Edith.

Eles falaram ao mesmo tempo.

Thomas começou:

— Este dia tinha de chegar.

E Lucille falou acima dele, como alguém sufocando notícias horríveis que, uma vez ditas, nunca poderiam ser retiradas.

— Você a ama? Diga-me de uma vez.

— Nós estamos mortos há anos, Lucille. Você e eu, neste lugar podre... com um nome maldito. Somos fantasmas.

O rosto de Lucille empalideceu completamente. Perda de sangue, choque, incredulidade.

— Você a ama mais que a mim?

— Mas ela é vida. *Vida*, Lucille. E você não vai pará-la.

Lucille respirava com dificuldade. Ele tinha a sensação de que havia acabado de empurrá-la de um precipício, e ela estava caindo.

— Você prometeu, *nós* prometemos que não íamos, que você não ia se apaixonar por mais ninguém...

Caindo para a morte.

Ele desferiu o golpe fatal.

— Sim, mas aconteceu.

Sim, mas aconteceu.

A observadora gemeu, exalando seu veneno no coração e na mente do último dos Sharpes. Porque o irmão não era mais Sharpe, ele havia renunciado a seu nome, a seu legado... e a sua maldição.

Assim, a casa guardou seu amor para a irmã, a assassina, aquela que serviria e amaria o mal pelo resto de seus dias. Que não hesitaria em encher os corredores e as paredes de fantasmas. E a coisa lhe sussurrava: *mate-o, mate-o...*

E, com um grito penetrante, ela apunhalou o irmão no peito. Ele tentou pegar a faca, mas ela golpeava seus braços e suas mãos, ensandecida. A argila jorrava das tábuas do assoalho e os fantasmas choravam lágrimas escarlate em todas as suas prisões dos crimes e das maldades dos Sharpes enquanto as prisões se fechavam outra vez. Tão livres quanto as marionetes e as bonecas do sótão, nas quais se dava corda de novo e de novo e de novo.

— É assim que termina? — gritou a irmã com uma angústia lancinante. — Você a ama? *Você a ama?*

Odeie-o, sibilou a coisa.

Thomas baixou o olhar para a barriga enquanto o sangue jorrava dela; de sua boca saiu um som fraquíssimo — uma surpresa discreta, um suspiro baixinho, quase casual:

— Ah, Lucille...

Ela o esfaqueou de novo, quase como se tivesse de lhe provar que realmente queria fazer isso, chorando em meio a raiva e dor.

A dor era tamanha que Thomas ficou dormente, o que era mais do que merecia. Ele havia feito isso... a ela, a eles. A todos eles. Mesmo assim, tentava poupá-la de rasgá-lo, porque precisava salvá-la, e precisava salvar Edith e o médico.

— Não, não, pare, por favor. Não posso...

Sua voz foi sumindo. *Não posso*, a ladainha de sua vida. *Não posso*, e por isso ela havia sido forçada. Ele a transformara naquilo.

O olhar no rosto dela. Seria isso a última coisa que veria na vida? Thomas sabia que tudo que Lucille queria naquele momento era que ele se calasse, que parasse de olhar para ela. Thomas sentia dor no corpo inteiro; as sensações voltaram, e cada golpe, cada tapa e cada chute que a irmã havia suportado por causa dele o acertaram com força total. Engolfavam-no. Ele flutuava num tonel fervente de argila escarlate, e o tormento o sugava para o inferno carmesim.

Com um grito agudo, Lucille enfiou a faca uma última vez; a lâmina se alojou firmemente na bochecha dele, quase até o cabo. *Isto* Thomas sentiu, e, cambaleando, afastou-se dela. Arrastou os pés alguns passos à frente. Removeu a faca, ainda que o esforço tenha sido custoso, e se deixou cair, abatido, numa cadeira. Tudo escurecia.

Nos distantes recessos de sua mente, Thomas ouvia a canção de ninar que ela havia tocado para ele ao longo dos anos. Lembrou-se do filho deles, uma coisinha tão pobrezinha, tão doente, nascida de um amor doentio. Enola, ela cuidara daquela criança. As lágrimas amargas de Lucille.

Ela não podia perder seu outro filho: ele.

Nos montes não vivemos,
no mar não podemos.
Ah, onde, ah, meu amor,
sentirei o teu calor?

Thomas ouviu a melodia transformada na valsa de Chopin que ele dançara com Edith. A vela nas mãos; a chama que bruxuleara mas não se extinguira.

Ah, Lucille, Lucille.

— Eu vou... Vai ficar tudo bem — prometeu ele. — Ou... Eu... As coisas que nós fizemos...

Ele a fitou um instante e pensou ter visto o sol. Era, porém, uma ilusão: mariposas escuras circundavam a cabeça de Lucille, e sua visão começou a escurecer enquanto a encarava. O que poderia fazer por Edith agora? Como poderia salvá-la? Ele precisava. Essa era a única maneira de seguir adiante.

— Ah, irmã, você me matou — murmurou ele.

E em seguida Thomas viu uma luz branca, e, dentro dela...

CAPÍTULO 30

Lucille o abraçou e, em sua imaginação, ela o via pequenino e assustado, ela própria só dois anos mais velha, cantando para ele enquanto tocava piano:

> *Nos montes não vivemos,*
> *no mar não podemos.*

Porém, ele não estava ouvindo. Não estava cantando com ela. Porque ele estava... Porque ela havia...
Edith Cushing o matou, pensou ela. Tudo dentro de Lucille explodia. Seu rosto se alterava. Seus olhos se enchiam de um ódio vazio. Ela pegou a faca e a arrastou pelo assoalho, abrindo as veias da casa, fazendo-a sangrar.

Algo *ondulou* pela casa quando Edith abriu os olhos no elevador. Com um sobressalto, ela recobrou a consciência por completo. Aparentemente desmaiara recostada na grade enquanto esperava Thomas voltar; ela não fazia ideia de quanto tempo havia ficado ali, mas tinha certeza de que não podia esperar. Alan precisava de socorro, assim como ela própria, se quisessem sobreviver àquele dia.

Além da porta esquelética escancarada do elevador, além da grade protetora de ferro com filigrana, ela viu alguém se movendo em sua direção. Seu coração cansado bateu forte com a esperança. Incapaz de se conter, ela chamou:

— Thomas?

Porém, não era ele.

Lucille veio marchando da meia-luz como um espírito vingador, com sua faca ensanguentada erguida acima da cabeça. Quando seus olhos se encontraram, Edith se crispou diante do que viu: a promessa da morte brutal e um orgulho desavergonhado e diabólico.

Não, ela o matou! Ela perdeu a cabeça.

Ah, meu Deus, Thomas...

Edith bateu desesperadamente a porta levíssima da gaiola para fechá-la e empurrou a alavanca de controle do elevador para a posição de descida.

Nada aconteceu.

Absolutamente nada.

Ela olhou de novo com medo para Lucille, que andava mais rápido, disparando para alcançá-la antes que o elevador se mexesse. Debaixo da camada de sangue que pingava, a faca reluzia e cintilava a meia-luz. Tomando fôlego, Edith ergueu a alavanca até PARAR, e em seguida a abaixou de novo, usando todo o seu peso nela. Nada aconteceu.

O medo partiu da sola de seus pés descalços e atravessou seu corpo como uma onda elétrica, ameaçando arrancar seu cocuruto. Estava presa numa gaiola que não oferecia absolutamente nenhuma proteção contra um ataque; as barras da entrada ficavam afastadas demais para bloquear uma facada, o fundo próximo demais da frente, sem oferecer um ponto de recuo. Não importava onde Edith ficasse, de pé ou encolhida, ela seria trucidada. Se não podia fazer o elevador se mexer, precisava sair dele, *já*. Teria de correr mais depressa que Lucille. E, apesar de ferida, sua adversária estava claramente em melhor forma que ela, que estava envenenada, sedada e com a perna quebrada amarrada numa tala. Como poderia ter esperança de fugir de uma louca enfurecida?

Quando Edith segurou as barras, determinada a fechar a porta de qualquer jeito, o barulho dos passos a fez erguer os olhos. Era tarde demais. Lucille estava se aproximando velozmente, e o odor enjoativo e metálico de sangue — de Thomas? — dominava o ar gélido à sua frente. Não havia jeito de Edith sair do elevador e sobreviver.

Gemendo, ela empurrou a alavanca outra vez. E enfim recebeu o prêmio de um espasmo de movimento. Houve um retinido, seguido de um solavanco nauseante, e o pequeno elevador começou a se arrastar para longe do andar.

Quando a irmã de Thomas avançou, curvando-se sobre a balaustrada baixa, esticando-se totalmente para enterrar a ponta da faca na carne quente, tanto o elevador quanto Edith ficaram fora de seu alcance. Lucille esfaqueou o ar.

Isso, porém, não conteve a perseguição da harpia; a frustração a deixou ainda mais insana. À medida que o elevador com Edith descia numa lentidão agonizante, ela via Lucille voando pela escada de mogno larga, o robe ondulando atrás dela enquanto dava a volta no último pilar de cada andar, uma mão raspando o corrimão polido, a outra erguendo acima da cabeça a faca ensanguentada, correndo para alcançá-la antes que Edith conseguisse chegar ao térreo — e à liberdade.

Acima do chiado errático das engrenagens e das roldanas do aparelho, pairando pelo vasto vazio da entrada de Allerdale Hall, uma sequência de xingamentos fazia um contraponto gutural ao tropel de passos que corriam escada abaixo. Por mais que Edith quisesse que o elevador acelerasse, ele não saía daquele ritmo letárgico — talvez Thomas tivesse razão: a máquina, nascida escrava, adquirira vontade própria e havia decidido deixar a irmã dele tirar sua vida.

Talvez Thomas não esteja morto. Essa ideia provocou uma súbita pontada de ternura no fundo de seu peito. *Ele arriscou tudo para me salvar. Sua honra. Seu futuro. Sua própria vida.* Edith queria desesperadamente acreditar em seu remorso e numa transformação que ela tivesse operado, em sua necessidade de se redimir. Um pensamento levava a outro. *Mas, se não é o sangue dele, então é o sangue de quem brilhando naquela lâmina? Talvez Lucille só o tenha ferido. Se Thomas não aparecer, vou atrás dele, se puder.*

Assim que o térreo se ergueu para encontrá-la, Edith decidiu que seu próximo passo tinha de ser encontrar uma arma. Lucille estava ficando para trás agora, claramente bastante ferida, mas ela estava com uma faca. Edith sabia que precisava aproveitar a melhor oportunidade de conseguir uma arma. Seu olhar atravessou o grande salão e chegou à lareira principal, onde estava apoiado um longo atiçador de ferro. Alcançá-lo com sua perna quebrada levaria uma eternidade e a deixaria exposta a ataques de todos os lados. A cozinha parecia uma opção melhor. Ela também ficava no térreo; se conseguisse chegar antes de Lucille ao corredor de entrada, o ataque só poderia vir de uma direção. E, segura ali, teria acesso rápido a diversas facas, frigideiras, tesouras e espetos, com os quais poderia ter esperanças de se defender. O plano dela era pegar rapidamente qualquer coisa que pudesse usar e correr de volta para o elevador pelo mesmo caminho. Edith percebeu que, se Lucille visse aonde ela tinha ido e a seguisse, o retorno ao elevador exigiria um confronto.

Edith parou o elevador no térreo e, sem hesitar, abriu a porta. Saiu, e apressadamente correu, um baque surdo no corredor a cada passada, mancando descalça, o coração batendo forte, o tempo inteiro olhando para trás e temendo o pior. Assim que chegou à cozinha, percorreu as bancadas com os olhos e pegou a primeira arma que encontrou. Uma faca de açougueiro, bastante usada, porém sua lâmina manchada era enorme. Cautelosamente a testou com o polegar. Estava afiadíssima, da ponta à base. Segurando firme o cabo, ela a testou com um golpe numa tábua de corte. A faca cortou a madeira com tanta facilidade e tão profundamente que Edith teve de balançar o cabo para cima e para baixo para soltá-la. Serviria. Sim, serviria perfeitamente.

Tomando fôlego, Edith se afastou da bancada. *Não há tempo a perder, preciso chegar a Alan.* E Lucille estava vindo. Se ela ainda não a encontrara, com certeza logo encontraria.

Ela refez seus passos pelo corredor velozmente, mancando por causa da perna ruim, o corpo tenso, a ponta da faca erguida para afastar um ataque frontal — que não houve. Edith foi inundada por uma onda de alívio quando, por fim, entrou cambaleando no elevador. A fuga deles subitamente pareceu ao menos possível, quando não provável.

Enquanto fechava a porta da gaiola, Edith se sobressaltou ao ver o rosto de Lucille do outro lado, a menos de meio metro de distância. Os olhos semicerrados, um sorriso no rosto, os dentes expostos. Não havia como não entender a expressão de triunfo — a presa pretendida não tinha como escapar. Não havia como não se equivocar quanto aos dedos manchados de sangue e à mão firme que segurava a faca — para aquela criatura, o assassinato era mais que um modo de vida, era sua maior paixão. Não importava quantas pessoas Lucille Sharpe havia matado, aquela sede voraz nunca seria saciada.

Edith deu um grito quando a mulher se lançou contra a frágil barreira que as separava. A mão vermelha enfiou a lâmina pelo espaço entre duas barras. Pressionando as costas com força contra o fundo do elevador, Edith tentou usar sua própria arma para afastar o ataque, mas isso se mostrou inútil. Esticando-se através da barreira de proteção, Lucille quase conseguia chegar à parede dos fundos do elevador com a ponta da faca, e, mexendo o pulso de um lado para o outro, ela fazia a longa lâmina cortar o ar velozmente. A sequência de golpes frenéticos encurralou Edith, que se curvou, encolhendo-se no menor espaço possível. Que quase não era pequeno o bastante.

Uma, duas, três vezes, enquanto a faca ia e vinha, Edith sentiu simultaneamente o puxão na manga do robe, o roçar do aço afiado em sua pele nua e uma dor aguda. Três cortes superficiais, mas hábeis, e o sangue começou a escorrer pela curva do braço dela. Lucille estava brincando, como um gato faria com um canário engaiolado. Um jogo unilateral que poderia se prolongar indefinidamente. A perspectiva de ser cortada lentamente a fez entrar em pânico. Quando a faca avançou em sua direção, Edith agarrou a lâmina com a mão livre. Só conseguiu segurá-la por um segundo antes de Lucille arrancá-la, fazendo com que o fio entrasse fundo na palma. Porém, o esforço violento ao puxar a faca fez com que Lucille quase caísse.

Desesperada para obter alguma vantagem, Edith abriu a porta do elevador num ímpeto. Quando Lucille jogou o peso para a frente, tentando recuperar o equilíbrio, Edith se precipitou, segurou o pulso estendido da outra e usou a energia de Lucille para puxar seu braço para dentro do elevador e prendê-lo no limite das barras de ferro.

Por um segundo o jogo se inverteu: era Lucille quem estava indefesa. Edith usou a base da mão que ainda segurava a faca para puxar a alavanca do elevador. Com o solavanco de sempre, ele começou a descer. Em segundos o braço de Lucille seria quebrado, ou talvez arrancado na altura do ombro, no momento em que o teto atravessasse o andar térreo. Edith se aferrou ao braço preso para segurá-lo firme. Os dedos ensanguentados agarravam nervosamente o robe de Edith. Ainda que a tocassem, eles não podiam alcançá-la. Lucille alguma vez demonstrara empatia por ela, enquanto sorria e lhe dava veneno um dia após o outro? E quanto às outras mulheres assassinadas? Aquelas cujos espíritos aflitos espreitavam atrás de paredes e de pisos podres. E quanto a Alan e a Thomas?

Enquanto o elevador descia, o braço se aproximava do teto. Quando ele ficou acima do ombro dela, Edith não conseguiu mais usar o peso de seu corpo para prendê-lo. Ela cravou as unhas no pulso de Lucille e o puxou para baixo o máximo que pôde.

No último segundo, desesperada para evitar que seu membro fosse despedaçado ou amputado, Lucille conseguiu se virar e puxar o braço. À medida que o elevador descia, Edith escutava urros de frustração vindos de cima. Queria ter conseguido mantê-la presa só um pouco mais. Ainda que a ideia de embalar um braço amputado a deixasse horrorizada, Lucille não merecia nada menos que isso. O que, aliás, certamente teria encerrado a contenda.

Conforme descia, os gritos de angústia iam ficando mais distantes. Quando o elevador chegou ao fosso da mina de argila, eles haviam desaparecido. Surpreendida por uma onda de umidade e frio penetrantes, Edith começou a tremer incontrolavelmente. Ao se acostumar com o ambiente, outra vez estava com a sensação de ter sido engolida por um animal moribundo, imenso, de carne vermelha. Com um esforço, Edith afastou essa visão desorientadora.

Ao abrir a porta, viu que outra vez o elevador havia parado meio metro acima do chão. Antes era um pulinho fácil, mas agora ela tinha uma perna quebrada. Edith tomou um pouco de fôlego e pôs os pés para fora. Apesar de ter tentado pousar na perna boa, a perna ferida absorveu parte do impacto.

Berrando de dor, Edith deixou a faca de açougueiro cair. Sua única defesa deslizou pelo chão, e, sem poder fazer nada, ela a viu cair estrepitando pela grade de um ralo. Como não conseguia recuperar a faca, tentou remover a grade, mas ela estava escorregadia por causa da argila vermelha e da umidade que transpirava das paredes, além de ser tão pesada que, em seu estado, não conseguia nem ao menos movê-la.

Endireitando a coluna, ela mal conseguiu distinguir Alan caído num canto. Ele não se mexia. Edith foi o mais rápido que pôde até ele e se ajoelhou ao seu lado, com uma dor terrível se acumulando na garganta. O rosto de Alan parecia ter perdido toda a cor, e ele fora gravemente ferido. Havia uma ferida de perfuração evidente do lado direito do peito, e o tecido em volta dela estava de um preto quase roxo por causa do sangue coagulado. Havia mais sangue acumulado no piso na altura de seu ombro. Era difícil ter certeza, mas parecia que o sangramento tinha parado. Os olhos dele estavam fechados, sua boca estava entreaberta. Edith não conseguia saber se Alan estava respirando. Quando tocou sua bochecha, a pele pareceu fria como a mão do pai naquela espelunca horrenda que funcionava como necrotério. Ela aproximou sua própria bochecha do nariz e da boca de Alan, sentindo um tênue mas inequívoco fluxo de ar quente. Ainda estava vivo!

Com cuidado, Edith o ajudou a ficar sentado, acariciando seus cabelos, tentando despertá-lo delicadamente, mas com firmeza. Após um segundo ou dois seus olhos se abriram e, vendo-a, seu rosto se iluminou imediatamente. Com a mesma velocidade, seu sorriso virou um esgar, as pálpebras se cerraram com força e o rosto perdeu a cor outra vez.

— Nós vamos sair daqui — declarou ela, ajudando-o a ficar de pé. — Nós *vamos*. Agora você precisa confiar em mim.

O som da voz de Edith ecoava pelas paredes da mina. Enquanto começavam a voltar ao elevador, ela ouviu passadas rápidas vindo na direção deles. Elas também ecoavam.

Tinha de ser Lucille.

Edith parou, apoiando Alan de pé contra a parede úmida e desigual.

As passadas foram ficando mais lentas, e depois pararam.

Ainda que Lucille não conseguisse vê-la, e vice-versa, isso não impediu a louca de gritar uma acusação.

— Thomas está morto por sua causa. Você o matou! — esganiçou.

A declaração insana ecoava e sumia, o sangue de Edith gelou. Lucille dizia a verdade? Se Thomas de fato fora morto, teria sido pela mão da própria irmã. Edith levou Alan delicadamente a um ponto ainda mais escuro. Teria de deixá-lo ali. Abandoná-lo era uma das coisas mais difíceis que ela jamais faria, mas, se Lucille a encontrasse enquanto o segurava, não haveria luta, não haveria esperança. Seria um massacre, e eles certamente morreriam.

Agachando-se, ela observou Edith deslizando como um fantasma até a pilha de objetos ao lado do baú de Enola Sciotti. No silêncio, Edith outra vez percebeu os sons da água pingando, *ping, ping, ping, ping,* como o tique-taque de uma centena de relógios fora de sincronia. Curvando-se, Lucille grunhiu e demonstrou fazer força com alguma coisa a seus pés. No início Edith não conseguia distinguir o que ela estava fazendo; então viu a mulher erguer uma das pedras do chão.

— Antes de me internarem, eu guardei uma lembrancinha da mamãe — anunciou Lucille para sua plateia invisível.

Em seguida, tirou um cutelo do buraco. Parecia o mesmo da ilustração na primeira página do *Cumberland Ledger*, que havia sido cravado no crânio de Beatrice Sharpe. A mesma crista de pesadelo ostentada pelo espírito da morta.

Lucille se ergueu, virou-se, e começou a vir na direção de Edith; em segundos, iria alcançá-la...

Edith se afastou ainda mais. Precisava levar a assassina para longe de Alan, indefeso, e então achar algo com que pudesse enfrentá-la. Ofegante, ela olhava nervosamente ao redor...

No perímetro da caverna quase sem luz, a entrada do túnel da mina dava para a escuridão. Edith percebeu o tênue reluzir do metal no chão, e se lembrou do que isso significava. Trilhos projetados para levar os vagões rudimentares que os mineradores carregavam com argila, empurravam e arrastavam até a superfície. A luz refletida nos trilhos vinha de cima.

Reunindo forças para a provação, Edith avançou para fora das trevas que a protegiam. Não importava que Lucille a veria; não havia como evitar isso agora. Tinha de chegar antes dela; tinha de chegar primeiro à entrada. Lançando-se à frente apesar da dor, Edith chegou aos trilhos e correu pelo túnel, com o rosto virado para a suave origem da luz. A fonte da iluminação ficava mais clara: um pequeno retângulo brilhante ao longe. Não fazia ideia da distância que precisava percorrer naquela inclinação íngreme. O retângulo parecia um selo.

Um bramido de raiva próximo, em seu encalço, impeliu-a em sua fuga. Ela tropeçava enquanto corria pela encosta do túnel, arrastando-se desajeitadamente com sua perna ruim e balançando os braços para se equilibrar. Dos dois lados dela, os trilhos estreitos e enferrujados eram unidos e fixados ao substrato macio por tábuas de madeira perpendiculares. Apesar de escorregadias e cobertas de sujeira, as arestas dianteiras ásperas das tábuas davam apoio aos pés anestesiados de Edith. Sustentado por vigas e por escoras podres, o teto umbroso era baixo e deixava cair lágrimas vermelhas em sua cabeça e em seus ombros; as paredes eram reforçadas por pranchas empapadas que impediam os lados de desabar para dentro, enterrando vivos os trabalhadores infelizes.

Lutando para continuar à frente de Lucille, Edith levava as pernas, a boa e a ruim, ao limite. E, quando as duas começaram a tremer e a falhar, ela usou as mãos e os braços para avançar se arrastando, enfiando os dedos na sujeira. Por um instante teve a impressão de sentir Alan baixando seus olhos para ela, instando-a a ir adiante. Edith rezava para que, não importando o que acontecesse, ele ficasse em silêncio; se Lucille descobrisse que ainda estava vivo, ele não permaneceria assim por muito tempo.

Se é que ele ainda está vivo. Ah, meu Deus, e se ele já estiver morto? Então para que viver?

Nada de pensar nisso agora. Adiante!

Sua respiração gutural em busca de ar e seus lamentos de dor agora ressoavam em seus ouvidos; selvagens, animalescos, desumanos, eles eram tudo o que conseguia ouvir. A atmosfera abaixo da terra era para Edith tão venenosa quanto o chá, um miasma deplorável de argila pungente e neve derretida que recobria o interior de sua boca e sua garganta. Conseguia sentir o peso frio e úmido da substância enchendo seus pulmões ao inspirar, tornando a respiração cada vez mais difícil. Sem virar a cabeça para olhar para trás, Edith não conseguia saber se Lucille estava sofrendo da mesma dificuldade. Porém, sabia que a outra estava reduzindo a distância: pelo canto do olho, ela vislumbrava a figura sombria se arrastando logo atrás.

Adiante. O comando era quase um sussurro no ouvido dela, enunciado por outra pessoa. *Mamãe? Pamela? Enola? Margaret?* Ou será que ela estava ouvindo a voz do próprio espírito lutando para sobreviver?

Suor escorria por seu rosto e fazia seus olhos arderem; seus braços estavam escorregadios com argila pútrida. O retângulo de luz no fim do túnel havia ficado maior e mais brilhante; ela começava a distinguir as tábuas que emolduravam a saída, porém a encosta nesta reta final era mais íngreme — cada metro acima era uma agonia. A barra de seu robe volumoso se envolvia em suas pernas, arrastava-se pela sujeira, prendia-se nos pregos dos trilhos e em farpas da madeira, parecia ficar cada vez mais pesada. Seus longos cabelos trançados caíam em seus olhos, mas Edith não ousava parar para afastá-lo.

Não quero morrer aqui. Não quero morrer aqui.

Lucille se aproximava; dava para sentir. Em seguida houve um súbito puxão vindo de trás — forte, determinado —, e ela soube que Lucille agarrara o robe.

Edith ergueu o olhar e viu que estava a menos de um metro da superfície. Baixou a cabeça e, com um chute para trás e com um esforço desesperado, libertou-se do que a prendia. Rastejando freneticamente de quatro, ela tombou para fora da boca do túnel.

Porém, não havia escapado do inferno.

CAPÍTULO 31

O CALOR DO esmaecido sol da tarde derretera a neve mais fina rente ao chão, e a condensação misturada com o ar congelante fazia com que subisse uma névoa densa e sufocante que ficava perto do solo. A visibilidade fora reduzida a um raio de pouco mais de cinco metros à frente. Nos limites da bruma, dedos de névoa tingidos de escarlate acariciavam a caldeira da colheitadeira de Thomas, infiltravam-se pelas pernas esqueléticas da torre de mineração, escondiam-se e em seguida revelavam uma correia há muito parada e um forno onde se costumava assar tijolos.

Uma lufada de vento cortante expulsou o ar dos pulmões de Edith e atingiu seu rosto; o impacto fez com que gemesse. Ela tentou ir adiante e notou que todas as suas articulações ficaram rígidas com a rajada de frio intenso — eis que de repente ela estava usando as botas de ferro das filhas da madrasta da Cinderela. O ar gélido havia penetrado os ossos de sua perna quebrada também. Ela parecia estar sendo lentamente serrada no ponto da ferida, a serra imaginária se movendo em sincronia com as batidas de seu coração. Indo e vindo. Indo e vindo. A dor aguda, profunda e excruciante.

Lucille irrompeu da mina, pouquíssimos metros atrás. Os cabelos emaranhados com argila vermelha, o rosto e os braços igualmente manchados com um guache carmesim. No centro de seu peito, o sangue escorria num filete constante do ferimento que Edith lhe causara. Ela ainda segurava com força o imenso cutelo.

Quando Lucille começou a avançar com mais pressa na direção dela, um novo arrepio de medo percorreu o corpo de Edith. A adrenalina a animava como uma marionete ou como um boneco de corda. Ela teve um sobressalto e correu o mais rápido que pôde para se refugiar na neblina. O ar ali era espesso como sopa; respirá-lo fazia seu nariz arder por dentro.

Preciso de uma arma.

Edith examinou os andaimes da torre, os baldes cheios de neve na correia e subiu na colheitadeira. A máquina ganhou vida, soluçando no ritmo do seu coração.

Com seu esconderijo revelado, ela desceu. Agora Lucille sabia onde ela estava.

Meu Deus, que eu encontre algum martelo largado, uma chave inglesa... Não, algo que me dê vantagem, algo que supere o que Lucille tem de força e de velocidade.

Esmagado e massacrado, o rosto do homem que a ensinara mecânica surgiu diante de seus olhos. Então ela tropeçou na coisa, que era o que o procurava.

Uma pá!

Edith pegou o instrumento e o ergueu com as duas mãos. A conexão entre a lâmina e o cabo parecia sólida e a borda da lâmina parecia afinada e afiada pelo uso. Ela se virou para a saída do túnel, o único lugar de onde conseguiria ver Lucille investindo contra ela. Usava a pá como muleta, saltitando com a perna boa, conservando energia, tateando por camadas e camadas de névoa rodopiante, que se tornaram mais ralas quando ela chegou ao aglomerado de máquinas.

— O que você quer, Lucille? — gritou Edith.

— Quero esmagar seu rosto com uma pedra, e depois contar seus dentes enquanto vou quebrando um a um... — berrou uma voz quase perdida na bruma.

Edith já imaginava a resposta à sua pergunta; o que ela queria mesmo era ouvir o som da voz e a direção de onde vinha.

Empunhando a pá com as duas mãos como uma lança, Edith se movia pelo nevoeiro turvo. Como a luz do dia, vinda de cima, aumentava e diminuía, sombras e figuras borradas e mal distinguidas pareciam mudar de lugar por vontade própria na bruma. Ela arriscava golpes com a arma, para definir a área que conseguiria defender com facilidade. A borda de aço era larga demais, e a ponta, cega demais para apunhalar — mas servia para cortar até o osso. Edith só não podia permitir que Lucille segurasse a lâmina. Isso inverteria sua única vantagem.

— ... cortar você em pedaços e fazer você sumir. É isso que eu quero. Você vai me proporcionar isso? Ou vai ter de ser por mal?

A voz de Lucille parecia vir de todo lugar e de lugar nenhum. À medida que Edith se aproximava da colheitadeira, cuja base ainda estava coberta com neve limpa acumulada, Lucille se precipitou da névoa vermelha e a atacou com o cutelo. Ela foi lenta demais ao erguer a pá para impedi-la. Uma dor cortante atravessou sua bochecha logo abaixo do olho, e, antes que pudesse contra-atacar, sua adversária tinha sumido.

A velocidade e a precisão de Lucille na corrida a fizeram perder o alento. Será que ela não estava gravemente ferida? Um filete de sangue quente escorria por sua bochecha. Edith o limpou com as costas da mão. Um som logo atrás a fez se virar. Ela pegou a ponta do cabo e girou a pá com as duas mãos, como se fosse uma espada larga medieval.

Fazer a pá se mover era mais fácil que pará-la uma vez que o movimento tinha sido iniciado. Antes que conseguisse se recuperar do golpe desperdiçado, uma forma escura irrompeu da névoa à sua esquerda. Lucille roçou seu quadril, usando a lâmina do cutelo para fazer mais um corte. A pá acertou com força a lateral da caldeira quando Edith tentou, sem sucesso, acertar as costas de sua agressora.

Com a perna quebrada, não conseguia ir atrás dela; teve de ficar observando sua algoz desaparecer na névoa rodopiante.

O silêncio desceu sobre a clareira, um silêncio cortante, maligno. Edith se esforçava para ouvir, para ver, enquanto girava e girava, fazendo com que a paisagem de máquinas mortas e de terra ensanguentada revolvesse em torno dela. Não tinha ideia de onde Lucille estava, de onde ela viria em seguida. Não tinha ideia se Alan ainda estava vivo.

Os segundos viravam minutos, e a tensão de permanecer em guarda começava a sugar suas últimas gotas de energia. O peso da pá fazia suas costas se curvarem; seus braços, do ombro ao pulso, tinham espasmos e tremores. Quando não conseguia mais carregar a pá, deixou-a arrastar atrás de si, enquanto procurava Lucille. Não era uma estratégia para atraí-la, mas esse foi o fim atingido.

Uma forma humana escura se moveu entre o maquinário, e em seguida voltou para a névoa, mas agora sem pressa, como que testando, observando suas vulnerabilidades. Edith parou de girar e prestou atenção, segurando o cabo da pá com as duas mãos, pronta para o ataque que certamente viria.

Da bruma, com o cutelo avançando para causar um corte selvagem, Lucille investiu contra seu lado fraco — o lado da perna quebrada. Desta vez Edith conseguiu evitá-la, afastando-se ao mesmo tempo que mantinha a lâmina da pá entre si e o fio do cutelo. Aço retiniu em aço, o estrépito agudo sendo imediatamente engolido, abafado pelo nevoeiro ao redor. A pá era longa e lenta no ataque, mesmo com as duas mãos; Edith insistiu porque agora não tinha escolha, defendendo-se toda vez que Lucille atacava. Quando ela recuou, o cutelo desceu rápido como um relâmpago, lascando o cabo de madeira acima de suas mãos e empurrando a lâmina para o lado. Antes que Edith pudesse se recuperar, levou outro corte. Agora desesperada, ela virou a pá, tentando acertar o rosto e os olhos de Edith. Outra vez, lenta demais, ainda mais lenta que antes porque seus braços estavam enfraquecendo, e então o cutelo a golpeou dentro de sua guarda. Desta vez a lâmina se afundou mais, e sangue quente esguichou no interior da manga de sua camisola.

Edith sabia que não poderia aguentar as investidas impetuosas de Lucille por muito mais tempo. Ela recuou erguendo a pá, e continuou recuando, voltando para a névoa onde se escondia, tremendo e lançando gotas vermelho vivo sobre a neve branca acumulada. Não era tranquilizador não ser seguida pela adversária. Lucille estava convencida de que a mataria e se sentia mais que satisfeita em prolongar ao máximo aquela sordidez.

Edith estava grata porque a camisola escondia o quanto realmente estava ferida; temia que, se soubesse o quão graves eram os ferimentos, perderia a coragem e cairia de joelhos aguardando o inevitável. Mais do que nunca precisava acreditar em si mesma. Ela precisava tecer uma história tão forte que permitiria sua sobrevivência. *Era uma vez:*

Amor.

Morte.

E fantasmas.

E um mundo encharcado de sangue.

Uma névoa carmesim cobria o campo da morte, então escorreu pelos poços famintos e gananciosos das minas, chegando aos tonéis de argila vermelha, que borbulhava e arquejava sobre os imundos azulejos brancos como ossos. A terra escarlate se infiltrava pelas paredes de barro. Allerdale Hall estava cercada de vermelho vivo — uma mancha que se arrastava lentamente em direção aos pés descalços de Edith.

Mas esse era o menor de seus problemas.

A própria filha do inferno, Lucille Sharpe, vinha atrás dela. Implacável, incansável, uma criatura movida a insanidade e ódio, que já havia mutilado, assassinado, e que voltaria a matar — a menos que Edith atacasse primeiro. Porém, ela estava enfraquecida, cuspindo sangue, tropeçando, e aquele monstro já reclamara outras vidas — outras *almas* — mais fortes e mais saudáveis que a dela.

Flocos de neve ofuscavam os inchados olhos azuis como uma centáurea; gotinhas vermelhas salpicavam seus cabelos dourados. Sua bochecha direita tinha um corte profundo; a bainha de sua camisola translúcida estava impregnada de sangue, lama e sujeira.

E de argila carmesim.

Ela se preparou para a última batalha, o duelo até a morte. Para onde quer que olhasse, erguiam-se sombras, vermelho sobre vermelho, sobre vermelho. Se morresse, iria se juntar a elas? Assombraria aquele lugar maldito para sempre, com raiva e medo?

Fantasmas existem. Isso eu sei.

Ela sabia muito mais, é claro. Sabia tudo, toda a história terrível. Se ao menos a tivesse compreendido antes — os avisos, as pistas. Mas será que ela a havia descoberto tarde demais para salvar a si mesma *e* a Alan, que tanto arriscara por sua causa?

Por trás da neve e do anoitecer carmesim, vislumbrou pés correndo. Lucille iria atacá-la.

Ao lado do monólito que era a máquina escavadora de Thomas, perto de um forno de tijolos, Edith aguardava, lágrimas escorrendo por seu rosto. Sua perna latejava e ela estava congelando, mas por dentro ardia tão forte que achava que ia expelir fumaça pela boca. Recuou alguns passos, virou-se, os olhos perscrutantes, a respiração era um som rouco no fundo da garganta. Então o tempo parou, e sua mente refez o caminho que a levou até aquele ponto, em que ela, Edith Cushing, tinha de lutar pela própria vida.

Parecia demais desejar poder ter vivido feliz para sempre.

Lucille saiu da névoa e caminhou na direção dela; ardis não eram mais necessários. Os olhos escuros ferviam de ódio e loucura e de sede de vingança. Lucille havia matado Thomas, porém, em sua mente perturbada, fora Edith quem dera o golpe fatal porque ele a havia escolhido em vez de sua própria carne, seu próprio sangue.

— Não vou parar — declarou Lucille, ofegando pesadamente —, até você me matar ou eu matar você.

— Eu sei... — A voz de Edith falhava, mas de exaustão, não de medo. Que diferença fazia? Àquela altura ela já estava quase morta.

Sozinha, não sou páreo para ela.

E então... ela teve a forte sensação de que não estava sozinha. *Alguém* ou *algo* estava com ela, ainda que não conseguisse ver nada nas brumas rodopiantes. Allerdale Hall se erguia em sua insanidade acima delas, mas não era a origem daquela... presença.

Uma presença que ela sabia que não queria lhe causar mal.

Era Enola? Pamela Upton, talvez? Todas as três noivas assassinadas?

Edith desviou o olhar do rosto contorcido de Lucille para o éter que se remexia. Ousou acreditar naquilo que não podia ver.

— Se vocês estão aqui comigo — ela estendeu a mão —, apresentem-se. Deem-me um sinal.

Pronto. Edith foi inundada de alegria ao ver aquele que tinha vindo ajudá-la, por amor. Agora estava pronta.

Ao diminuir a distância até Lucille, ela foi arrastando a pá como um viking exausto arrastando seu machado de guerra, juntando forças para um último golpe desesperado.

Lucille, aparentemente cega para o espectro, irradiava triunfo.

— Não há ninguém aqui para ajudá-la — disparou contra Edith. Seu sorriso era cruel e vingativo; era impiedoso. — Não estou vendo ninguém, e você?

— Ah, não? — Edith sorriu. — Mas eu vejo. Você só os vê quando eles querem ser vistos. Só quando é a hora. — Ela ergueu o queixo. — E um deles... — ela hesitou, de tão cansada — ... um deles quer que você o veja agora mesmo. É a hora.

Edith observava Lucille quando um espectro luminoso surgiu da névoa.

Thomas.

O fantasma dele era pálido. De sua bochecha subia uma pluma de sangue, rodopiando no ar como fumaça. Seus olhos e seus lábios eram dourados; ele cintilava com a luz do sol que vinha de seu interior. Thomas não era mais uma criatura das trevas, alguém que pertencia a Allerdale Hall e a toda a loucura e barbárie daquela família trágica e passional.

Lucille o encarava, atônita.

— Thomas? Não...

A visão dele fez com que Lucille baixasse a arma. Lágrimas escorreram por seu rosto. A visão do fantasma de Thomas era a única coisa que podia vencê-la — que podia sufocar seu ódio.

Edith a chamou, baixinho:

— Lucille?

Ao ouvir o som de seu nome, Lucille se virou. E, ao se virar, Edith acertou a lâmina da pá na lateral do crânio dela. O impacto terrível fez Lucille cambalear para trás, e ela lutava contra a gravidade com joelhos que já não suportavam seu peso. Vê-la vacilar infundiu uma nova força em Edith. Era agora ou nunca. Aproveitar a vantagem. Acabar com aquilo ou morrer tentando.

Edith empunhou a pá, esmagando a cabeça da mulher com a parte de trás da lâmina. Foi só quando Lucille caiu no chão que ela parou para recuperar o ar.

Apesar de derrubada, Lucille ainda tinha forças. Ela gritou:

— Eu não vou parar, não vou. — Ela tateava em busca do cutelo que havia deixado cair, enfiando cegamente os dedos na gosma escarlate. — Até eu matar você ou...

Edith já atacava com a pá outra vez, um golpe que começou na sola de seus pés descalços e que ganhou energia enquanto subia na altura de suas coxas e de seus quadris. Antes que Lucille concluísse o que dizia, a pá veio com tudo em sua cabeça, fazendo um estalo que ecoou pelas paredes da casa, afundando o rosto dela na neve cor de sangue. Não havia necessidade de outro golpe. Bem distante do cutelo, os dedos estendidos de Lucille tremeram num frenesi e se imobilizaram para sempre.

— Eu já tinha ouvido na primeira vez — declarou Edith, ofegando, tentando tomar ar.

Inclinando-se na pá para se apoiar, ela baixou os olhos para o cadáver de Lucille Sharpe, que um dia fora um bebê pequenino e inocente nos braços da mãe. Uma criança que não queria nada além de amor, carinho, de sentir-se segura e querida.

Ou será que Lucille havia "nascido errado", exatamente como o pobre filho dela? O filho de Thomas.

O rosto de Edith se iluminou subitamente com uma luz calorosa e cintilante. O fantasma de Thomas se aproximou, inundado de ouro, contrastando com a louca criatura das trevas que jazia morta na lama.

Ele sorriu para Edith, sorriu de verdade; ela se lembrou do ardor do fogo em seus olhos quando eles dançaram a valsa de Chopin; a irradiação da chama em seus olhos em seu humilde abrigo nupcial no depósito. A necessidade o conduzira às trevas, mas o amor o levara à luz. Ele havia sido redimido.

Deixando a pá cair, Edith abriu os braços para abraçá-lo uma última vez, mas a figura diáfana se dissolveu na névoa... em luz branca.

CAPÍTULO 32

Eu a matei.

Edith olhava para o corpo massacrado de Lucille Sharpe, o vermelho mais profundo da ferida em sua cabeça escurecendo a neve escarlate. Ela tentou sentir pena ou remorso, mas só conseguia sentir um forte contentamento. Lucille a teria matado, e ainda teria matado outros, se Edith não a tivesse impedido.

A neve caía sobre a cabeça de Lucille, um floco após o outro, cada forma cristalina absorvendo o sangue e reluzindo como rubi. A visão era bela de um modo terrível.

Tremendo à medida que a adrenalina em seu corpo se esvaía, Edith cambaleou até o estreito túnel da mina e chamou:

— Alan?

A palavra ecoou, mas não houve resposta.

Ela sentiu um calafrio. *Ele tem de estar vivo. Tem.* Depois de tudo isso, de sua bravura inacreditável, de seu sacrifício... depois de amá-la por uma vida inteira, ele não podia morrer.

— Alan?

Nada ainda.

E em seguida o ouviu chamar seu nome, lá embaixo da terra, no fosso da mina de argila, e Edith sufocou um som que estava entre um soluço de choro e o riso.

— Alan!

Ela começou a descer de volta pelo trilho, mas seu corpo inteiro se rebelava. Seus músculos não obedeciam, suas articulações não dobravam.

— Alan, aguente firme!

Allerdale Hall a encarava com raiva conforme ela entrava pela porta da frente cambaleando. Sua perna quebrada estava ainda mais rígida, do tornozelo ao quadril. A lembrança dos braços de Thomas em volta dela ao carregá-la pela soleira lhe trouxe lágrimas, que conteve enquanto chamava o elevador. Edith não podia ter um colapso agora, não quando Alan precisava dela. Estava certa naquele primeiro dia: *era* mais frio dentro da casa do que na neve lá fora. *Mais frio que um túmulo*, pensou. O conteúdo do túmulo apodrecia e virava terra, para um dia voltar à luz do sol e ao calor. Não havia esperança de renovação em Allerdale Hall; o que morria ali permanecia ali, congelado onde estava por um frio além da imaginação.

O elevador não parecia querer vir. Por fim ele subiu chacoalhando até ela. O sangue havia formado uma poça no chão e marcas de mãos envolviam as barras da gaiola como as listras de um poste de barbeiro. O odor metálico era avassalador. Por um brevíssimo instante ela não conseguiu se forçar a entrar, mas logo percebeu que não tinha escolha. Ela precisava chegar a Alan.

— Eu não sou sua inimiga — disse ela à casa.

Não houve resposta, nenhum som de folhas se espalhando pelos corredores, nem uma respiração forte como um gemido. Havia dezenas de mariposas negras circundando a neve que entrava pelo buraco no teto, como se não ousassem se arriscar contra a luz.

Edith entrou no elevador e fechou a grade, prendendo a respiração durante toda a descida. Como sempre, ele não parou no nível do chão; ela se abaixou até se sentar e cautelosamente pôs um pé para fora, e depois o outro.

Ouviu um gemido.

— Alan, Alan! — gritou.

A água pingava. Os tonéis borbulhavam. As fundações se queixavam.

Não havia batidas.

Ela mancava, quase caía, cambaleava e se arrastava, e, de algum modo, miraculosamente, chegou ao lado de Alan antes de cair. Os olhos dele estavam fechados e a boca flácida. Ele parecia morto. Ao toque dela, sentiu que sua testa e seu rosto estavam gelados. Edith não sentia a respiração dele. Havia sangue demais. Será que ela chegara muito tarde? Será que a casa tinha reclamado outra vítima?

Envolvendo os braços na figura imóvel, Edith irrompeu em soluços.

Isso não. Alan não.

— Você me amava. — Ela chorou. Porém, o que era mais importante: — Eu te amo.

Alan resmungou.

E abriu os olhos. Tentou erguer uma das mãos, mas só conseguiu mover os dedos.

— Edith. — Ele sorriu, débil. — Você me encontrou.

Edith fez tudo o que podia para ajudar Alan a entrar no elevador e depois a sair pela porta da frente de Allerdale Hall. Ele não conseguia suportar ficar dentro da casa enquanto Edith ia ao estábulo para atrelar o cavalo à carruagem.

Ela voltou com más notícias: o cavalo devia ter farejado o sangue fresco nela, porque, assim que abriu a porta da cocheira, ele fugiu como um raio, indo, presumia Alan, para a charneca. Considerando o estado físico deles, não havia como recapturá-lo. Alan ainda sangrava, e a caminhada era longa, mas parecia a única chance que qualquer um deles tinha de sobreviver. Ele já vencera o pior, em sua própria opinião.

Edith Cushing havia declarado seu amor por ele.

E assim começaram a jornada.

Com o braço pesado de Alan e a maior parte do peso dele em seus ombros, Edith mancava na névoa. Ela e Alan deixavam pegadas na neve vermelha como sangue. Allerdale Hall, negra e sólida, estava empoleirada a quase um quilômetro de distância, cercada por um fosso carmesim.

— Será que vamos conseguir? — perguntou Alan com uma voz cansada, quase sumindo.

Ela decidiu ser sincera.

— Não sei, Alan. Nada parece certo.

— Não — concordou ele. — E pensar... e pensar que *eu* vim resgatar *você*.

Edith sorria ao abraçá-lo.

— Temos um longo caminho pela frente. Temos o ombro um do outro. Devemos ser gratos por isso.

Assim que as palavras saíram de sua boca, ela notou tochas subindo e descendo a uma boa distância à frente deles, aumentando à medida que eles se aproximavam. Eram homens da aldeia. Ela conseguia ouvir as vozes deles, subitamente empolgados, gritando, mas não conseguia entender o que diziam. Um deles usava um cachecol amarelo vivo, reluzente como um raio de sol. Ao ver Alan, ele ergueu a mão como cumprimento.

Resgatados, pensou ela. *Nós dois.*

Edith olhou para a casa. As primeiras linhas do romance que ela recomeçaria surgiram em letras enormes em sua cabeça:

Fantasmas existem. Isso eu sei.

Eles vão se extinguindo, junto do passado, como a névoa à luz do dia... Deixando apenas pequenas lições. Pequenas certezas.

EPÍLOGO

Dentro da casa:

O sangue de Alan McMichael no chão.

A balaustrada quebrada de onde Edith caiu.

A chaminé na biblioteca, erguendo-se enquanto a casa inalava profundamente o ar envenenado.

Há coisas que amarram fantasmas a um lugar, exatamente como nos amarram. Uns ficam presos a um pedaço de terra ou a um local e a uma data. Outros, porém, aferram-se a uma emoção, a uma necessidade: perda, vingança ou amor...

... um crime terrível...

E o fantasma de Lucille Sharpe, solitário, totalmente solitário por toda a eternidade, sentado ao piano no frio implacável. Tocando a primeira nota da canção de ninar.

Esses, esses não têm fim.

> *Que o doce vento sopre*
> *a vela dos teus sonhos;*
> *e o luar da viagem*
> *te guie para mim.*

Nos montes não vivemos,
no mar não podemos.
Ah, onde, ah, meu amor,
sentirei o teu calor?

FIM

"Descobrir o que tememos é descobrir quem somos."

— GUILLERMO DEL TORO

AGRADECIMENTOS

AGRADEÇO A MEU agente, Howard Morhaim, e à sua equipe; à minha editora, Natalie Laverick, e a Alice Nightingale, a Julia Lloyd e a todos na minha casa, a Titan Books. Também gostaria de agradecer à Universidade da Califórnia, em San Diego, por minha formação em produção de cinema e TV, que me serviu muito bem esses anos todos. Minhas amigas Beth Hogan, Pam Escobedo, Julia Escobedo e Amy Schricker muitas vezes superaram as expectativas enquanto eu tinha um prazo a cumprir; e Mark Mandell compartilhou minha alegria, minha esperança e minha ansiedade quanto a este projeto como só outro freelancer poderia. Obrigada a Anna Nettle e a todos na Legendary, por terem sido tão solícitos. Minha apreciação ao elenco de *A Colina Escarlate*, cuja arte continua a me surpreender, a me encantar e a me assustar. Porém, acima de tudo, gostaria de estender minha mais profunda gratidão a Guillermo del Toro, cujo brilho resplandece em cada fotograma de *A Colina Escarlate*. *Muchas gracias por invitarme a su casa.*

Este livro foi composto na tipografia
Palatino LT Std, em corpo 11/16, e impresso em
papel off-white no Sistema Digital Instant Duplex
da Divisão Gráfica da Distribuidora Record.